KB242544

文化的 一統主義의 抱越을 指向한
朱子 楚辭學에 대한 解釋學的 研究

한 종 진 著

요즈음 신문이나 언론, 심지어는 드라마와 영화에서조차 중국의 역사왜곡문제(東北工程 - 정확히는 중국사회과학원 邊疆史地 연구센터가 진행하는 東北邊疆史與現狀系列研究工程)가 사회적인 관심을 불러모으고 있다. 특히 북핵문제와 이에 따른 미국과의 무력 충돌 가능성, 북한체제의 붕괴까지 언급되면서 단순한 사회적인 관심을 넘어 정치적, 국가적 차원에서 준비하고 대응해야 할 과제로 상정되고 있다.

그리고 이에 대한 진단과 처방도 다양하게 표출되고 있다. 우리도 단군의 역사와 그 이전의 고대사를 신화적인 것으로 상정하지 말고, 중국의 그것과 동등하거나 그 이상의 것으로 인정하고 고대사를 다시 써 이를 명분으로 북한체제의 붕괴 이후에 북한영토와 한반도 통일 후의 간도 지방의 영토에 대한 영유권을 적극적으로 주장하자는 다소 극우적인 주장에서부터 좀 더 냉정을 찾고 장기적인 전망에서 실증적이고 객관적인 증거들을 찾아서 논리적이고 합리적으로 대응하자는 주장까지 한국 여론의 지형도만큼이나 다양한 의견들이 표출되고 있다.

그런데 우리의 이런 대응책들이 중국의 발 빠른 행보에 항상 사후약방문이 되는 것 같은 느낌은 어디에서 연유하는 것일까? 일찍이 세계적 차원에서 국가를 경영하였던 그들의 제국운영의 경험과 전략을 우리들은 넘어설 수 없는 것인가? 우리들의 노력은 왜 항상 사후적인 것이 되어야 하는가? 이른바 약소국이 지니는 태생적인 아픔으로 이해해야만 하는가?

필자는 이러한 질문에 답하기 위해서는 통렬한 자기반성과 더불어 동북공정 이전에 이러한 일련의 조치를 강구하게끔 작동하는 중국지식인들의 원형질적 속성에 대한 통찰이 필요하다고 생각한다. 그렇다면 과연 중국지식인의 세계관을 지배하는 이 감추어진 원형질의 정체는 무엇일까?

현대 중국사회를 이끄는 지식인, 지도자들의 세계관적 인식은 한족 중심의 文人 전통이라는 맥락에서 이해되어야 할 것이다. 붉은 중국을 건설했던 毛澤東의 공산사상 역시 중국적 文人의 전통 속에 습합된 마르크스-레닌주의였으며, 鄧小平, 江澤民 그 이후 湖錦濤에 이르기까지 중국의 지도자들이 펼쳤던 치세의 원리와 방법도 크게는 한족중심의 文人의 전통이라는 용광로 속에 현실이 용해되어 만들어진 사상에 다름이 아니라고 생각된다. 금년에 湖錦濤 주석이 미국을 방문하면서 미국과 차별화된 국가 노선을 주장하고 조율하면서 漢詩와 중국고전을 인용하여 문화적 우월감을 견지하며 미국과 미묘한 외교적 신경전을 벌인 일은 이러한 현대 중국지도자들이 지니는 문인 전통의 일면을 잘 보여준다.

여기서 한족 중심의 문인 전통이라고 했을 때, 이 말은 중국에 다양

한 소수민족이 존재하지만 그중에서 가장 뛰어난 王道의 문화를 이루
었던 한족의 문화가 그 중심이며 이를 祖宗의 문화로 습득한 文人의
한족 문화중심주의와 이러한 중화주의를 바탕으로 미숙한 변방의 문
화를 교화하고 다스려 중심의 문화로 용해시켜 융합해나가는 전통을
말한다고 할 수 있다.

　이러한 한족 중심의 문인 전통을 동북공정이란 역사기술에 집중하
여 그 근원을 추적하면 ≪春秋≫의 春秋筆法과 微言大義의 해석전통
에서 그 시원의식을 찾아볼 수 있을 것이다. 이른바 微言大義는 ≪春
秋≫가 드러내는 단순한 紀事, 한 글자(微言)가 거대한 담론의 경지에
서 심층적 의미를 밝혀보면 심대한 의미와 역사적인 교훈(大義)을 드
러낸다는 것인데, 이 大義란 다름 아닌 모든 역사적인 사실들은 大一
統主義 - 한족문화를 중심으로 세계가 질서 있게 체계 잡힌 문화적 질
서, 크게는 정치, 경제, 사회적 문제를 포함한 전 세계적 문화적 질서
- 로 귀결되어야 하고 결과적으로 귀결된다는 사상이자 믿음이다.
　제머슨의 논지를 빌리면, 文化的 一統主義란 일종의 이데올로기적
인 경향으로 그 일관된 체계 안에 들어오지 않는 것을 억압하는 기제
로 인정할 수 있고, 이를 온전한 인문학적 총체성을 해체하는 과정으
로 보고, 이와 같이 현실의 모순을 봉쇄하고 은폐하려는 억압을 뚫고

그 왜곡을 설명하고 교정하려는 노력이 가능할 것이다.

필자는 애초에 이러한 문제의식의 연장선상에서 경전에 註釋을 달아서 해석을 통하여 경전텍스트의 문맥을 밝히고 자신의 의견을 개진하는 중국적 학문전통에 주목하여, 註釋이 가지는 봉쇄전략적 해석 경향을 살펴보는 데 관심을 기울이고 이 글을 기획하였다.

그러나 朱子가 "述而不作"의 전통에 의해 편찬한 ≪楚辭集注≫를 연구해본 결과 이를 단순히 經文에 대한 봉쇄전략적인 의도로만 보기에는 무리가 있음을 구체적으로 살펴볼 수 있었다. 실제로는 朱子는 楚辭學을 통하여 문화적 一統主義라는 그의 사상의 봉쇄적 경향을 抱越하고자 했던 것으로 보였으며, 이는 온전한 인문학적 총체성으로의 지향이라고 판단되었다.

朱子에게 있어 儒家 經典에 대한 해석작업은 긍정적 해석학(positive hermeneutics)으로 자신의 유토피아적 전망을 확신하고 확대하는 과정이라고 이해할 수 있다. 이러한 긍정적 해석은 문화적 정통의식에 근거한 一統主義라는 교조적 성격을 강화시켜 폭력적인 결과-이것이 명대 이후 성리학의 專制的인 모습일 것이다.-를 빚게 될 수도 있다. 그러나 ≪楚辭集注≫의 경우는 긍정적 해석학과 부정적 해석학(negative hermeneutics)이 맞물려 있음을 알 수가 있는데, 이러한 맞물림을 통해서 中間子的 텍스트인 ≪楚辭≫가 正으로 지향하려는 의지가 있음을 보임으로써 문화적 정통의식에 근거한 一統主義가 가지는 교조적 성격을 회피하려고 했고, 일정 수준에서 상당한 성취를 이룬 것으로 보인다. 中間子的 텍스트의 지위가 正은 아니지만 그 의지가 자발적으로 正을 향하는 것으로 인식할 수 있게 하는 부정적 해석학의 기능을 朱子는 파악하고 있었던 것이다.

결국 중국문화와 고전을 완성했던 문인-지식인의 깊이와 사상을 이른바 역사를 고의로 중국적 문화봉건주의로 왜곡하려 한다는 해석 약호로만 단언하고 판단할 수 없었으며, 이 말은 동북공정에 대한 대응책이 생각처럼 단순할 수도 없고 또한 쉽지도 않을 것이며, 좀 더 근원적인 문제로 나아가 세계시민적 문화와 윤리에 기여할 수 있는가 없는가 하는 국가의 문화적 역량의 문제로 환언되어 역사적인 과제로 연장된다는 뜻이다. 이것은 또한 한족 문인들이 지니는 文化的 一統主義를 비판하고 경계해야 하지만 그것은 단순히 피상적으로 경제적 이익이나 정치적 경계의 판도 문제를 떠나 한 민족과 국가의 정체성을 결정하고 세계시민적 인류문화에 우리의 그것이 얼마나 기여할 수 있고 가치가 있는 것이 될 수 있는가 하는 사상과 믿음의 문제를 심도 있게 다루는 경지로 가야 한다는 뜻이기도 하다.

혹자는 이러한 필자의 논지를 의아해 하면서 결국 이 글을 통해서 중국문인의 문화적인 一統主義를 옹호하려는 것이 아니냐는 질문을 던질 수도 있겠다. 그러나 사실 朱子와 그의 제자들의 학파가 당시에는 학문적인 소수파이며, 주류적인 입장에 있지도 않았으며, 朱子의 세계관이 지배이데올로기화된 것이 원대를 거쳐 명대에 정치권력과 만나게 되면서 시작되었다는 점을 상기하면 필자의 논지를 곡해할 염려는 없을 것이다.

　필자는 동북공정이라는 도전을 일시적이고 피상적인 정치적 과제로만 여기지 말고 이를 우리 문화공동체가 풀어야 할 인문학적 화두의 시발점으로 삼아 孔子와 朱子가 성취한 문화석 一統主義를 넘어, 다양한 세계문화사적 潮流와 성취를 온전한 인문학적 총체로 오롯이 담아내어 우리문화의 정체성과 정통을 새로이 규정하겠다는 각오로 기존 우리인문학의 성취를 반추하고 새로운 抱越的 학문 전통을 재정립하는 계기로 삼아야 한다는 것이다. 만약 우리 자신의 문화적 인문학적 역량이 세계시민적 윤리와 문화와 사상에 부응하지 못하고 국수적이고 고착화된 것으로 낙오되면 우리는 세계시민적 문화의 변방으로 전락할 수밖에 없을 것이라는 점을 우려하는 것이다.

2007년 4월

I. 緒　論

I. 緒 論

1. 문제제기

본 연구는 《楚辭集注》에 대한 연구이다. 그러나 연구의 중점은 《楚辭》에 있기보다는 '集注'에 있다. 그런 점에서 이는 일반적인 楚辭學의 전통에서 벗어난다고 할 것이다. 전통적인 楚辭學1)

1) 楚辭學은 초사의 본질에 접근하려는 것이 목적이었지만, 그러한 본질의 규명보다는 시대적인 변화에 따른 현상의 설명에 치우친 감이 있다. 楚辭學은 戰國 末에서 西漢에 걸쳐서 배태되고 東漢 때에 班固와 王逸에 의해서 온전히 성립하였다. 班固는 '屈原賦二十五篇'과 '露才揚己'의 화두를 던졌다. 전자는 楚辭의 작자 문제와 편수 및 편차 문제 등의 추론에 결정적인 영향을 주었고, 후자는 楚辭 특히 〈離騷〉의 내용과 屈原의 인격을 논함에 있어서 역대 초사학의 중심어가 되어 왔다. 王逸은 《楚辭章句》를 통하여 그의 經學的인 입장을 대변하고 있다. 〈離騷〉를 離騷經으로 부르기 시작했다든지, 屈原을 儒家 정치이념에 충실했던 인물로 부각시켰다든지 하는 것도 王逸의 《楚辭章句》에서 유래한다. 이후 초사학은 王逸의 이러한 입장을 큰 줄기로 하여 전개되어 왔다고 할 수 있다. 그리고 육조의 개혁기를 거쳐 수·당대에 재차 정리되어, 송대의 晁補之의 《重編楚辭》, 洪興祖의 《楚辭補注》, 朱子의 《楚辭集注》에 의해 개화하였으며, 원·명대에 다시 한번 도약하였다. 晁補之의 《重編楚辭》는 새로이 주를 단 것이 아니라 劉向이 편집한 楚辭 16권을 재편집한 것이다. 한편 그의 초사관은 《鷄肋集》 권36에 보이는 서문들인 〈離騷新序〉 3편, 〈續楚辭序〉 1편, 〈變離騷序〉 2편에서 잘 드러나는데 그곳에서 그는 문학의 사회적 공능성이라 할 '敎化'와 '諷諫'과 '愛君' 정신의 發揚을, 《詩經》이 그런 역할을 충분히 했듯이, 楚辭도 충분히 해내고 있다고 파악하고 있다. 楚辭를 개인의 '發憤之作'이기 이전에 사회적인 '敎化之作'으로 파악하

은 ≪楚辭≫ 텍스트 자체 의미에 대한 해석에 치중하고, 단어와 문장의 변용들을 살피고, 가치평가를 내리는 작업들이 주를 이루고 있었다. 그러나 본 연구는 ≪楚辭≫텍스트에 대한 朱子의 解釋

려 했고, 屈原은 그런 봉건적 예교를 지녔기 때문에 추앙을 받게 되었다고 본 것이다. 철저한 유가 정치 이념에 충실한 접근이었으며, 따라서 그의 초사학을 한마디로 말하면 儒家의 道統에 입각한 愛國經世였다고 할 것이다. 洪興祖의 ≪楚辭補注≫는 楚辭學史上 다음 세 가지의 업적을 지닌다고 할 것이다. 1. 여러 판본을 모아 문자를 교정하고, 2. 語義를 解釋하여 舊注의 잘못을 바로잡았고, 3. 문헌을 보존하고 遺說들을 실어 기록한 것 등이다. 그는 〈離騷後語〉와 〈離騷後序〉에서 屈原을 단순한 애국자가 아니라 불세출의 순국열사, 혹은 성인으로까지 추앙하여 신격화하기에 이르기도 하였다. 한편 朱子는 해석 방면에서 晁補之의 寓言說를 발전시켜 초사 해석의 지평을 넓혀 놓았다. 청대가 되어 모든 학술의 부흥과 함께 樸學에 의한 한학으로의 복귀가 이루어지면서 초사학은 다시 한대 성립기의 문제의식 앞에 서게 된다. 청대의 가장 대표적인 3대 초사학 저서는 王夫之의 ≪楚辭通釋≫과 蔣驥의 ≪山帶閣注楚辭≫, 戴震의 ≪屈原賦注≫이다. 王夫之는 明의 遺臣이라는 자신의 처지를 屈原과 연결시킴으로써 屈原의 '發憤著書'를 연상케 하였고, 초속을 중시하며, 유가적인 입장뿐만 아니라 도가적인 입장도 곁들여 초사를 해석했다. 蔣驥는 청대 고증학의 성과를 십분 수용하면서도 신화와 전설에 대한 긍정적인 시각으로 초사를 이해하였다. 특히 知人論世의 입장에서 초사 지도를 작성하고, 〈九章〉을 중심으로 작품의 편차를 추정하였으며, 〈離騷〉와 〈二招〉에 대한 〈幻境說〉을 주장하였다. 청대 고증학의 대표적인 인물로 꼽히면서 기철학과 유물론으로 더욱 유명한 戴震은 38세에 ≪屈原賦注≫를 10여 년의 보완을 통하여 완성했다. ≪屈原賦音義≫, ≪屈原賦通釋≫ 등을 포함하여 간명한 초사 학습참고서의 성격을 지닌 이 저작은 유가적인 입장을 견지하면서도 淸朝의 만주족 통치자들에게 빌미를 줄 수 있는 소지는 철저히 배제시켰다. 明代의 汪瑗에 대한 평가에서 보듯 '創新'보다는 '信古'에 충실한 양상을 보인다. 손정일, ≪청대 삼가 초사학 연구≫, 연세대 대학원, 1998, 한글요약, pp.18-25, pp.39-54, pp.256-261 참조 및 인용.

學(hermeneutics)的인 체계로서의 '集注', '楚辭'經文2)의 텍스트성(textuality)의 실현의 양상과 이러한 방법론의 전제로서 朱子의 총체(totality)적인 세계인식과 사고관3)에 연구의 초점이 맞추어져 있다. 특히 "이 모든 방법론의 전제로서 朱子의 총체적 세계인식"이란 언명에 대해서는 1.3. 연구방법에서 상세히 다루려 한다. '왜 朱子의 총체적인 인식이 이 모든 방법론의 전제가 되어야 하는지?', '왜 朱子의 '楚辭'經文에 대한 이해가 총체적 인식이란 용어

---

2) 여기서 《楚辭》를 經文이라고 부른 것에 대하여 설명이 있어야 겠다. 사실 《楚辭》를 유가적인 의미에서 經이라 일별해서 칭했던 적은 역사상 없었다. 단지 王逸이 《楚辭章句》에서 〈離騷〉를 〈離騷經〉이라 칭하고, 屈原을 유가의 정치이념에 충실한 인물로 부각시킨 이후로 후대의 학인들이 이를 존중하여 〈離騷〉를 經으로 칭했었다. 朱子 역시 《楚辭集注》에서 이러한 왕일의 견해를 인징하여 〈離騷〉를 經으로 표제하였는데, 이는 《楚辭》 자체를 經으로 높였다기보다는 굴원의 인물됨이 유교의 강령에 부합되는 忠君愛國의 인물이었음을 인정하는 정도의 것이었다고 보아야 할 것이다. 그런데 본고에서 필자가 《楚辭》를 經文이라고 부른 것은, 古文經學에 경도되었던 인물들이 《楚辭》를 하나의 텍스트로 하여 古文經學的 입장에서 楚辭學을 성립시켰듯이, 朱子도 義理經學적인 입장에서 《楚辭》를 하나의 텍스트로 하여 集注작업을 진행시키고 있다고 보았기 때문이다. 곧 朱子가 《楚辭》의 해석과 이해에 있어서 경학적인 입장을 견지하고 있음을 보이기 위하여 經文이라는 용어를 사용한 것이지, 《楚辭》의 정체가 유가적 경전이라서 經文이라는 이름을 붙인 것은 아니다.

3) 여기서 언급된 해석학(hermeneutics)적, 텍스트성(textuality)적, 총체(totality)적이라는 용어는 문학 비평적으로, 혹은 철학적으로 정의내리거나 이해하는 데 至難한 요소들을 함축한 개념들이다. 이 개념들은 이미 수 세기에 걸쳐서 의미가 轉用되거나 擴大되어 왔으며, 때로는 前代의 유사개념들을 새로운 내용으로 정의하며 그 함의로 포섭하여 왔다. 그러므로 본 연구에서 사용될 개념의 의미적 정의와 그 범위를 한정할 필요가 있는데, 이는 1.2. 용어의 정의와 그 사용 범위에서 상세히 서술할 것이다.

를 통해서 이해되어야 하는지?'는 본 연구에서 전제되어야 할 중요한 방법론적 기초이기 때문이다.

필자가 ≪楚辭集注≫를 이러한 관점에서 바라보고 연구를 진행하는 목적은 첫째, 하나의 例示的인 작업을 완성해 보려는 데 있으며, 둘째, 楚辭學이 朱子에게 있어 어떠한 학문적 의미가 있으며 朱子學의 역사적 입지에 어떻게 기여했는가를 살피는 것이다.

첫 번째 예시적인 작업이란 經文을 注를 통하여 이해하고 해석하며, 다시금 재해석하는 중국학의 학문적인 전통을 이해할 수 있는 틀을 가늠해보려는 데 있다. "述而不作"4)의 전통에 입각한 古

---

4) "子曰, 述而不作, 信而好古, 竊比於我老彭."(나는 전술하기만 하고 창작하지 않으며, 옛것을 믿고 좋아함은 저으기 우리 노팽에 견줄 만하다.)≪論語 제7편 제1장≫ 필자는 이러한 '述而不作'의 학문전통이 상호텍스트성(intertextuality)이 함의된 해석학(hermeneutics)적인 방법론의 체제에 비견될 수 있다고 생각한다. 古來로부터의 중국 학인들의 훈고적 학문방법은 정통성을 擔持하면서 동시에 사상적 혁신성을 구축하기 위하여 채택된 해석학적인 방법론과 다름이 아니라고 생각하는 것이다. 그리고 朱子는 이러한 해석학적 방법론을 원용하여 효과적으로 정통성을 확보하면서도 동시에 자신만의 독창적이며 시대에 부응할 수 있는 사상적 체계, 더 나아가 문화적인 체계를 구축할 수 있었다고 보는 것이다. '述而不作'에 대한 朱子의 견해를 살펴보면 이러한 관점의 단초를 어느 정도 엿볼 수가 있다.

徐兄問, 述而不作是制作之作乎? 曰, 是, 孔子未嘗作一事, 如刪詩, 定書, 皆是因詩書而刪定. 又曰, 聖人不得時得位, 只如此. 聖人得時得位時, 更有制作否? 曰, 看聖人告顏子四代禮樂, 只是恁地, 恐不大段更有制作. 亦因四代有此禮樂, 而因革之, 亦未是作處. 又問, 如何作春秋? 恐是作否? 曰, 其事則齊桓晉文, 其文則史, 其義則丘竊取之矣, 看來是寫出魯史, 中間微有更改爾. 某嘗謂春秋難看, 平生所以不敢說著. 如何知得上面那箇是魯史舊文, 那箇是夫子改底字? 若不改時, 便只依魯史, 如何更作春秋做甚? 先生徐云, 知我者其惟春秋! 罪我者其惟春秋乎! 又公羊穀梁傳云,

其辭, 則丘有罪焉耳. 這是多少擔負! 想亦不能不是作, 不知是如何. ≪朱子語類 卷 第34≫〈論語16 述而篇 述而不作章〉

"논어의 '述而不作'의 '作'이 '制作'의 뜻입니까?"

"그렇다네. 공자께서는 일찍이 한 가지 일도 지은 바가 없으니 예를 들어 詩을 删定하고 書를 定理하는 것도, 전에 있던 詩와 書로 인하여 删定하셨을 따름일세."

"성인이 때와 직위를 얻지 못하면 다만 이와 같을 것입니다. 그런데 성인이 때와 직위를 얻는다면 作함이 있지 않을까요?"

"성인이 顔子에게 四代의 禮樂을 일러 준 것이 이런 경우인데, 결코 무슨 作함은 있지 않았네. 역시 四代의 禮樂으로 인하여 오늘날의 禮樂이 있게 되는 바, 옛것으로 인하여 혁신하였지 일찍이 무슨 作함이 있지는 않았네."

"'作春秋'라는 말이 있는데 이는 어찌된 것입니까? 作한 것이 아닙니까? 또 '기록하는 바의 일은 齊나라 桓公의 일과 晉나라 文公의 일이요, 그 기록한 글을 史라고 하며, 그 기록된 일들의 뜻과 의의는 저으기 내(공자)가 취하였다.'는 말이 있는데, 이를 보건대 공자께서 春秋를 지음에 중간 중간에 약간의 改作함이 있었던 것으로 볼 수 있을 것입니다. 某씨가 이르기를 '춘추는 정말 보기 어려우니 평생에 감히 드러내 이야기할 수 있는 바가 없다'고 하였습니다. 그렇다면 春秋의 어느 부분이 공자께서 改作하기 이전의 것이며 어느 부분이 공자께서 改作하신 부분인지 어떻게 알 수가 있습니까? 만약 무슨 作함이 없었다고 한다면 단지 옛날에 있던 魯史 그대로일 것인데, 어찌 다시금 '作春秋'함이 있겠습니까?"

"공자께서 '나를 알아주는 것은 오직 春秋일 것이로다! 나를 벌할 것 또한 오직 春秋일 것이로다!'고 하셨고, 春秋 公羊穀梁傳에도 이르기를 '그 글인즉 내(공자)가 이에 죄가 있다.'고 했으니 이 얼마나 감당하기 어려운 것인가! 생각하건대 이러한 공자의 말에 드러난 일들을 作이 아니라고 말하기도 어려우니, 이 말들은 어찌된 것인지 나도 모르겠다."

이러한 朱子와 제자의 문답에서 朱子는 모든 문화적인 소산과 정신적인 전통은 이전의 성인들의 創作에 의해 이미 갖춰져 있으며 孔子는 이러한 소산과 전통 가운데서 끊어지거나 결여된 것을 회복하고 재정립하고 있을 뿐 실제적인 창작은 하지 않았다는 견해를 표명하고 있다. 그러나 '作春秋'라는 개념의 설명에 이르러 어려움을 토로하고 있다. 朱子는 이어지는 제자와의 문답에서 이 개념에 대한 해결의 실마리를 찾고 있다.

行夫問, 述而不作章. 曰, 雖說道其功倍於作者, 果是有删否. 要之, 當時史官收詩時, 已各有編次, 但到孔子時已經散失, 故孔子重新整理一番, 未見得删與不删. 如云, 吾自衛反魯, 然後樂定, 雅頌各得其所, 云各得其所, 則是環其舊位《朱子語類 卷 第34》〈論語16 述而篇 述而不作章〉

論語의 '述而不作'章의 의미를 제자가 물으니, 朱子가 답하였다.
"비록 删定하는 것의 功이 創作하는 것보다 곱절이나 된다고 말할 수 있으나, 결국에는 删定함이란 것도 없는 것이다. 요약하여 말하면, 옛날에 史官이 詩를 모을 때는 이미 編次가 갖추어져 있었으나, 공자의 시대에 이르러 散失되고 말았다. 그러므로 공자께서 다시금 새로이 조리를 갖추신 것이니, 무슨 删定했다느니 하는 말은 얻어 볼 수조차 없는 것이다. 이것은 공자께서 '내가 위나라에서 노나라로 돌아온 연후에야 樂이 정해지고 雅頌이 각기 그 마땅한 자리를 얻었다.'고 한 말과 같으니, 각기 그 마땅한 자리를 얻었다고 하는 깃은 곧 그 옛날의 위치를 회복하도록 돌이키신 것이다."

朱子는 제자와의 이러한 최종적인 대답을 통해서 删詩이든 定書이든 作春秋이든 그것이 어떠한 용어로 정의되든 모두가 '述而不作'의 범주에 들어 있는 서술행위이며, 이는 각각의 서술주제가 '各得其所(각기 그 마땅한 자리를 얻음)'으로써 '環其舊位'(그 옛날의 위치를 회복)하는 것에 목적이 있다는 것으로 결론을 내린다. 《論語集注》에서 이러한 결론이 최종적으로 드러난다.

……孔子删詩書, 定禮樂, 贊周易, 修春秋, 皆傳先王之舊, 而未嘗有所作也. ……當是時, 作者略備, 夫子蓋集群聖之大成而折衷之, 其事雖述, 而功則倍於作矣, 此又不可不知也《論語集注》〈述而 第7 第1章 注〉
……공자는 詩와 書를 删削하고, 禮樂을 정리하였으며, 周易을 贊述

來의 경학적인 문헌들을 형식적으로는 해석학적이고 텍스트 이론적인 틀로 분석하고 내용적으로는 총체적 세계인식의 틀 안에 포섭함으로써 이러한 목적에 접근하려는 것이 필자의 의도이다. 이는 물론 한정된 텍스트(楚辭)와 한정된 해석(集注), 해석자(朱子)를 대상으로 진행되는 것으로 原文과 注로 이루어지는 텍스트에 대한 보편적인 해석법으로 타당성을 인정받기에는 일정 부분 한계가 있을 수밖에 없을 것이다. 그러나 原文과 注로 이루어진 경학적 텍스트에 대한 새로운 이해에 다소 나마 도움이 되는 면이 있

(부연)하였으며, 春秋를 編修하였으니 이 모든 것은 先王의 옛것을 傳述한 것으로 일찍이 창작한 것은 있지 않다. ……당시에 창작은 대략 갖추어져 있었으니 공자께서는 대저 뭇 성인들의 업적을 집대성하여 절충하였으니 그 하신 일은 비록 傳述함이었으나 그 공은 창작의 곱절이 되니, 이것을 또한 알지 않으면 안 된다.

결국 聖人에 의해서 이루어졌다고 믿어지는 문화적인 소산과 정신적인 전통을 잇고 이를 보충하는 활동은 모두가 그 대상을 ‘各得其所(각기 그 마땅한 자리를 얻음)’케 하여 ‘環其舊位(그 옛날의 위치를 회복)’하는 기능을 가지므로 ‘述’하는 행위이지 ‘作’하는 행위가 되지는 않는 것이다. 이러한 朱子의 견해는 ‘作春秋’를 ‘修春秋’로 환치시킨 것에서 명확히 드러난다.
이러한 논지에서 의하면, 朱子가 聖人으로부터 이어지는 문화적인 정통성을 확보한 상태라면 朱子가 행하는 주석작업과 해석은 성인으로부터 내려오는 문화적인 온전성을 擔保하여 주는 타당한 傳述작업이 되지 황당한 創作이 되지는 않는 것이다. 그리고 역으로 이러한 주석작업과 해석은 朱子의 문화적인 정통성을 다시금 견고히 확인해주는 장치가 되는 것이다. 사실 필자는 본고에서 朱子의 이러한 문화적인 정통성의 확보가 그의 총체적 세계인식체계에 함의되어 있으며, 그의 注를 통한 해석작업은 그의 총체적 세계인식체계와 끊임없이 상호 교류, 연동하면서 兩者의 맥락적인 타당성을 높여 주는 기능을 하고 있다는 것을 보이려는 데 치중하고 있는 셈이다.

을 것으로 사료된다.

그리고 수많은 朱子의 주석서 가운데서 왜 하필이면 ≪楚辭集注≫를 선택했는가에 대해서도 설명이 필요할 것 같다. 사실, 朱子가 71세로 생을 마감하기까지 '述而不作'의 유교적 전통에 의거하여 親著, 共著, 編修한 주석서들은 52편에 이르고, 卷數로는 400卷(散失本 제외)이 넘는다5). 그런데 왜 하필이면 ≪楚辭集注≫인가?

이에 답하기 위해 우선 몇 가지 사항을 전제해야 한다. 朱子가 注를 가한 여러 저작들을 텍스트로 환언해 본다면, 그 텍스트를 구성하는 한자는 텍스트기호로 바꿔 볼 수 있을 것이다. 이러한 텍스트 언어기호는 기표(signifiant)와 기의(signifié)만을 대상으로 하는 좁은 의미의 기호론을 지향할 수도 있으나, 여기서는 언어 사용자(화자와 청자, 혹은 작자와 독자)를 포함하는 넓은 의미의 기호론을 상정한다6). 이러한 전제하에 언어기호는 크게 일상언어기호, 문학언어기호, 공용언어기호7)로 나눌 수가 있다. 일상언어기호는 일

---

5) 王懋竑의 ≪朱子年譜≫, 江永의 ≪考訂朱子世家≫에 따랐다.

6) 고영근, ≪텍스트이론－언어문학통합론의 이론과 실체≫, 서울: 도서출판 아르케, 1999, p.109 인용.

7) ㄱ. 일상언어기호는 청자와 화자가 자신의 주변에서 일어나는 사건을 양방향적으로 주고받는 크고 작은 한 덩어리의 '發話'가 통보행위의 단위가 된다. 화자가 청자에게 일방적으로 진술하는 敍述(또는 敍事) 형태의 말씨도 이에 포함되며 내적으로 청자를 상정하고 있다고 생각하여 독백도 일상언어기호에 포함한다.

화자 ←——— '발화' ———→ 청자

(여기서의 양방향 화살표는 화자와 청자가 이야기를 주고받는 상황이 양방향적이라는 뜻이다.)

상생활에서 주고받는 말을 가리키며, 문학언어기호는 전자에 심미적 기능이 부가된 기호를 가리킨다. 공용언어기호는 내용을 논리적으로

ㄴ. 문학언어기호는 일상언어기호와는 달리 문자언어에 기대기 때문에 '發話' 대신에 '作品'이 통보행위의 단위가 된다. 그리고 '話者'는 '作者'로, '聽者'는 '독자'로 대치된다.

작자 ——— '작품' ———⟶ 독자

(여기서의 일방화살표는 통보기능이 일방적이다는 뜻이다.)

ㄷ. 공용언어기호는 우리의 공공생활에서의 문자의 힘을 빌려 수행되는 '文書'가 통보단위가 된다.

필자 ——— '문서' ———⟶ 독자

(여기서의 일방화살표는 통보기능이 일방적이라는 뜻이다.)

이상의 세 종류의 통보행위에 나타나는 '발화', '작품', '문서'는 텍스트라는 단위로 포괄될 수 있는데, 텍스트가 사람의 의도적인 통보의 매체인 이상, 이를 주고받는 과정에는 반드시 생산자와 수용자가 전제되어야 한다. 그래서 '화자', '작자', '필자'는 텍스트의 생산자가 되고, '청자'와 '독자'는 텍스트의 수용자가 된다. 텍스트의 수용은 加工(verarbeitung)의 단계를 거쳐 남에게 물려줌의 절차를 밟게 되는 게 보통이다. 그리고 텍스트의 생산은 생산자의 창의 이외에 다른 텍스트와의 상호 작용이 게재하기 마련이다.

(물려받음) — 생산(생산자) / 상호텍스트성 게재 ⟵ 매개 (텍스트) ⟶ 수용 (수용자) — 가공 — (물려줌)

결국 광의의 언어기호학적인 측면에서 볼 때, 세 가지 언어기호는 모두 생산자와 수용자가 전제되어 있다는 점에서 공통된 특징을 가지고 있다. 이는 즉발적이나 우회적이냐는 차이가 있을 뿐 궁극적으로는 양방향적인 통보행위의 성격을 띠기 때문이다. 상게서 pp.110-114. 참조.

귀결시켜 주장을 뚜렷이 하는 논설, 논문류를 주로 가리킨다.8)

　필자는 朱子가 注를 단 原文텍스트들 가운데서 일상언어기호나 공용언어기호보다는 문학언어기호로 이루어진 텍스트에 관심을 가졌는데, 이는 문학언어기호가 다른 언어기호와는 다르게 허구적인 세계가 미적으로 구축되어 있기 때문이다. 허구적인 세계로 구축되어 있는 만큼, 작품 생산자의 상상력이 가미되기 마련이고, 특히 시의 경우에는 고도의 整齊美가 결부되는 것이 보통이다. 결국 문학언어기호로 된 텍스트를 음미하려면 그 속에 함축되어 있는, 혹은 내포되어 있는 의미(共示義)를 탐색해야 하는데9), 이러한 탐색과정을 해석학적이며 동시에 상호텍스트적인 이해의 진행과정으로 파악하고서 분석해보면, 朱子가 注를 통해 原文텍스트의 의미맥락을 그의 총체적 세계인식의 틀로 귀납시키는 과정을 이해하는 데 더욱 용이할 것이다. 原文텍스트에 대한 注의 이러한 봉쇄전략 (stratagies of containment)10)의 효과와 그 의의를 파악하는 것이

---

8) 상게서, p.109 참조.

9) 상게서, pp.114-115 참조.

10) 제머슨의 논지에 의하면 봉쇄전략이란 그 일관된 체계의 경계 안에 들어오지 않는 것들을 억압하는 이데올로기적 경향으로, 이는 총체성의 해체과정으로 본다. 이는 봉쇄전략을 수행하는 이러한 총체적 인식은 더 이상 총체성적인 것이 아니다. 그러나 이러한 논지는 朱子의 시대를 중세봉건사회로 규정하는 역사적 해석 약호가 전제된 것으로, 필자의 해석작업을 현실의 모순을 봉쇄하고 은폐하는 작품 저항(본고에서는 朱子의 注에 해당)을 뚫고, 왜곡을 설명해내는 일이라고 볼 때 성립할 수 있다. 그러나 필자는 朱子의 시대를 중세봉건사회로 규정하는 역사적인 해석약호를 전제하지 않는다. 왜냐하면 본고는 朱子의 총체적 사유체계가 인식론적으로나 존재론적으로나 그리고 윤리론적으로나 메타적인 이론과 문헌학적 해석, 그리고 학

24

필자의 주된 관심사이므로 문학언어기호로 구성된 텍스트와 그에 대한 注인 ≪楚辭集注≫를 例示的인 목적으로 선택하게 되었다. 이에 비하여 일상언어기호나 공용언어기호로 된 텍스트들은 해석자의 내면적인 지향 곧 총체적 세계인식의 틀을 이해하고 구성하게끔 하는 재료와 구성요소로서의 역할을 할 뿐, 해석학적인 과정을 통하여 얻어지는 注의 봉쇄효과가 어떤지를 파악하는 데는 좋은 재료가 되지 못한다고 할 것이다. 이는 일상언어기호나 공용언어기호로 구성된 텍스트들은 내포적인 의미와 결부되는 일이 거의 없고 대부분이 외연적이거나 지시적인 의미(外示義)를 지닐 뿐이기 때문이다.11)

그런데 이러한 설명에도 불구하고 이어지는 또 한 가지 의문은 문학언어기호로 된 텍스트가 ≪楚辭集注≫만은 아니라는 사실이다. ≪詩集傳≫도 이러한 조건을 충족시킨다고 볼 수 있는데, 필자는

문적인 실천과 정치사회적인 활동을 통해 어느 정도의 수준으로 완결integrity화되어 가는지 그 과정과 타당성을 점검하는 방법론의 문제에 집중하고 있기 때문이다. 이러한 필자의 견해는 변증법적인 사고는 '총체성에 대해서' 사고하는 것이 아니라 '총체성을 사고'하는 것이라는 William C., Dowling(≪*Jameson, Althusser, Marx: The Introduction to The Political Unconscious*≫, London: Methuen, 1981, pp.38-56. 이경덕 〈Fredric Jameson의 역사주의적 상상력〉, 연세대 석사 논문, p.3. 재인용)의 지적처럼 본래적 총체성이 되지 못한다는 견해에 직면할 수 있다. 그래서 본고는 1.3 연구방법에서 필자의 해석학적인 지평과 목적에 대해서 명확한 정의를 내려 용어의 공통 사용에서 오는 오해를 피할 것이다. Jameson, Fredric. ≪*The Political Unconscious: Narrative as a Socially Symbolic Act*≫, London: Menthuen, 1981. pp.52-53. 참조.

11) 상게서, p.114. 참조.

이를 피하고 ≪楚辭集注≫를 택했다. 이는 ≪詩經≫은 朱子의 내면지향 혹은 총체적 세계인식의 틀에 正으로 부합되는 텍스트로 朱子의 原文텍스트에 대한 봉쇄의 노력이 상대적으로 빈약한 반면 ≪楚辭≫는 朱子의 내면지향 혹은 총체성적 인식에 正과 反의 사이인 中間子的인 위치를 점하고 있는 것으로 이해하였고, 朱子는 注를 통해 '楚辭'經文을 효과적으로 봉쇄함으로써 中間子的인 原文텍스트의 의미맥락을 朱子의 내면 지향과 正으로 수렴되고 있는 지점으로 이끌고 있다고 생각되었기 때문이다. 이는 역으로 또 다른 중요한 기능을 하게 되는데, 朱子는 '楚辭'經文을 注를 통해서 봉쇄함으로써 原文텍스트를 그의 내면적인 의미맥락 안으로 봉쇄할 뿐만 아니라, 이러한 문학적인 텍스트를 효과적으로 봉쇄함으로써 그의 총체적 세계인식의 틀을 더욱 실천적인 것으로 그리고 더욱 널리 그러면서도 더욱 견고한 것으로 만들어내는 기능도 하게 된다는 것이다. 어찌 보면 이러한 후자의 기능이 朱子의 인식을 역사적인 맥락에서 총체화시키는 가장 중요한 기제였을 것이며, 동시에 이러한 고문헌에 대한 해석적 작업이 없었다고 한다면 朱子의 성리학적 인식체계에 관한 학문적 논의가 송대 이후 중국사에 그토록 역동적으로 굽이치지는 못했을 것이다. 이러한 결론적인 논의는 본론에서 다루어질 분석들을 근거로 결론 부분에서 어느 정도 명확히 드러날 것이다.

2. 용어의 정의와 그 사용범위

여기서는 본 연구에서 주요하게 쓰일 용어들의 개념적인 정의와
그 사용과 수용의 범위를 규정한다.

(1) 총체(totality)적 세계인식

총체성(totality)이란 용어는 직접적으로 마르크스주의 비평에서
연유한다. 대부분의 마르크스주의 비평은 우리가 문학작품이나 예
술작품이라고 간주하는 대상은 역사적 세력의 산물이며 그 역사적
세력은 그것이 형성된 물질적 조건에 초점을 맞춤으로써 분석될
수 있다고 가정한다. 마르크스주의자들에게 있어서 이 물질적 조
건은 계급에 의한 자본의 통제, 바꿔 말하면 생산수단(means of
production)의 통제라는 관점에서 논의된다. 생산수단의 통제는 보
통 지식생산 및 문화생산의 통제도 수반한다. 하지만 그러한 지배
는 계급들에 의해 수동적으로 인정되거나 수락되는 것은 아니다.
역사상 모든 시대의 특징은 계급 간의 투쟁과 불화다. 따라서 마
르크스주의자들에게 역사는 이음매가 없는 통일체나 전체가 아니
라 분쟁과 모순의 장이다. 한 시대의 특징으로 흔히 받아들여지는
것은 실제로는 그 시대의 지배계급이 표명한 것이다. 그런 만큼
그것은 이데올로기적이며 통일된 사회적 총체성을 생산하려는 시
도이다.12) 그러나 계급의 이데올로기로서의 총체성은 필자가 본고

에서 다루는 총체성의 개념이 아니다. 이러한 총체성의 개념은 1차대전 이후에 서구 마르크스주의자들에 의해서 극복되는데 루카치(Lukacs, George 1885-1971), 그람시(Gramsci, Antonio 1891-1937), 코르쉬(Korsh, Karl 1886-1961) 등의 서구 마르크스주의자들은 1차대전 후의 혁명의 실패를 거울삼아 특히 경제결정론과 기계론에 반대하면서, 역사과정의 주체로서의 인간의 주관적 요소와 이데올로기의 자율성을 강조하여 실천문제와 상부구조의 문제를 해명하려고 노력했는데, 루카치는 이런 내용을 총체성의 개념으로 구체화시켰다. 총체성은 주체가 객체를 이해하는 인식론적 범주이고 그것과 연관된 실천은 주체가 객체에 가하는 합목적적인 행위라고 간주했다. 루카치가 총체성을 강조하는 배경은 사상적으로는 주체-객체, 자유-필연의 간극을 극복하려는 노력의 산물이고 정치적으로는 제1차세계대전을 겪으면서 세계에 대한 총체적 진리를 요구하는 하나의 흐름이 생겼기 때문이다.13) 루카치의 총체성이란 말 그대로 피상적으로 볼 때에 잡다하고 무질서하고 혼란스럽게 보이는 상태를 어떤 특정한 맥락에서 설명하려고 할 때 사용되는 개념이다. 애초에 분화된 이질성이 없다면 총체성이란 말은 아무런 의미나 내용이 없을 것이며, 그와 반대로 분화와 이질성만 있다면 총체성이란 말은 무의미하거나 규제의 개념 정도에 그칠 것이다. 따라서 총체성 개념이 지닌 유용성은 수많은 이질적 요소들의 생성 과정, 경향성, 매개, 지양, 상호관계 등을 설명할 수 있다는 점이다.

---

12) 조셉 칠더즈, 게리 헨치 지음, 황종연 옮김, ≪현대문학문화비평용어 사전≫, 서울: 문학동네, 1999. p.266 인용.

13) 임채문, ≪루카치의 총체성 개념≫, 서울대 학위 논문, 1993.

28

그리고 총체성의 개념이 지니는 또 다른 유용성은 기존의 분과적이고 분석적인 설명이 지닐 수 있는 한계를 극복할 수 있다는 장점이 있다. 왜냐하면 기존의 연구방법은 대부분 파편화, 고립화, 단순화, 객관화, 기계화, 기능화 등의 비유기적인 접근을 함으로써 대상을 物化시키지만, 총체성에 입각한 방법은 현실 자체가 가지는 유기적인 연관을 올바르게 파악할 수 있게 해주기 때문이다. 또한 총체성이란 개념 틀을 사용함으로써 '한 가지 또는 몇 가지의 원인과 거기에 수반되는 결과'라는 도식으로 담아내기 힘든 역사적 진행이나, 사회·정치적 양상, 다양한 문학적인 서술들을 설명할 수 있는 가능성을 어느 정도 지니고 있다고 믿고 있기 때문이다.

그러나 필자가 사용하려는 총체성이라는 용어의 함의는 또한 루카치적 총체성에서 그치는 것은 아니다. 루카치가 헤겔로의 전환을 통해 총체성의 기반을 확대하였듯이, 필자가 정의하려는 총체성이란 서양의 인문학적, 종교학적인 전통에 있어서의 궁극 추구와 잇닿아 있는 개념으로 확대된다. 그래서 필자는 서구 정신의 근원으로 인식되는 그리스인들이 지녔던 총체성적 인식의 근저를 추적하여 중세와 계몽주의로 이어지는 근대의 제반 철학적, 종교학적 조류에서 총체성적 인식의 경향들을 파악해 보기로 한다.

그리스인들의 총체성에 대한 개념은 인간이 잃어버린 우주와의 합일을 회복함으로써 유한한 인간존재의 불확실성을 극복하려 한 신플라톤주의에서 찾아볼 수 있을 것이다. 그러나 그들의 시간관은 끝없이 돌고 도는 순환의 개념이었으므로 '縱的' 혹은 通時的 총체성의 개념이 부재하였기에 진정한 총체성이 될 수는 없었다.

그러나 이러한 그리스철학의 통시적인 총체성의 결여는 유대교와 기독교 사상의 역사적인 성취(historical fulfillment)라는 개념이 介在되면서 비로소 종적 총체성이 갖추어진다. 이는 다름 아닌 유토피아에 대한 인식과 전망인데, 이러한 유토피아에 대한 인식은 이후 서양철학에 있어 기본적인 인식토대가 된다.14)

중세에도 이러한 전통은 이어졌다. 그러나 논의는 유기체론에 기반을 두고 진행된 것으로 이러한 유기체론은 역사적 차원에 인식이 부족했고, 전체에 종속된 부분들을 총합하는 총체성으로 이해될 수 있어 마르크스적 총체성 개념과는 차이가 있다.15) 오히려 이는 스피노자의 견해로 귀납적으로 귀결되는데, 스피노자에게 있어서 총체는 예견적 상황, 불가피한 것, 필연적인 것으로 영구적인 존재이며 총체가 부분을 지배하는 것이지 상호 작용하는 것은 아니었다. 그래서 인간의 자유의지(free will)는 무의미한 것이며, 역사적인 면은 제외되었다.16) 결국 그리스시대 이후 중세까지의 총체성의 개념은 국가, 사회, 교회가 그 논의의 중심에 서 있었으므로 인해 얻어진 외면적 사회적인 차원에서 얻어진 총체성이라 할 수 있다.

계몽주의 시대 이후에는 그 논의 중심이 개인과 내면으로 전환됨으로써 총체성의 개념이 닫힌 것에서 열려진 개념으로 바뀌게 된다. 계몽주의는 인간이 이성으로 현실의 전체를 이해할 수 있고,

---

14) Jay, Martin ≪*Marxism and totality: The Adventures of a Concept from Lukács to Habermas*≫, Cambridge: Polity Press, 1984, pp.24-25. 참조.

15) 상게서, pp.26-28. 참조.

16) 상게서, pp.28-30. 참조.

인간의 역사는 공통의 운명을 가진 통합된 전체성(wholeness)에 기반을 두고 발전한다는 개념을 가짐으로 인해 역사적 시대정신을 강조하는 마르크스적 총체성의 형성에 많은 영향을 주었다고 할 수 있다.[17] 물론 계몽주의가 총체성의 개념의 형성에 전적으로 順하는 방향으로 영향을 주었다고 말하기는 어려운 면이 있을 것이다. 그러나 앞서 논의되었듯이 총체성을 개인과 내면적 차원으로, 열린 차원으로 이끄는 역사적 변곡점에 계몽주의가 서 있음을 부정할 수는 없다.

이후 총체성의 개념은 비코(Vico, Giambattista 1668-1744)에 있어서의 역사적인 총체성, 루소(Rousseau, Jean-Jacques 1712-1778)와 칸트(Kant, Immanuel 1724-1804)에 있어서의 자아의 도덕적, 정치적 총체성, 칸트와 실러(Schiller, Friedrich 1759-1805)에 있어서의 미학적 총체성, 헤겔(Hegel, George W. F. 1770-1831)의 이성을 통한 변증법적 총체성 등으로 열린 범주를 향하여 논의가 진전된다.

비코는 사회의 구성요소는 전체와의 관계에서만 의미를 가진다는 총체성적인 인식하에 理想을 향하여 진행하는 발전적 역사관을 상정하였다. 그와 동시에 비코는 이러한 역사의 단계성이 인식의 예견성과 법칙성과 상호교호(interchageble)한다고 보아 인식론적인 원칙으로 다시금 환원시켜 놓았다. 비록 비코가 역사를 마르크스처럼 직선적으로 보지 않고 순환적으로 보았으나 그의 발전적 역사관은 총체성에 역사발전의 원칙을 매개시킨 단초가 된다. 그

---

17) 상게서, pp.30-32, 참조.

리고 역사성이 내포된 총체성적인 관념하에서의 인식론적 원칙의 수립은 또 다른 획기적인 제안이라 할 것이다.[18) 또한 루소는 《사회계약론 *The Social Contract*》에서 인간 개체와 개인적 총체성이라는 문제를 제기하는데, 그가 궁극적으로 추구하는 바는 '분열이 없고 모순 없는 온전한 자아'인 동시에 그는 그것이 획득불가능하다는 점을 인식하고 있었기 때문에 이 점에서 총체성의 개념에 있어 原실존주의적인 차원을 확보하게 된다. 한편 비코가 시인적 창조력에 의해 무의식적으로 그러나 결국은 신의 섭리가 따르게 되는 역사적 발전법칙에 의한 문화적 제도적 완정성을 추구했던 데 비하여 루소는 의도적인 인간의 의지를 강조하였다. 이는 결국 자연으로의 회귀보다는 '제2의 자연'을 만들어 냄으로써 인간의 분열에 대한 해결을 모색할 수 있다는 것이다. 루소는 '제2의 자연'의 실현가능성을 회의했지만, 독일 관념주의에 이르면 그것의 실현가능성을 탐색하게 된다.[19) 이후 칸트는 총체성에 있어서 헤겔의 변증법적 모순 및 마르크스의 역사발전의 동력으로서의 계급투쟁이라 개념의 단서를 제공한 점과 총체성을 미학화한 것에 의미가 있다. 칸트의 자연은 인간에게 시간의 흐름과 더불어 발전될 이성을 부여하였으며, 그것은 인류의 집체적인 작업을 통해서 완성되는 것이다. 곧 자아계발(Bildüng)이란 인간이 동물적 존재상태로부터 발전적으로 초월함이요, 이성적인 능력의 점진적인 완성을 뜻한다. 곧 인간의 현상적 자아란 그의 본체론적 자아에 의해

---

18) 상게서, pp.32-37, 참조.
19) 상게서, pp.37-43, 참조.

발전적으로 초월되는 것이다. 이러한 발전을 위한 방법 중의 하나가 인간들의 상호대립인데, 궁극적 총체화를 위한 수단으로서 투쟁의 합리화는 계급투쟁의 단서가 된다. 그리고 사회를 예술작품에 비유하는 총체성의 미학화도 또한 칸트에게서 기원한다. 곧 우리는 자연을 볼 때 예술작품을 보듯이 목적론적으로 대하며, 예술작품은 인간의 욕망이 배제된 것으로 그 자체로 의미 있는 전체가 되는 것이다.[20] 이후 이러한 칸트의 총체성적 미학관과 역사관은 실러에 의해서 그리스 예술에 통합되었는데, 그는 궁극적인 조화를 이루기 위한 필요조건으로 부조화를 들었다. 실러의 미학적 상태는 실현가능성이 희박한 이상에 지나지 않음으로 항상 추구되면서도 절대 실현되지 않는 미학적 총체성으로 뒤에 낭만주의의 주체관에 토대를 제공하였다.[21]

헤겔의 인식론은 앞서 이야기한 비코의 인식론적인 가정에 기반을 두고 있다. 곧 지식의 주체와 객체는 동일한데, 객체는 곧 주체의 산물이며 주체로 구성된 것이다. 그리고 모든 존재를 통합하는 기반으로 절대정신(Absolute Spirit)을 상정하는데, 절대정신이란 역동적이며 주체적인 성격을 가진다. 또한 역사란 주체형성의 기록이며 일종의 절대자의 자기계발과정이기도 하다. 그러므로 역사적 총체성이란 자기 반영적이 된다. 결국 역사적인 시간은 일방적으로 흐르며 마지막에 특히 주체와 객체 간의 모순은 화해를 이룰 것이다. 그러나 이 과정의 어떠한 순간에도 전체의 모든 요소들은

---

20) 상게서, pp.43-49, 참조.
21) 상게서, pp.49-53, 참조.

존재하며, 절대정신은 매 순간에 내재해 있기 때문에 시간은 연속적이며 동시적이다. 이렇게 헤겔의 이성을 통한 변증법적 총체성이 완성된다.[22]

그리고 앞서 지적했듯이 이러한 헤겔의 총체성은 루카치의 총체성의 개념이 서 있는 기반이 된다.

필자가 본고의 총체성 개념을 정의함에 있어서 그 개념의 역사적인 변모를 지루할 정도로 서술한 것은 다음의 두 가지 이유에서다. 하나는 결국 필자가 이야기하는 본고의 총체적 세계인식이란 용어에 함의된 총체성이란 형식적 가치용어, 구조, 패러다임, 독특한 사유방식, 인과율과 의도성을 포함한 가치개입적 관점이라는 것을 보이려는 것이고, 다른 하나는 총체성의 개방성 – 열려 있음을 강조하려는 것이다. 총체성의 열려 있음은 좁게는 철학적인 인식론, 형이상학적인 존재론, 윤리학, 미학, 종교학, 법철학 등의 개별학문 분과를 아우를 수 있으며, 넓게는 역사관, 인간관, 사회관, 인생관, 세계관, 우주관으로 표현되는 포괄적인 인식지평을 아우르는 조화된 완결성(Integrity)이라는 관점에서의 인식체계를 지칭하는 것이다.

(2) 해석학(hermeneutics)적 체계

원래 해석학이라는 말은 해석의 이론(Science of Interpretation), 특히 텍스트 주석의 제 원리라는 뜻을 함축하였었다. 그런데 이러한 해석학의 原義는 대략 연대순으로 따르면 다음과 같이 6가지로

---

22) 상게서, pp.53-60, 참조.

34

분화·확장되었다. ① 성서주석의 이론 ② 일반적인 문헌학적 방법론 ③ 모든 언어 이해에 관한 학문 ④ "정신과학(geisteswisse-nschaftliche)"의 방법론의 기초 ⑤ 실존과 실존론적 이해의 현상학 ⑥ 신화나 상징의 배후에 있는 의미에 도달하기 위하여 사용되는 회상적이고 우상파괴적인 해석의 체제들이 그것이다.23) 이들 각각의 정의는 대체로 역사적인 전개의 순서를 따른 것이지만 역사적인 전개 이상의 것으로, 해석의 중요한 '계기' 혹은 문제에 접근하는 방법과 해석학의 의미 범주를 지적하고 있어 이들을 역사적인 순서로 조명하는 것은 해석학의 개념을 정립하는 효과적인 방법이라 할 수 있다.

　성서 해석은 성서 텍스트의 타당한 해석을 위해서 사용되었는데, 이 해석 속에는 성서 텍스트의 타당한 해석을 지배하는 법칙의 공식화 및 주석(exegesis), 즉 텍스트에 표현된 의미들의 적용에 관한 해설이 모두 포함되어 있다. 이러한 성서해석학에서 주목해야 할 것이 둘 있는데, 하나는 해석이란 개별적인 메시지들이 해석될 수 있는 지평의 역할을 하는 해석의 체계24)에 의존하고 있다는

---

23) 리차드 E. 팔머, 이한우 역, ≪해석학이란 무엇인가?≫, 서울: 문예출판사, 1998, p.63. 참조.

24) 성서해석의 가장 대표적인 해석체계는 豫表論的(typological) 해석체계와 알레고리적(allegorical) 곧 寓喩的 해석체계이다. 예표론적 성서해석방식은 유대인의 역사와 구약성서의 율법을 신약 성서의 기독교 계시와 조화시키는 방법으로 사도 바울에 의해 창시되어 敎父들에 의해 발전되었다. 성 아우구스티누스가 그 원칙을 천명한 바와 같이, "구약성서에 신약성서가 감추어져 있고, 신약성서에 구약성서가 계시되어 있다." 예표론에 의하면 구약성서에 나오는 중요한 인물들과 행동들과 사건들은 그 자체가 역사적으로 사실일 뿐만 아니

것이고, 다른 하나는 해석학적인 전망에 관한 것이다. 전자의 의미
에서 해석학이란 原文텍스트의 '숨겨진 의미'를 찾기 위해서 해석
자가 지닌 체계를 말하는 것이 되고, 후자의 의미는 해석자의 체계
로 상대적으로 적은 양을 고찰해도 되는 고대에서 차츰 많은 양의
자료를 살펴야 하는 현재에 이르기까지 숨겨진 의미를 추적하려면,
이전의 다양한 내용의 주석을 고찰해 해석학의 완전한 체계와 매
시대마다의 상이한 이론들의 내적인 종합을 이루어야 하기 때문에,
해석학의 역사가 본질적으로 신학의 역사가 되어버린다는 것이다.
결국 성서해석학의 전망은 엄청나게 확장되어 버리는 것이다.25)

　이후 18세기에 있어서 합리주의의 발전 및 이에 따른 고전 문헌
학의 융성은 성서해석학에 심대한 영향을 주었는데, 결국 성서해

　　라, 신약성서에 있는 그와 비슷한 후세의 인물들과 행동들과 사건들
　　을 예표prefigure하는 표상들figures로 간주된다. 알레고리적 성서해
　　서은 그 연원을 그리스와 로마 사상가들에게 두고 있는데, 그들은
　　고전신화를 추상적인 우주론적, 철학적, 또는 도덕적인 진리를 알레
　　고리적으로 형상화시킨 것으로 보았다. 이 방법을 구약 이야기에 적
　　용시킨 사람은 유대 철학자 필로(Philo?~AD 50)였고, 그것을 기독
　　교의 해석에 이용한 사람은 3세기의 오리겐(Origen)이었다. 예표론
　　적 해석은 시간적으로 떨어져 있는 두 텍스트의 항목들을 연결시킨
　　다는 점에서 수평적이라고 할 수 있는 반면 알레고리적 해석은 하나
　　의 텍스트 항목에 의해 표현된 많은 의미를 발굴한다는 점에서 수직
　　적이라 할 수 있다. 알레고리적으로 해석될 수 있는 텍스트는 "逐字
　　的"-역사적, 육체적 의미(텍스트가 분명히 뜻하는 역사적 진리)와
　　축자적 의미와의 유사성에 의해 지시되는 "영적"-신비적, 알레고리
　　적 의미가 동시에 드러나게 된다. 이명섭 편, ≪세계문학비평용어사
　　전≫, 을유문화사, 1998. pp.521-522. 인용.
25) 강돈구, ≪슐라이어마허의 해석학≫, 서울: 이학사, 2000, pp.44-47.
　　리차드 E. 팔머, 이한우 역, ≪해석학이란 무엇인가?≫, 서울: 문예
　　출판사, 1998, p. 참조.

석학은 문헌학의 방법론으로서의 해석학, 즉 성서텍스트 이외에 법률, 해설, 문학의 본문 등을 포함한 모든 쓰인 텍스트들의 의미를 파악하는 데 관계되는 방법들과 원칙들을 체계적으로 설명하는 해석에 관한 일반론이 된다. 그래서 성서는 이러한 규칙들이 가능한 여러 대상들 중 하나로 되어버렸다.26)

독일의 신학자였던 프리드리히 슐라이어마허(Friedrich Schleiermacher)는 처음으로 모든 종류의 텍스트를 '이해하는 기술'로서의 '일반 해석학'이론을 창안해 냈다. 이는 해석학을 체계화시켜서 모든 대화에서 이루어지는 이해를 위한 조건들을 기술하는 학문으로 만들려는 시도이기 때문에 이렇게 해서 얻어지는 해석학은 단순한 문헌학적인 해석학이 아니라 "보편적인 해석학(allgemeine Hermeneutik)"이다. 해석학은 이제야 처음으로 이해 자체에 대한 연구로 규정된다.27)

슐라이어마허의 견해는 빌헬름 딜타이(Wilhelm Dilthey, 1833-1911)가 발전시켰는데, 그는 "정신과학(Geistwissenschaft)", 즉 자연과학과 구별되는 문학, 인문과학 및 사회과학의 모든 형식을 해석하는 토대로 고안된 해석학을 제안했다. 딜타이는 정신과학을 시간적이고, 구체적인 "체험(Erlebnis)"을 다루는 방법으로 보았다. 그는 자연과학의 목표는 정적인 환원주의적인 범주들을 적용함으로써 "설명"하는 데 그치는 것에 반하여, 해석학의 목표는 "이해

---

26) 강돈구, ≪슐라이어마허의 해석학≫, 서울: 이학사, 2000, pp.47-49. 리차드 E. 팔머, 이한우 역, ≪해석학이란 무엇인가?≫, 서울: 문예출판사, 1998, p. 참조.

27) 강돈구, ≪슐라이어마허의 해석학≫, 서울: 이학사, 2000, pp.49-63. 백승균 외, ≪해석학과 현대철학≫, 서울: 철학과 현실사, 1996, pp.21-42. 참조.

(Verstehen)"의 일반론을 정립하는 데 있다는 생각을 내놓았다. 우리가 어떤 텍스트의 의미를 이해하게 되는 방법을 체계적으로 설명함에 있어서, 딜타이는 슐라이어마허가 서술한 방법에 해석학적인 순환(hermeneutics circle)[28]이라는 이름을 붙여주었다. 그러나 딜타이의 주장에 의하면 해석학적인 순환은 악순환이 아니다. 왜냐하면 우리는 전체에 대한 전진적인 인식과 그 구성 부분들에 대한 우리의 회고적인 이해를 통하여 타당한 해석에 도달할 수 있기 때문이다.[29]

이후 작가가 표현한 의미에 대한 객관적인 해석을 내릴 수 있다는 딜타이의 주장을 에밀리오 베띠(Betti, Emilio)와 E. D. 허쉬(Hirsch, E. D.)가 계승한다. 허쉬는 "한 텍스트는 그 작가가 뜻한 것을 의미한다"고 주장하고, 이 의미는 "작가가 의도한 언어 의미 verbal meaning[30]"라고 명시하고, 이러한 언어 의미는 원칙적으로

---

28) 어떤 언어 단위의 부분들의 명확한 의미를 이해하기 위하여 우리는 전체 뜻을 미리 알고 그 부분들에 접근해야 한다. 그렇지만 우리는 그 구성 부분들의 뜻을 알아야만 전체 뜻을 알 수 있다. 이 해석 방법의 순환성은 모든 구성 문장들과 작품 전체 간의 관계뿐만이 아니라 문장 안에 있는 구성어들의 의미와 문장 전체의 의미간의 관계에도 적용된다. 이명섭 편, ≪세계문학비평용어사전≫, 서울: 을유문화사, 1998, p.517. 인용.

29) 백승균 외, ≪해석학과 현대철학≫, 서울: 철학과 현실사, 1996, pp.43-70. 푀밀러 지음, 박순영 역, ≪해석학의 철학≫, 서울: 서광사. 1993, pp.95-112. 참조.

30) 허쉬는 言語 意味와 意義 간의 본질적 구별을 짓는 데 있어서 전통적 해석학자들을 따르고 있다. 한 본문의 의의(significance)는 그 언어 의미와 다른 것들, 즉 개인적 상황과 믿음과 독자 개인의 반응 또는 한 시대의 지배적인 문화적 환경, 또는 일련의 특정한 개념들이

명확하다는 것(어떤 경우에는 확실히 애매하거나 많은 의미를 지니고 있기는 하지만), 그 언어 의미는 시간이 흘러도 변하지 않는다는 것, 그것은 원칙적으로 재생될 수 있다는 것을 보여 주려고 한다. 작가의 언어적 의도는 글을 쓸 당시의 그의 준심리상태를 반영하는 것이 아니므로, 언어적 관례들과 규범들이 지닌 잠재력을 이용하여 언어적 의도를 글로써 표현하게 되면 같은 관례들과 규범들을 해석의 실제에서 적용하는 방법을 아는 독자들은 이를 공유할 수 있다는 것이다. 독자는 언어의 일반적 규범에 의거해서뿐만 아니라, "작가의 견해" 또는 "지평(horizon)" 속의 "관련된 면들"에 관한 모든 증거—그것이 텍스트 안의 것이든, 밖의 것이든 상호텍스트적으로—에 의거하여 작가의 의도를 밝히는 데 도움이 되는 묵시적인 입증논리(logic of validation)를 사용함으로써 명확한 해석에 도달하게 된다. 관련이 있는 외적인 증거 속에는 작가의 문화적 배경과 개인적 선입관, 그리고 그가 작품을 창작할 때 쓸 수 있었던 문학적, 일반적인 관례들이 포함되어 있다.31)

그러나 이러한 관점과는 다르게 하이데거적인 전통에 의한 "현존재(Dasein)"와 실존론적 이해의 현상학으로서의 해석학이 있어

나 가치 등과의 관계이다. 어떤 본문에 있어서 언어 의미(verbal meaning)는 명확하고 불변하다는 것이지만 그 의의는 다른 시대의 다른 독자들에게 그 본문이 살아 울려퍼지도록 하는 불분명하고 변화하는 것이 된다. 이명섭 편, ≪세계문학비평용어사전≫, 서울: 을유문화사, 1998, p.519. 인용.

31) 백승균 외, ≪해석학과 현대철학≫, 서울: 철학과 현실사, 1996, pp.71-95. 이명섭 편, ≪세계문학비평용어사전≫, 서울: 을유문화사, 1998, p.518. 참조.

왔다. 마르틴 하이데거(Martin Heidegger)는 ≪존재와 시간(*Sein und Zeit*)≫에서 해석의 행위를 현상학(Phenomenology) 및 실존주의-"현존재" 또는 세계 속에 살고 있는 것이 어떤 것인가에 집중하는 철학 속에 통합하였다. 곧 이해 자체를 인식론적이고 존재론적인 문제로 규정하기 시작한 것이다.32)

한스 게오르그 가다머 (Hans Georg Gadamer)는 하이데거의 철학을 본문 해석에 관한 영향력 있는 이론인 ≪진리와 방법(*Wahrheit und Methode*)≫에 응용했다. 그 철학적인 전제란 時間性과 歷史性은 각 개인으로부터 분리될 수 없는 부분이며, 어떤 텍스트를 읽을 때뿐만 아니라 모든 개인적인 경험에 있어서 무엇을 이해하는 데에는 해석 행위가 수반되며, 언어는 시간성처럼 그 경험의 모든 면에 퍼져 있다는 것이다. 이 철학적인 가설들을 문학텍스트에 적용함에 있어서 가다머는 전통적인 해석학적인 순환을 대화와 융합의 은유로 옮겨 놓았다. 독자가 자기 자신의 시간적 개인적인 "지평들"에 의해서 구성된 "前理解(Vorverstandnis)를 본문으로 가져가는 것은 불가피하다. 그러나 독자는 하나의 "주체"로서 텍스트를 하나의 "객체"로서 분석하는 것은 불가하다. 그 대신 그는 하나의 "나"로 그 텍스트에다 하나의 "너"로 질문하되, 독자의 물음에 응답하는 "대화"를 독자와 나눌 수 있도록 허심탄회하게 물어야 한다. 텍스트의 이해된 의미는 독자가 텍스트에서 가져오고, 텍스트가 독자에게 가져다

---

32) 백승균 외, ≪해석학과 현대철학≫, 서울: 철학과 현실사, 1996, pp. 97-108. 한국해석학회, ≪해석학은 무엇인가?≫, 서울: 지평문화사, pp.41-71. 푀밀러 저, 박순영 역, ≪해석학의 철학≫, 서울: 서광사, 1993, pp.113-129. 참조.

주는 "지평들의 융합(fusion of horizons)"의 산물일 수밖에 없는 하나의 사건이다. 가다머는 자기 해석학이 올바른 해석의 규범을 확립하려는 시도가 아니라 우리가 어떻게 실제로 텍스트를 성공적으로 이해하느냐를 묘사하려는 시도일 뿐이라고 주장한다. 그럼에도 불구하고 그의 이론이 지니는 실제 귀결은 텍스트에 대한 하나의 명확하고 불변하는 의미를 추구하는 것은 불가능하다는 것이 된다.[33]

가다머가 전개하는 의미의 역사적, 개인적 상대성에 대해서 허쉬는 앞서 이야기되었듯이 현재의 독자는 그 작가의 언어적, 문학적, 문화적 상황을 재구성함으로써 과거에 쓰인 텍스트가 지닌 변치 않는 언어 의미를 확정할 수 있다고 주장했으며, 텍스트의 의미와 지금의 의미 사이에 다리를 놓을 수 없는 심연이 놓여져 있다는 가다머의 생각이 옳지만, 가다머가 주장하는 의미란 사실은 개인적인 상황과 믿음과 독자개인의 반응 또는 한 시대의 지배적인 문화적 환경, 또는 일련의 특정한 개념들이나 가치들과의 관계를 나타내는 의의(significance)[34]일 뿐이라고 반박한다.

결국 해석학의 큰 두 체제는 해석학적인 순환을 통해 작자가 의도한 객관적인 언어의미에 도달할 수 있다는 해석학적인 체제와 텍스트의 의미는 개인의 특정한 시간적, 개인적 지평에 의해 "항상 공동 결정"되므로 하나의 "옳은 해석"이란 있을 수 없다는 해

---

33) 백승균 외, ≪해석학과 현대철학≫, 서울: 철학과 현실사, 1996, pp. 109-180. 한국해석학회, ≪해석학은 무엇인가?≫, 서울: 지평문화사, pp.165-208. 푀밀러 저, 박순영 역, ≪해석학의 철학≫, 서울: 서광사, 1993, pp.161-195. 참조.

34) 이명섭, ≪세계문학비평용어사전≫, 서울: 을유문화사, 1998, p.520. 참조.

석학적 체제로 양분된다고 하겠다. 이는 다른 말로 환언하면 "작가"중심의 전통적인 해석인가, 아니면 "독자" 중심의 창조적, 생산적 해석인가로 나뉠 수 있다.

필자가 본고에서 사용하는 "해석학적 체제"는 이러한 두 가지 체제를 함의하고 있다.

(3) 텍스트성(textuality)

텍스트성에 대한 개념 정의에 앞서 텍스트에 대한 개념의 정리가 필요하다. 일반적으로 텍스트는 4가지 차원에서 이야기된다. ① 일상생활의 대화상의 텍스트 개념 ② 기호학자들이 쓰는 텍스트의 개념 ③ 언어학자들이 사용하는 텍스트의 개념 ④ 문예학자들에게 있어서의 텍스트 개념이 그것들이다. 일상생활에서 우리는 "본문"이나 "교과서"라는 뜻으로 주로 사용한다. 그리고 기호학자들은 문학작품, 뉴스 보도나 신문기사와 같은 저널리즘, 대중문화산물, 여인들의 화장과 옷차림 등의 유행, 미술작품, 민담과 전설 등의 민속문화 산물, 실내 장식이나 도시계획 등의 문화적인 가공물까지도 텍스트로 간주한다. 심지어 '임진왜란, 갑오경장, 삼일운동' 같은 사회현상까지도 텍스트로 간주한다. 문화적인 가공물은 생산자의 의도에 의해 산출되었다는 점에서 텍스트로 보는 것에 큰 異議를 제기하기가 어렵지만 비의도적인 세상일까지 모두 텍스트로 볼 수 있을지는 의문이다. 한편 1970년대 이전의 언어학자들은 텍스트를 문장 위의 문법적인 단위로 세워 초기의 텍스트 문법(Textgramtik)을 형성하였다. 이는 언어체계 중심의 텍스트관으로서 命題的 견해(propositionale Auffassung)라고 부른다. 한편 언어학의 울타리 밖에 놓여있던 실용론(화용론)이 언어학의 울타리 안으로 편입되는, 이른바 통보, 실용론적 전환(kommuikativ-pragmatische Wende)에 힙입어 텍스트를 단순히 문장의 상위 단위로 보는 정태적 평면적 견해에서 벗어나 텍스트를 통보적인 출현(occurrence in communication)으로 간주하는 견해가 자리를 잡고 있다. 이는 단어이든, 문장이든, 문장의 연결체든, 물음과 대답이든, 인간의 통보행위의 단위가 되면 텍스트가 될 수 있다고 보는 것이다. 이러한 텍스트관은 앞의 명제적 견해에 대하여 動態的인 견해라고 한다. 이는 행위이론 중심의 텍스트관으로서 텍스트를 일차적인 단위로 삼아 장, 절, 문단, 단락, 문장, 단어, 형태소, 음절, 음운 등의 하위단위로 내려가는 접근방식이다. 앞의 명제적인 견해가 공간적인 배열에 그친다면 동태적인 견해는 시간적인 굴절을 겪는다는 차이점이 있다. 이는 시간의 흐름에 따라 텍스트의 성격이 달라진다는 뜻이다.[35]

문예학자들에게 가장 상례화된 텍스트는 문학적이든 아니든 모든 쓰인 문서나 인쇄된 문서를 가리킨다. 롤랑 바르트(Barthes, Roland)는 그의 에세이 〈작품에서 텍스트로(*From Work to Text*)〉≪텍스트의 즐거움(*The Pleasure of the Text*)≫에서 텍스트란 종결, 의미, 저자의 의도 등과 같은 통념이 들어맞지 않는 언어구조라고 주장한다.

---

35) 고영근, ≪텍스트이론 - 언어문학통합론의 이론과 실제≫, 서울: 아르케, 1999, pp.1-10, 참조.

바르트에게 있어서 텍스트는 저자와의 연관에서 독립된 의미를 지속적으로 산출한다. 그것은 독자와 교섭하고 독자에 의해서 생산되며 희열, 즉 주이상스(Jouissance)의 원천이 된다. 작품(work)은 텍스트와는 대조적으로 인식 가능한 역할을 맡는다. 작품의 의미는 해석 가능하고 한정되어 있다. 작품은 저자에게서 독립되어 존재하지 않는다. 게다가 독자에 의해 생산되기는커녕 소비되며 고작해야 쾌락만을 제공한다.36) 이러한 텍스트 개념은 사실 I. 2. (2)에서 살펴본 해석학적 체계 중에서 독자 중심의 체계와 맞닿아 있음을 알 수 있다.

　필자가 본고에서 사용하는 텍스트의 개념은 문예학자들이 사용하는 텍스트 개념이다. 또한 언어학자들이 사용하는 텍스트의 개념도 본론의 분석과정에서 인정되어질 것이다.

　이러한 텍스트의 정의에 의하면 텍스트성(textuality)은 그 대상이 일관성과 어느 정도의 자율성을 가지고 있어서 "독해"가 가능하다는 것을 뜻한다. 문예가나 비평가가 무엇인가를 보고 텍스트라고 부른다면 특수한 판본에 우연히 나타난 활자체나 여백과 같은 개성적 특징들로부터 추상화된 어떤 일관성 있는 전체를 가정하는 것이다. 자족성이나 자율성을 텍스트의 특징으로 간주하는 사람도 있지만 후기 구조주의자들에게는 텍스트는 다른 텍스트들에 의해서 織造된다. 따라서 텍스트성에는 상호텍스트성(inter(textuality)이37) 수반된다.38)

---

36) 조셉 칠더즈·게리 헨치 저, 황종연 옮김, ≪현대문학문화비평용어사전≫, 서울: 문학동네, 1999, p.419, 인용.

37) 상호텍스트성이란 용어는 공개적인 또는 은밀한 인용과 인유에 의해서든지, 이전의 텍스트가 지닌 특성을 후의 텍스트가 흡수하든지, 또는 공통의 문학적 규약들과 관례들에 단순히 참여함으로써, 어떤 하나의 문학 텍스트가 다른 텍스트들의 메아리가 되거나 그 텍스트들과

그런데 텍스트성 즉 텍스트다움을 보장받는 데는 언어적인 결속 장치가 제대로 갖추어져야 하고 이에 발을 맞추어 意義의 연속에 걸림이 있어서는 안 된다. 전자를 응결성(cohesion), 후자를 응집성(coherence)이라고 부른다.39) 하지만 이러한 정의는 언어학자들의 텍스트성에 충실한 개념으로 문예학자들의 텍스트성을 충족시키기에는 부족한 감이 있다. 그래서 언어학자들이 지닌 응결성 개념은 그대로 인정하되, 그 응집성은 1차적 응집성으로 다시 명명하고, 문예학자들의 텍스트성을 충족시키는 독자 중심의 해석학적 체계 내에서의 응집성은 2차적 응집성으로 정의 내려 본론의 분석에서 사용할 것이다. 상세한 정의는 아래에서 이루어진다.

(4) 응결성(cohesion)과 응집성(coherence)

응결성은 흔히 "결속구조"로 번역되는 텍스트다움의 언어적 조건이다. 응결성 장치는 크게 둘로 나눌 수 있다. 하나는 자소·음운·형태·통사론적 특징에 의하여 텍스트를 형성하는 기제이고 다른 하나는 의미·기능상의 절차에 따라 한 텍스트로 묶는 기제를 가리킨다.

불가피하게 연결되는 여러 가지 방법들을 가리키는 데 쓰이고 있다.

38) 상게서, p.420, 인용.

39) 고영근, ≪텍스트이론 – 언어문학통합론의 이론과 실제≫, 서울: 아르케, 1999, p.141, 인용.

응결장치 (1)

가. 자소론적 응결장치

나. 음운론적 응결장치

다. 형태론적 응결장치

   (ㄱ) 품사론

   (ㄴ) 형태·통사(화용)론

라. 통사론적 응결장치

응결장치 (2)

가. 의미의 등가성에 기댄 응결장치

나. 기능상의 등가성에 기댄 응결장치

字素論的인 응결장치라 함은 漢字에서 글자의 형태를 근거로 하여 의미를 설녕하는 훈고학의 이른바 "형훈(形訓)"과 부분적으로 관련이 있다. 이는 六書의 會意에 해당하는 造字방법으로 공통되는 부수를 가진 글자는 한 부류의 공통된 텍스트로 엉길 수 있는 현상을 가리킨다. 音韻論적 응결장치라 함은 훈고학의 因聲求義의 방식이 그것이다. 音이 같으면 공통된 의미를 부여할 수 있다는 뜻이다. 魚(물고기)는 명사이지만 漁(물고기를 잡다)는 뜻을 대신할 수 있다. 압운법과 평측법도 절구, 율시를 텍스트답게 만드는 음운론적 장치이다. 품사론에 관여된 형태론적 응결장치란 지시어로서 문자의 연쇄적인 맥락을 만들어 텍스트화시킨다. 통사론에 관여된 형태론적 응결장치란 문장을 연결시켜 텍스트를 형성하는 장치를 말한다. 순접, 역접, 인과관계 등 논리적 접속부사와 등시적, 계기적 사건을 서술하는 데 쓰이는 시간적 접속사가 포함된다. 한편 한시의 5언, 7언의 기승전결 등의 형식구조를 만드는 요소는 통사론적인 응결장치에 포함된다.

의미상의 등가성에 기댄 응결장치란 같은 표현을 재수용하거나 유의어, 상하의어, 반의어를 통해서 재수용하거나 대용어로 재수용하는 경우를 가리키며 표면적으로 드러나지 않고 함축적으로 재수용하는 경우도 이에 해당된다. 훈고학에서 聲音이나 형태의 도움을 받지 않고 직접의미를 설명하는 義訓이 이런 것인데, 同義相訓은 유의어를 재수용한 경우이며 反義相訓은 반의어를 재수용한 것이다. 함축적인 재수용이라 함은 명사적 연쇄 사이에 同指示의 관계가 성립하지 않는 것이다. 기능상의 등가성에 기댄 응결장치란 언어의 외적인 경험에 기반을 둔 응결장치로서 훈고학에서의 觀境爲訓이 그 예가 된다고 하겠다. 이것은 언어환경, 곧 문맥이나 화맥을 근거로 하여 의미를 찾는 방식으로써 對句, 앞뒤 구절, 辭例, 수사방법 등을 근거로 의미를 추론한다.[40]

텍스트다움을 보장받으려면 이상과 같은 언어적인 결속장치가 제대로 갖춰져야 하고 이에 발맞추어 意義의 연속에 걸림이 없어야 한다. 곧 의미망이 구축되어야 한다. 이런 속성을 응집성이라고 하는데, 텍스트의 주제의 일관성과 논리적 타당성에 관계되며 응결성과는 형식과 내용처럼 표리의 관계를 이루고 있다. 이러한 응집성은 수평적이고 통시적인 인접성을 강조한 연쇄체[41]적 의미맥

---

40) 상게서, pp.142-169. 참조.

락을 중시한 문법적, 기호학적 개념이 강한데, 이에 대해서 필자는 수직적이고 공시적인 유사성을 강조한 계열체적 의미맥락과 총체적 세계인식 체계와의 의미연동을 염두에 둔 응집성을 상정한다. 그래서 표면적이고 문법적인 의미맥락을 1차적 응집성으로, 내면적이며 함축적이며 총체적 세계인식과 연동된 문예학적 의미맥락은 2차적 응집성으로 명명했다. 다시 말하면 1차적 응집성이란 문법학자나 기호학자의 응집성의 개념에 가까운 것으로 표면적 혹은 逐字的 의미의 일관성을 강조하는 것이라면, 2차적 응집성은 내면적 혹은 함축적인 의미의 일관성을 강조하는 것으로 본고에서는 朱子의 총체적 세계인식지평과 동일 맥락을 유지하는 응집성으로 이해할 수 있다.

---

41) 야곱슨은 어린이들의 언어습득의 과정에 대한 경험적인 연구, 특히 실어증(aphasiacs) 환자에 대한 경험적인 연구를 통해, 언어장애는 두 가지 유형, 즉 유사성 장애와 인접성 장애가 있음을 확인하였다. 전자는 계열체적 차원의 장애, 즉 수직적vertical 관계, 공시성(synchrony), 유사성(similarity), 선택(selection), 은유법(metaphor)과 관계된 은유기능의 장애이며, 후자는 연쇄체적 차원의 장애, 즉 수평적(horizontal) 관계, 통시성(diachrony), 인접성(contiguity), 결합(combination), 환유법(metonymy)과 관계된 환유기능의 장애이다. 이와 같이 언어의 수직적 차원과 수평적 차원 즉 선별과 조합이 언어의 조합을 의미망으로 구축해낸다. 전경갑, ≪현대와 탈현대의 사회사상≫, 서울: 한길사, 1999, pp.28-29, 참조.

3. 연구방법

　본론에서의 연구는 우선 朱子의 총체적 세계인식의 틀을 파악하는 것으로부터 시작할 것이다. 총체적 세계인식의 틀은 이념적인 특성과 함께 그 열려 있는 개방성으로 인하여 定義내리기가 어려운 범주다. 그러나 필자는 楚辭에 대한 朱子의 注를 하나의 독립된 텍스트로 간주하고 필자와 朱子의 注 사이에 이루어지는 해석학적인 체계를 작가중심의 체계(여기서의 작가중심의 해석학적 체계란 I. 2. (2)에서 정의된 개념이다)로 상정함으로써 주자의 총체적 세계인식의 틀을 6개의 범주로 임의로 상정한다. 이는 정말 필자의 글이 주자의 주에 대하여 작가중심의 해석체계에 서 있다는 전제를 가정한 임의 범주일 뿐이다. 어쩌면 필자의 이런 범주 구분이 전혀 무의미할 수도 혹은 무척 가치 있을 수도 있는데 이는 해석학적 속성상 본고의 연구성과(본고를 읽는 독자)가 대신 평가할 부분으로 차연된다고 할 수 있다.

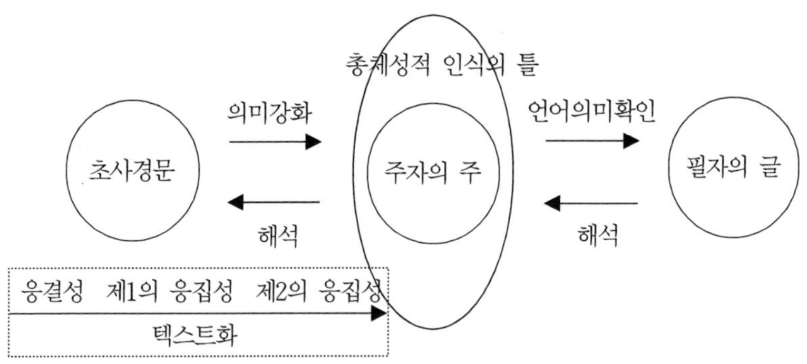

이러한 관점을 전제하고 朱子의 총체적 세계인식을, 朱子가 살던 때의 문화적, 역사적, 정치적, 사회적 배경과 그가 注를 달 때에 쓸 수 있었던 문학적, 학문적인 관례들을 고려하여 다음과 같이 가설적으로 설정하였다. ① 理氣論的 存在論 ② 理氣論的 認識論 ③ 理氣論的 價値論(倫理論 혹은 實踐론) ④ 歷史觀과 文化的인 正統意識 ⑤ 政治·社會觀과 文化的인 正統意識 ⑥ 宗敎觀과 文化的인 正統意識 등42). 결국 朱子의 총체적 인식의 범주의 두 축을 필자는 理氣論과 문화적인 正統意識으로 보았다.

한편 '楚辭'經文과 '集注' 사이는 열려진 해석체계라는 독자중심의 해석체계를 대응시켰다. '集注'는 주자의 총체적 세계인식에 지배를 받는 것으로서 주자의 총체적 세계인식을 서술할 수 있는 '필자의 이해지평'은 '集注'를 통한 '楚辭'經文에 대한 '주자의 이해지평'과 동일하다고 할 수 있다. 결국 "주자의 이해지평"은 주자의

---

42) 朱子의 총체적 세계인식을 이렇게 분류할 절대적 근거는 없다. 이는 필자가 朱子의 注에 대하여 작가중심의 해석지평에 서 있기 때문에 분류의 편의상 이렇게 나누어 본 것이다. 朱子의 총체적 세계인식의 중요 부분인 이기론과 관련된 1.인식론, 2.존재론, 3.가치론은 메타적인 이론으로서 철학적인 제 분야의 이해가 이기론적 관점으로 통합적으로 이해됨을 나타내고 있고, 이러한 이해를 바탕으로 가치개입적ㅡ문화적 정통의식ㅡ으로 4.역사, 5.사회, 정치, 6.종교에 대한 특정한 관점을 견지하여 제반 텍스트에 대하여 해석을 가하고 있음을 보이는 것이 본고의 의도이다. 특히 후자의 가치개입적인 이해는 그 분야가 어찌 보면 무한히 확장될 수 있는데, 본고는 크게 위의 3부분으로 한정시켜 해석의 효과를 살피고 있다. 이러한 해석 영역의 확장을 통한 이해의 과정이 朱子의 주석작업이며 동시에 총체적 세계인식은 이러한 해석 영역의 확장을 통한 실천을 거쳐 역사적으로 체현된다.

총체적 세계인식으로 대치되며 주자의 '集注'를 통한 '楚辭'經文의 해석은 주자의 총체적 세계인식으로 귀결됨을 목적으로 한다. 그리고 이러한 총체적 세계인식에로의 귀결과정을 '楚辭'經文이 주자의 총체적 세계인식과 연동되는 의미맥락으로 텍스트화되어 가는 과정으로 이해할 수 있을 것이다. 그리고 이러한 텍스트화는 응결성과 응집성이 함께 구비되어야 완결된다. 여기서 응결성은 언어적인 결속장치로서 주자는 '集注'에서 훈고학적인 注로 응결성을 구축하였고, 그러한 응결성을 토대로 意義의 연속에 걸림이 없도록 해석을 가하고 있는데, 이는 곧 응집성을 구축하는 과정으로 볼 수 있다. 그리고 이 응집성은 주자의 총체성과 강하게 연관되어 있는 것으로, 다른 한편으로는 객관적으로 보이는 응결장치도 어느 정도 응집성의 지배를 받고 있는 것으로 볼 수 있다. 그래서 '楚辭'經文에 대한 주자의 '集注'는 일종의 봉쇄전략적인 것으로 이해될 수 있다.

그런데 이러한 분석의 틀에서 다시 한번 고려해야 할 것은 '楚辭'經文 자체가 문학언어기호로 구성되어 있기 때문에 응결성을 통한 응집성의 구축이 일상언어기호처럼 단순하지만은 않다는 것이다. 그래서 문장의 표면적인 응집성이 주자의 총체적 세계인식과 연동되지 않을 때는 다시 한 번 해석을 거쳐 내면적 의미망을 만들고 이것이 주자의 총체적 세계인식과 연관됨을 밝혀야 한다. 이러한 내면적 의미망의 확대는 총체적 세계인식에 내포되는 것이기도 하지만 총체적 세계인식의 외연을 확대하는 결과를 가져오기도 한다. 전자의 의미에서는 주자의 集注가 여전히 봉쇄전략적인 것으로 비쳐지지만 후자의 의미에서는 총체성의 본래적 의미에 충실한 결과를 낳는다. 더구나 '楚辭經文'은 中間子的 텍스트이므로 수많은 내면적 의미망의 확대와 총체적 세계인식과의 관계에 대한 고려가 가능하므로 이런 연구에 가장 효과적인 텍스트라 할 수 있다.

위에서 고려한 방식들을 통하여 텍스트를 분석하고 어떻게 텍스트성이 완결되며 이 과정에서 드러나는 ≪楚辭集注≫가 가지는 해석학 방법의 가치와 의미를 추적하여 서론에서 제기했던 연구목적에 다가가고자 한다.

4. 연구범위

≪楚辭集注≫는 총 8권으로 제1-5권에는 〈離騷經〉을 비롯한 7題 25篇을 屈原이 직접 지은 것으로 분류하여 '離騷'라고 칭하여 싣고, 제6-8권에는 〈九辯〉, 〈招魂〉[宋玉], 〈大招〉[景差], 〈惜誓〉, 〈弔屈原〉, 〈鵩賦〉[賈誼], 〈哀詩命〉[莊忌], 〈招隱士〉[淮南小山] 등 8題 16篇을 '續離騷'라 칭하여 실었다. 이러한 편집의 방법은 그때까지의 王逸本 위주의 편집방식을 계승하면서도 편자의 의도를 십분 발휘한 것이다.[43] 사실 굴원은 朱子가 이상적으로 생각한 인간상은 아니었다. 그러나 楚辭의 여러 작품 가운데 굴원이 직접 지은 작품을 가려내서 왕일의 전통을 따라 〈離騷〉를 "經"이라고 추존하고, 〈離騷〉 이외

---

43) 손정일, ≪청대 삼가 초사학 연구≫, 연세대 학위 논문, 1998, p.50, 인용.

의 6題 24篇를 '離騷'의 제명 아래 두었을 때는 나름의 해석학적 관점과 굴원이라는 인물에 대한 평가가 강하게 介在되었을 것이다. 이는 본고의 중심적인 관심사와 직접적으로 연관되어 있는 것이다. 그래서 본고의 중심적인 연구대상은 《楚辭集注》 가운데서 朱子가 굴원이 직접 지은 글이라고 인정했던 "經"적인 부분이 되며, 나머지의 "傳"적인 부분은 중심적인 분석대상에서 제외된다.

그리고 朱子는 죽기 1년 전에 《楚辭辨證》 上·下를 짓는데, 이는 《楚辭集注》를 지을 때, 가장 많이 참고하고 인용하며 또한 비판했던 王逸의 《楚辭章句》와 洪興祖의 《楚辭補注》에 대한 변증과 자신의 감상견해를 피력하기 위한 것이었다. 朱子가 왕일과 홍흥조의 훈고학적인 해석과 여러 견해에 대하여 때로는 비판하고 때로는 어느 정도 동조하였으니, 이러한 《楚辭辨證》을 통하여 朱子의 초사에 대한 입장에 대한 좀 더 올바른 접근이 가능하므로 《楚辭辨證》의 내용은 《集注》의 해설과 이해에 많이 이용될 부분이다. 당연히 王逸의 《楚辭章句》과 洪興祖의 《楚辭補注》는 중심적인 인용과 비교의 대상이 된다. 《楚辭集注》의 前시대의 문헌으로 초사 해석에 관련된 문헌들도 朱子의 초사 해석에 영향을 끼쳤다는 관점에서 부분적으로 인용과 참고의 대상이 될 것이다. 반면 《楚辭集注》의 뒷시대의 문헌은 직접적인 참고대상이 되지는 않는다. 왜냐하면 朱子의 注는 《楚辭集注》의 前시대의 소산이므로 철저히 이러한 원칙에 입각해야 南宋의 성리학자인 朱子의 총체적 세계인식을 상정하는 방법론에 어긋나지 않기 때문이다. 물론 이해를 위한 간접적인 참조는 있을 것이다.

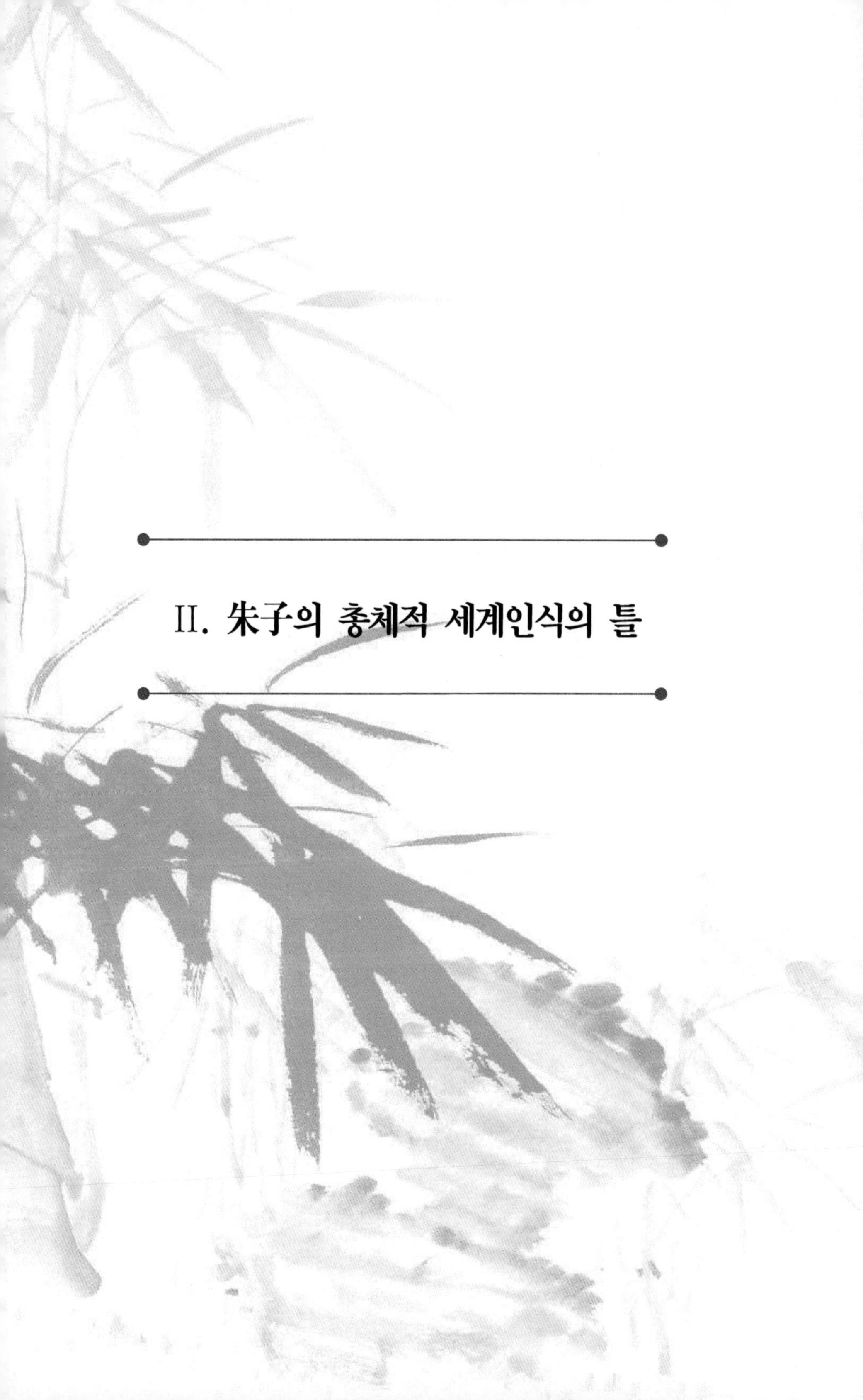

II. 朱子의 총체적 세계인식의 틀

II. 朱子의 총체적 세계인식의 틀

朱子(1130-1200)는 北宋이 南宋으로 이동하고, 淮水와 大散關을 잇는 국경선을 경계로 하여 남북에서 宋이 金과 대항하던 국난의 시대에 활동했었다. 그래서 朱子는 당시의 北宋 이래로 활동해 온 다른 유학자들처럼 몇 가지의 사상적인 과제를 안고 있었다. 국난 시대의 지식인으로서 朱子는 한족의 민족적인 정체성을 확립해야 할 필요성을 절실히 느꼈었고, 그러한 민족적인 정체성을 뒷받침해 주기 위해서는 유교 고유의 가치를 회복시켜야 함을 깨닫고 있었던 것이다.

그러나 신유학이 사상적인 완결성의 성취와 더불어 정치적인 권력에 의해 강하게 지지되기 이전에 宋代의 사회는 불교와 도교적인 색채가 더욱 성행했었다. 사실 당대에 크게 유행했던 불교는 송대로 접어들면서 중대한 사상적 의례적인 재조직을 통하여 내부적으로 새로운 시대로 접어드는 획기적인 시대였고, 도교는 일반 서민들 사이에서 하나의 민중종교로 발전하여 송대의 사회에서 그 사상적 사회적인 영향력이 전대에 비하여 훨씬 확대되었었다.44)

---

44) 송대에 있어 도교의 재조직과 발전 양상에 특별히 초점을 맞추는 연구 성과는 유럽 특히 미주의 도교 연구자들에 의해 속속 등장하고 있다. 그리고 일본의 秋月觀暎에 의한 淨明道의 연구, 窪德忠에 의한 全眞教의 연구 등은 비교적 초기의 연구에 속하고, 최근의 연구 동향은 도장 문헌의 연구와 지방지, 그리고 현지조사의 경험을 종합하는 포괄적 근세 종교사의 입장에서 진행되고 있는 점이 특색으로 인정될 수 있다. 대만의 金中樞의 북송 말 도교의 발전추이에 관한 연

특히 송대의 강남지역(浙江, 福建)은 이 시기 도교의 재조직에 주도적인 역할을 하였던 곳으로 실제 도교의 교파가 번성하였던 지역이었다. 朱子의 사상은 도교와 불교의 영향하에서 형성되었다고 해도 과언이 아닐 정도였다.45) 결국 朱子 자신도 지식인으로서의 정체성을 확립하기 위해서는 외래종교인 불교와 이단적인 문화인 도교를 유교적인 입장에서 설명하고 이해할 사상적인 체계가 필요하였으니 이것이 바로 "理氣論"적인 사유체계라고 할 수 있을 것이다. 이러한 "理氣論"적인 사유체계는 기존의 불교와 도교가 가지고 있던 개념체계를 효과적으로 담아내는 데 성공하여 원시유교가 가지지 못하였던 개인적인 차원의 내적인 혹은 사변적, 철학적인 영역의 총체적 세계인식을 담지하는 데 성공한 것이었다. 한편 "理氣"는 원시유가에서 말하는 궁극적인 가치개념인 "道"를 연원으로 하는 것으로서 "理氣"의 사유체계의 확립은 "道의 淵源"의 확립, 곧 고대 성인이 남긴 道를 계승하였다는 "道統論"을 형성하게 되고 공자에서 시작하여 程伊川으로 이어지는 성인의 도의 계승이라는 문화적인 관점을 자기의 사상적 지향의 중심에 자리 지운다.

구, 대륙의 사천 대학을 중심으로 하는 도교 연구자 그룹의 집체작품인 도교사 4권의 완성은 미국의 Boltz, Judith M, *A Survay of Taoist Literature: Tenth to Seventeenth Centuries*, Berkely, 1987와 함께 앞으로의 중국 근세도교 연구에 출발점이 될 것이라고 생각된다. 이용주, 〈주희의 문화적 정통의식 연구〉, 서울대 박사 학위 논문, 1999, p.90. 재인용.

45) '朱子학은 유교의 얼굴을 한 불교와 도교'라는 비판이 朱子학에 대해 쏟아졌던 것은 역사적인 사실이다. 특히 명 말의 기학자 羅欽順, 王廷相의 비판은 대표적이고, 청대에 가서 朱子학을 공격하는 논자들도 朱子학의 실질이 도교 불교라고 비판하고 있다. 상게서, p.90. 재인용.

"道統論"은 문화를 가치의 입장에서 바라보고 그것의 옥석을 가리려는 "문화적인 정통의식"으로 정의내릴 수 있을 것이다.46) 이러한 문화적인 정통의식은 하나의 자신감으로 외래종교인 불교와 도교를 이단으로 비판함으로써 그 위치를 강화하였을 뿐만 아니라 유가적인 도의 근원성을 확인하기 위한 경전 연구에 새로운 방법론을 제시하였다. 유교적 경서는 그것이 선왕의 진리를 드러내 주는 도구이기 때문에 불변의 가치를 지니지만, 경서가 도를 담는 그릇이라면 경서를 탐구하는 것은 경서 그 자체가 대상이지 경서에 대한 훈고적 주석은 아니라고 주장하게 되어, 신유학적인 학문의 방법은 漢唐의 注疏學 대신 경전 자체의 의미를 묻고 답하는 송학적 義理學이 그 중심에 서게 된다. 이러한 義理學 중심의 학문관은 결국 문화적인 정통의식이 그 배경이 되는 것으로, 나아가 역사의 이해나 정치, 사회에 대한 비판, 종교에 대한 이해에 있어서의 義理學的 경향은 다름 아닌 문화적인 정통의식에서 발현된 것으로 이해할 수가 있다. 그래서 문화적인 정통의식은 비개인적인 차원의 외적인, 혹은 학문적, 사회적 차원의 실천 영역의 총체적 세계인식을 담보해주는 것이라고 필자는 보았다.

결국 朱子의 총체적 세계인식의 틀을 읽는 두 개의 해석약호는 理氣論이라는 사유체계와 문화적인 정통의식으로 대별될 수 있을 것이다.

그리고 理氣論이란 개인적이고 내적이며 철학적인 명제이므로 존재론, 인식론, 실천론(가치론)적인 측면으로 나누어질 수 있을

___

46) 상게서, pp.1-4. 참조.

것이고, 문화적인 정통의식은 사회적 제 관계에서 형성되는 외적
이고 비개인적인 학문적 영역으로 분과될 수 있을 것이므로 역사
관, 정치·사회관, 종교관으로 나누어 볼 수 있을 것이다.

1. 理氣論적 存在論

朱子의 이학사상 체계의 최고의 범주는 天理 또는 理이다. 朱子
의 天理論은 직접적으로는 程二의 학설을 계승하였지만, 그것을
발전시켜 정밀하고 심오하게 체계화시켰다. 그런데 여기서 理氣論
의 理와 天理論의 天理 혹은 理에 대한 개념의 설정 및 그 관계에
대해서 잠깐의 설명이 필요할 것 같다. 理氣論의 理와 天理論의
天理 혹은 理는 원칙적으로는 동일의 개념이다. 그러나 朱子가 理
一原論47)적인 관점을 견지하여 포섭해낸 天理論에서의 天理 혹은

---

47) 朱子의 理氣論을 理一原論으로 단정 짓는 데, 이견이 있을 수 있다.
　　그러나 아래와 같은 대부분 중국 철학 저서들이 朱子의 理氣論을 理
　　一原論으로 보고 있으며, 필자도 朱子가 理氣의 관계에 대하여 理一
　　原論적 관점을 견지하고 있다고 본다.
　　楊天石, ≪朱子及其哲學≫, 北京: 中華書局, 1982, p.123.
　　范壽康, ≪朱子及其哲學≫, 臺北: 開明書局, 1976, p.81.
　　張立文, ≪朱子思想硏究 上≫, 中華: 谷風出版社, 1986, p.211, p.254.
　　北京大哲學系中國哲學硏究室編, ≪中國哲學史 上, 下≫, 北京: 中華
　　書局, 1986, p.66.
　　張岱年, ≪中國哲學大綱≫, 北京: 中國社會科學出版社, 1985, p.64.
　　[宋]黎靖德 編, 王星賢 點校, ≪朱子語類(全8卷)≫, 北京: 中華書局,
　　1999, p.3. 등 대부분의 중국 철학 저작에서 朱子의 理氣論을 理一原

理는 理氣論에서의 理와 차별성을 갖는다. 곧 天理論의 天理 혹은 理는 좀 더 근원적인 것, 원리적인 것 그리고 원시유가에서 말하는 道에 대응시킬 수 있는 개념인 데 비하여 理氣論에서의 理는 원리해석적인 것, 氣와의 상대성에 기인한 성질을 강조한 개념이 된다. 이러한 관계에서 본다면 朱子의 理氣論은 天理論의 설명을 위한 하위범주가 될 것이다. 그러나 理氣論은 단순히 이러한 天理論의 하위개념만을 이야기할 뿐만 아니라 天理論의 理를 포함한 광의의 개념으로 쓰이기도 한다. 그래서 理氣論은 개념상 天理論의 하위범주라는 협의의 뜻과 天理論을 포함한 광의의 뜻이라는 두 개의 개념 정의가 가능하다. 필자가 본고에서 사용하는 理氣論의 개념은 광의의 범주의 理氣論이 主가 될 것이다.

그러나 여기서는 朱子의 理氣論을 살펴야 하므로 협의의 理氣論에서의 입장에서 理氣論을 정의하고 이를 바탕으로 天理論을 이해한 후 天理論의 포함한 朱子의 광의의 理氣論의 실체를 진단해 볼 것이다.

理氣論은 朱子에게 있어서 좁게는 우주적 존재론으로 파악될 수 있으며 넓게는 그의 철학적인 사상체계 전반을 뒷받침하는 기초가 된다. 朱子의 理氣論은 기본적으로 周濂溪의 誠과 太極48), 邵康節의 太極論49), 張橫渠의 太虛를 궁극자로 하는 氣의 철학,50) 二程

論으로 보고 있다. 강택구, 〈주희의 문학이론 연구〉, 충남대 석사 학위 논문, 1998, p.45. 재인용.

48) 金谷 治 外, 조성을 역, 《중국사상사》, 서울: 이론과 실천, 1994, pp.223-226. 참조.

49) 상게서, pp.227-229, 참조.

의 太極을 궁극자로 하는 理의 철학51)을 계승한 것으로 시간과 공간을 초월하는 법칙이나 형이상자로서의 理와 시간과 공간 가운데서 존재하는 형이하자인 氣라는 두 개념으로 구성이 된다. 기본적으로 理는 일이나 사물의 존재의 배후에서 존재의 이유와 원리를 결정하게 되고, 이 理는 氣를 통하여 구체적인 형상으로 드러난다고 보고 있다. 朱子의 이기론을 자세히 해명하기 위하여 理와 氣의 개념을 살펴보고 그 연관관계를 파악하여 보자.

사실 理의 개념은 원시유가에서는 찾아볼 수가 없는 개념이다. 그러나 옛 문헌 중에 理에 대한 언급은 간간히 살펴볼 수가 있다.

德은 和이며 道는 理이다. ≪莊子≫〈繕生〉52)

天理에 따르며 大郤을 친다. ≪莊子≫〈養生主〉53)

道를 아는 자는 반드시 理에 도달한다. ≪莊子≫〈秋水〉54)

聖人은 이 천지의 아름다움을 궁구하여 만물의 理에 달한다.
≪莊子≫〈知北遊〉55)

---

50) 상게서, pp.229-234, 참조.

51) 상게서, pp.234-244, 참조.

52) ……夫德和也, 道理也. 德無不容, 仁也. 道無不理, 義也. ……≪莊子≫
〈繕性 得志論〉

53) ……依乎 天理, 批大郤, 導大窾……≪莊子≫〈養生主 庖丁解牛〉

54) ……北海若曰, 知道者, 必達於理. 達於理者, 必明於權. ……≪莊子≫
〈秋水 河伯・北海若問答〉

55) ……天地有大美而不言, 四時有明法而不議. 萬物有成理而不說. 聖人者,

사람이 태어나 고요함은 天性이다. 外物에 感하여 마음이 움직이는 것은 性의 욕망이다. 外物이 이름에 知覺이 그것을 알고 그런 뒤에 好惡가 나타난다. 好惡가 마음속에서 절도가 없고 知覺이 外物에 유혹된다면 자신의 본 마음으로 돌아갈 수 없으며 天理는 절멸된다.

《禮記》〈樂記〉56)

理를 궁구하고 性을 다함으로써 命에 이른다. 《易》〈說卦傳〉57)

이상의 고문헌에서 볼 수 있듯이 理라는 개념은 이치나 조리의 정도로만 쓰이고 있었다. 그러한 개념이 학문, 사상체계의 중심개념으로 발전, 확립된 것은 宋代에 들어서였다. 朱子는 理가 물리적인 우주가 형성되기 이전에도 존재하였고, 우주가 소멸하더라도 소멸되지 않는 항구성과 영원성 그리고 독립성을 가지고 있다고 보았다.

천지가 있기 이전에 궁극에는 다만 理가 있을 뿐이었다. 이 理가 있으면 곧 천지가 있게 되고, 만약 이 理가 없다면 곧 천지도 없을 것이다.《朱子語類 卷 1》

原天地之美而達萬物之理, 是故至人无爲, 大聖不作, 觀於天地之謂也. …… 《莊子》〈知北遊〉

56) ……人生而靜, 天之性也. 感於物而動, 性之欲也. 物至知知, 然後好惡形焉. 好惡無節於內, 知誘於外, 不能反躬, 天理滅矣. …… 《禮記》〈樂記〉

57) ……昔者聖人之作易也, 幽贊於神明而生蓍, 參天兩地而倚數, 觀變於陰陽而立卦, 發揮於剛柔而生爻, 和順於道德而理於義, 窮理盡性以至於命. …… 《周易》〈說卦傳〉

만일 산과 강 그리고 대지가 모두 꺼져 버린다 하더라도 끝내 理
는 거기에 있을 뿐이다.≪朱子語類 卷 1≫[58]

또한 理란 한 사물이 생겨나기 이전의 이미 존재하는 사물의 존
재 규율, 법칙, 원리였다. 그래서 理는 일체사물의 법칙인 동시에
영원히 존재하며 변화하지 않는 形而上者였다.

만약 理의 입장에서 본다면 비록 사물이 아직은 없고 사물의 理만
이 있다고 하더라도 단지 그것의 理만 있을 뿐이지 일찍이 참으로 이
러한 사물이 있었던 것은 아니다.≪朱文公文集 卷46≫〈答劉叔文〉[59]

天地가 있기 이전에 단지 理가 있을 뿐이었다. ≪朱子어류 권1≫[60]

반면 氣라는 개념 자체는 宋代 이전부터 존재한 것으로 호흡작
용, 物을 구성하는 물질적 근원, 생명력(vitality), 활동력의 근원
등으로 이해되어 왔다. ≪論語≫〈季氏〉에 나오는 血氣는 혈액 가
운데의 생명력이며, ≪孟子≫〈公孫丑〉의 浩然之氣는 도적적인 용
기와 기개로 펼치면 천지에 충만할 수 있는 것이다. 또한 氣는 생
물과 사람의 생명력을 자연에 투사하여 자연적인 생명력을 표현하
는 기제가 되기도 하였다. 천지는 살아 있으며 호흡하고 있다. 봄
의 들에 날아다니는 하루살이는 대지의 숨결일지 모르며 만물의

---

58) ……且如萬一山河大地都陷了, 畢竟理郤只在這裏……≪朱子語類≫〈卷 1〉
59) ……若在理上看, 則雖未有物而已, 有物之理, 然亦但有其理而已, 未嘗
　　　實有是物也. ……≪朱子文集大全 卷 46≫〈答劉叔文〉
60) ……未有天地之善, 畢竟也只是理. ……≪朱子語類 卷1≫

62

구멍에 노호하는 바람은 대지의 트림으로도 보인다.61) 한편 天의 六氣62)와 天氣上騰 地氣下降63)라는 관념에 이르면 한 해의 한서, 풍우를 맡은 눈에 보이지 않는 기체로서 추상화되지만, 이 또한 죽은 미립자가 아니라 생명을 가진 존재이다. 천지는 만물의 부모64)이므로 그 氣는 만물을 낳는 근원이 된다. 장자는 '천하를 통하여 一氣일 뿐'65)이라고 한다. 그래서 사람이 살아 있다는 것은 기가 응집한 것이며 기가 흩어지는 것은 죽음이다. 그러나 흩어진 기는 또다시 모이므로 죽음은 삶의 시작이다.66) 전 우주를 통하여 기가 모이고 흩어짐으로써 生-死-生으로 부단히 윤회한다.67)

  그러나 氣라는 용어가 오래 전부터 사용되어 온 것은 사실이지만 氣의 개념에 특정한 철학적인 의의를 부여하지는 않았다. 氣를 물질의 근원이라는 형태로 존재론 속에 포함시킨 것은 도교의 氣에 대한 사색에 힘입은 宋代 이후부터였다. 이러한 氣의 의의에 주목하여 이를 생성론 내지는 존재론적 차원으로 높인 것은 張載의 공헌이었다. 朱子는 이러한 張載의 기의 이론을 계승하고 발전시켜 자신의 이론을 전개한다.68)

---

61) ≪莊子≫, 〈逍遙遊〉〈齊物論〉 참조.
62) ≪左傳≫昭公 1년 참조.
63) ≪禮記≫〈月令〉 참조.
64) ≪書經≫〈泰誓〉 참조.
65) ≪莊子≫〈田子方〉 참조.
66) ≪莊子≫〈田子方〉 참조.
67) 赤塚 忠, 金谷 治 외, 조성을 역, ≪중국사상개론≫, 서울: 이론과 실천, 1994, pp.108-109, 참조.
68) 서울대 동양사학연구실 편, ≪강좌중국사 Ⅲ≫, 서울: 지식산업사,

朱子에게 있어서 氣는 형이상의 원리로서의 理와 대비되어 일체의 형이하의 현상계 혹은 구체적인 세계에 존재하는 모든 사물의 재료를 구성하는 것이다. 理 이외에는 아무것도 존재하지 않는다면 형이상의 세계만 있게 된다. 그러나 물질의 존재는 理에 부가된 氣가 있으므로 해서 가능해진다.69)

천지 사이에는 理致와 氣運이 있다. 이치란 형이상의 道요 생물의 근본이며 기운이란 형이하의 器요 생물의 기구이다. 이 때문에 人, 物이 태어날 때 반드시 이치를 받은 뒤에 本性이 있게 되고, 기운을 받은 뒤에 형체가 있게 된다. 본성과 형체는 한 몸에서 벗어날 수가 없으나 道와 氣의 구분은 명백한 것이기에 이를 어지럽힐 수가 없다.
≪朱文公文集 58卷≫〈答黃道夫〉70)

주렴계는 "無極之眞, 二五之精, 妙合而凝(무극의 진과 음양오행의 정이 오묘하게 합하여 응취된다)"이라 말하였는데, 여기에서 말한 眞은 이치이며 精은 기운이다. ≪朱文公文集 58卷≫〈答黃道夫〉71)

1989, p.210. 참조.

69) 馮友蘭·Bodde, Derk, 강재륜 역, ≪중국사상사≫, 서울: 일신사, 1983, p303, 참조.

70) 天地之間, 有理有氣. 理也者, 形而上之道也, 生物之本也. 氣也者, 形而下之器夜, 生物之具也. 是以人物之生, 必稟此理, 然後有性. 必稟此氣, 然後有形. 其性其形, 雖不外乎一身. 然其道器之間, 分際甚明, 不可亂也. ……≪朱子文集大全 卷 58≫〈答黃道夫〉

71) ……周子曰, 無極之眞, 二五之精, 妙合而凝. 所謂眞者理也, 所謂精者氣也. ……≪朱子文集大全 卷58≫〈答黃道夫〉

64

氣는 격동과 농축을 거쳐 사물을 구성하는데, 만물은 理를 가지고 있다는 점에서 평등하지만 氣의 작용에 의해서 차별상이 존재한다. 곧 理가 천지만물의 각각에 동일성을 부여하는 원리인 반면에 氣는 천지만물에 차별성을 부여하는 원리인 것이다.

위에서 理와 氣의 개념 및 성격을 살펴보았는데 이것을 정리하면 다음과 같다. ① 천지 사이에는 이치와 기운이 있는데, 이치는 기운의 근본이다. ② 이치는 형이상의 道요 생물의 근본이며, 기운이란 형이하의 器요 생물의 기구이다. 道와 器의 구분은 명백한 것이기에 어지럽힐 수가 없다. ③ 이치로 본다면 물체가 존재하지 않을 때에도 이미 그 물체의 이치는 존재하고 있다. 그러나 이치만 있었을 뿐 실제로 물체가 있는 것은 아니다. 다시 말하면 이치란 물체의 앞 또는 기운의 앞에 있다. ④ 理, 氣란 渾淪하여 나눌 수가 없으므로 선후로 말할 수가 없다. 그러나 유래된 바로써 추구해 보면 "반드시 이치가 먼저 있다고 해야 할 것이다." ⑤ 人, 物이 태어나는 것으로 예를 들면 無極의 眞(理)과 二五의 精(氣)이 묘함, 응취하여(이치와 기운이 합하여 형체가 이루어진다) 物과 人이 이루어진다. 二五란 陰陽의 理氣와 水火木金土의 五行을 말한다. 음양은 기운(氣)이요, 오행은 바탕(質)이니, 이른바 氣質이다.72)

그런데 이러한 협의의 理氣論은 원시유가의 道의 개념인 天理로 효과적으로 귀납되어야만 성인의 道統을 잇는 것이 될 수 있었다. 성인이 말한 窮極者는 이원적이 아닌 일원적인 道였으므로 일원적

---

72) 侯外廬 外 著, 박완식 옮김, ≪송명이학사2≫, 서울: 이론과 실천, 1995, p.27, 참조

인 天理로 理氣論을 귀납시키지 못한다면 성인의 도통을 잇지 못하는 결과를 초래하게 된다.

그래서 理氣論의 이원적인 성격을 일원적인 天理論으로 귀납시켜줄 가교로서 太極說이 介在하게 된다.

朱子는 자연과 인간의 세계가 모두 질서와 조화로써 움직이며 쉬지 않은 것은 무엇 때문인가를 묻는다. 이러한 陰静陽動, 未發已發이라는 형이하의 氣의 세계를 뒷받침하는 것으로 형이상의 "太極의 理"를 정립하여 "움직여서 陽, 고요하여 陰이 되는 所以의 본체"라고 하고 "조화의 樞軸, 品彙의 근저"라고 하였다. (《太極解》) 주렴계와 소강절도 태극을 이야기하였지만 이를 理라고 하지 않았고, 정이천은 理를 말하였지만 이것을 태극이라고 하지 않았다. 朱子는 북송의 여러 선배들의 학설을 종합하여 태극이라는 理體를 정립하고 이것을 인간과 자연의 근거로 삼았다. 朱子에게 있어서 태극은 인식론적인 心과 존재론의 근거이다. 그리고 그 근거인 태극의 성격을 나타낼 때에는 반드시 "無極而太極"이라는 표현이 필요하다고 하였다.73)

> 무극을 말하지 않는다면 태극은 一物이 되어 萬化의 근원이 될 수 없으며, 태극을 말하지 않는다면 무극은 空寂에 빠져 萬化의 뿌리가 될 수가 없다. 《朱文公文集 권 36》〈答陸子美〉74)

---

73) 金谷治 外 著, 조성을 역, 《중국사상사》, 서울: 이론과 실천, 1994, p.247, 인용.

74) ……不言無極, 則太極同於一物, 而不足爲萬化之根. 不言太極, 則無極淪於空寂, 而不能爲萬化之根…… 《朱子文集大全》〈答陸子美〉

확실히 태극이 현실의 사물적 존재와 동일한 것이라고 한다면 현실의 세계를 근거지울 수가 없으며, 태극이 현실의 사물적 존재와 상대하는 의미의 無 즉 비존재, 空無라면 이것 또한 현실세계를 근거지울 수가 없다. 朱子가 "無極而太極"이라고 표현하지 않았으면 당연히 궁극자인 태극의 성격을 보일 수가 없었을 것이다.75) 그래서 태극은 협의의 理氣論에서처럼 형이상의 理와 형이하의 氣가 서로 분리되어 별개의 것이 되고 마는 모순을 극복하는 단서가 된다.

동정이 때를 같이 하지 않으며 음·양이 자리를 같이 하지 않아도, 태극은 여기에 있지 않음이 없다. ≪태극해≫

朱子는 비로소 태극을 통하여 理와 氣를 합쳐서 보게 된 것이다.

태극이 움직이매 陽이 발생하고, 고요하매 陰이 발생한다는 것은, 움직임이 있은 뒤에 양이 있고 고요한 이후에 음이 있어 마치 확연히 먼저 이것이 있은 후에 저것이 있다는 것은 아니나, 태극의 움직임은 양이요, 고요함은 음이므로 바야흐로 움직일 때에는 고요함을 볼 수가 없고, 고요할 때는 움직임을 찾아볼 수가 없다는 것이다. 그런데도 움직이매 양이 발생한다고 한 것은 이런 맥락에서 말한 것이다. 양이 움직이기 이전에도 또한 (태극은) 존재하니, 정자의 "動靜無端, 陰陽無始"라는 말을 여기서 찾아볼 수가 있다.≪朱子語類 卷94≫76)

---

75) 金谷治 外 著, 조성을 역, ≪중국사상사≫, 서울: 이론과 실천, 1994. p.248, 인용.

76) ……"太極動而生陽, 靜而生陰" 非是動而後有陽, 靜而後有陰, 截然爲兩

이것은 理와 氣의 관계는 실로 서로 분리될 수 있는 것이 아니며, 서로 섞일 수도 없는 不離不雜의 관계에 있다고 본 것이다. 실로 太極은 초월적이며 동시에 모든 事와 物에 내재하는 것으로 主理論적 관점 혹은 理一元論적인 관점에서 理氣說을 취합하고 있다고 하겠다.

태극이란 천지가 창조되기 이전에 혼성된 하나의 물건일까? 아니면 천지 만물의 이치의 總名일까? 태극이란 천지 만물의 이치일 뿐이다. 천지로 말하면 천지에 태극이 있고, 만물로 말하면 만물에 태극이 있다.

정이천이 말한 理一分殊[77]는 매우 훌륭한 말이다. 천지만물을 합하여 보면 하나의 이치일 뿐이다. 사람 또한 각기 하나의 이치를 가지고 있다. ≪朱子語類 卷 1≫[78]

端, 先有此而後有被也. 只太極之動便是陽, 靜便是陰. 方其動時, 則不見靜, 方其靜時, 則不見動. 然 "動而生陽", 亦只是且從此說起 陽動以上, 更有在. 程子所謂 "動靜無端, 陰陽無時" 於此可見. ≪朱子語類 卷94≫

77) 理一分殊란 하나의 이치가 수많은 이치를 총괄하는 것이 마치 하나의 달이 강과 소수, 시냇물, 바다 따위에 비치어 수많은 달로 나타나는 것과 같고, 또 다른 한 면으로는 수많은 달들은 하늘 위에 떠 있는 하나의 달로 귀결된다는, 즉 강과 호수, 시냇물, 바다 따위에 비친 수많은 달들은 하늘 위에 떠 있는 하나의 달을 근본으로 하고 있다는 말과 같다. 하나의 태극이 분산되어 물체가 되고 물체마다 각기 하나의 태극을 갖추고 있으며, 또한 물체마다 각기 하나의 태극을 갖추고 있으나 결국 하나의 태극으로 돌아가는 것이 理一分殊이다. 주희의 理一分殊론은 주희철학의 중요 부분이다. 이 이론은 총체와 부분의 관련, 전체 우주와 만물의 관련, 一理와 만물이 각기 가지고 있는 理의 관련을 설명해 주고 있다. 이 이론은 華嚴宗의 理事說을 본원으로 한 것으로 알려져 있다.

한편 朱子가 말하는 太極이란 곧 理 또는 天理가 된다. 新儒家의 최고의 범주이며 원시유가의 道를 계승한 天理論이 완성됨을 여기서 볼 수 있다. 朱子의 天理論을 정리하면 ① 理란 어떠한 사물에도 의뢰하지 않고 독립적으로 존재하기에, 천지 만물에는 成毁가 있지만 理는 成毁를 초월한다. ② 理란 우주의 본원 혹은 근본이다. 천지만물의 본원 또한 근본이란 우주만물의 총 원칙이다. ③ "이치가 있으면 곧 기운이 유행하여 만물을 발육시키니"[79] 이치는 근본이요 기운은 천지 만물을 조성하는 재목 또는 바탕(材質)이므로 반드시 이치에 의해서 운행된다. 그러나 기운이 없으면 이치 또한 掛搭處가 없다. 이치는 하나의 淨潔空闊한 세계로서 형체와 자취, 그리고 작위도 없다. 그러나 이치는 어떤 물체든 비춰 주고, 어느 곳이든 존재한다. ④ 理란 주돈이가 〈太極圖·易說〉에서 공자의 〈易傳(繫辭)〉를 근거로 인용, 제시한 太極이라는 말과 동의어이다.[80]

결국 朱子의 광의의 理氣論은 天理論의 理로 표현되는 窮極者로

---

78) 問, 太極不是未有天地之先有箇渾成之物, 是天地萬物之總名否? 曰, 太極只是天地萬物之理. 在天地言, 則天地中有太極, 在萬物言, 則萬物中各有太極. ……問理與氣. 曰, 伊川說得好, 曰, 理一分殊, 合天地萬物而言, 只是一箇理. 及在人, 則又各自有一箇理. ……≪朱子語類 卷1≫

79) 천도가 유행하여 만물이 발육하게 된다. 그 조화는 음양오행일 뿐이다. 이른바 음양오행 또한 반드시 그 이치가 있은 뒤에 기운이 있다. 그 물을 낳는 것 또한 반드시 기운의 응취로 인하여 형체가 있게 된다. 그러므로 사람과 만물이 태어날 때 반드시 이치를 얻은 뒤에 건순 인의예지의 본성이 되고, 반드시 기운을 얻은 뒤에 魂魄, 五臟, 百骸의 몸이 된다. 주렴계가 말한 무극의 眞과 二五의 精이 오묘하게 합하여 이루어진 것이란 곧 이것을 말한 것이다. ≪大學惑問 권 1≫

80) 候外廬 外 著, 박완식 옮김, ≪송명이학사2≫, 서울: 이론과 실천, 1995, p.28, 인용.

서의 道(太極, 天理)와 철학적인 사유 과정과 존재의 생성, 변화를 설명하는 형이상의 理와 형이하의 氣의 상호관계 작용을 설명하는 협의의 理氣論을 모두 포함하는 것이 된다.

그러나 朱子의 이러한 理氣論에는 한 가지 중대한 논쟁점이 존재한다. 朱子가 비록 태극으로써 主理論적 理氣論의 타당성을 검증하기는 했지만, 氣가 理에 의해서 완벽하게 통제가 되는지 하는 문제에 있어서는 의문이 남는 것이다. 이것은 理와 氣의 관계에 있어서 理先後氣, 氣先後理, 理氣不相雜不相離의 관계[81]가 朱子의 理氣論의 논리에 의하면 모두 가능한 것에 그 이유가 있다.[82]

> 천지가 있기 전은 마침내 단지 理일 뿐이니, 이 理가 있으면 바로 이 천지가 있게 되고, 만약 이 理가 없다면 또한 천지도 없고 사람과 만물이 없어서 전혀 가지고 있는 것이 없게 된다. 理가 있으면 바로 氣가 있게 되어 그러한 것이 유행하여 만물을 발육하는 것이다.
>
> ≪朱子語類 卷1≫[83]

> 어떤 이가 물었다. "理가 앞이고 氣가 뒤입니까?" 대답하여 말씀하셨다. "이와 기는 본래 선후를 말할 수가 없으나, 다만 추론을 한다면 마

---

81) 조선조의 성리학에서 퇴계는 理先後氣를 강조하고, 율곡은 理氣不分의 입장을 강조하였으며, 중국에서는 朱子 이후 명 초에는 理先氣後를 강조하는 경향이었으나 명 중기 이후에는 理氣不離를 강조하는 경향이 강해졌다. 守本順一郎著, 김수길譯, ≪동양정치사상사 연구―朱子사상의 사회경제적 분석≫, 서울: 동녘, 1985, p.86.

82) 민경삼, 〈주희의 문학론 연구〉, 고려대 석사 학위 논문, 1995, pp.10-16, 참조.

83) ……未有天地之先, 畢竟也只是理, 有此理便有此天之, 若無此理便亦無天地無人無物, 都無該載了. 有理便有氣, 流行發育萬物……≪朱子語類 卷1≫

70

치 理가 앞에 있고 氣가 뒤에 있는 것과 같다." ≪朱子語類 卷1≫84) →
理先後氣의 인정

　만약 부여받은 것으로 논한다면 이 氣가 있은 후에 理가 따라 갖
추어진다. 따라서 이 氣가 있으면 이 理가 있고, 이 氣가 없다면 이
理가 없다. ≪朱子大全 卷59≫〈答趙致道〉85) →氣先後理의 인정

　朱子의 논지로는 氣는 理에 의해서 존재하며 理에 의해 만물이
생겨난다고 보고, 氣가 理에 제한과 통제를 받는 것으로 여긴 것
같다. 그러나 氣가 일단 생겨난 후에는 또한 理의 제한을 받지 않
는다고 인정하고 있다.

　氣가 비록 理에 의해 생겨난 것이나, 이미 생겨 나왔으면 理는 그
것에 관여하지 못한다. 마치 이 理가 氣에 깃들어 있는 것처럼 일용
간의 운용이 모두 氣로 말미암으니, 氣는 강하고 理는 약할 뿐이다.
≪朱子語類 卷 4≫86)

　결국 氣가 理를 어길 수 있는가, 어길 수 없는가 하는 문제는
朱子 자신도 해결할 수 없었던 문제였으니87) 요컨대 朱子학에서

84）或問, 理在先氣在後? 曰, 理與氣, 無先後之可言, 但推上去時, 却如理
　　在先氣在後相似≪朱子語類 卷1≫
85）……若論稟賦, 則有是氣而後理隨以具, 故有是氣, 則有是理, 無是氣,
　　則無是理. ……≪朱子文集大全 卷 59≫〈答趙致道〉
86）……氣雖是理之所行, 然旣生出, 則理管他不得. 與這理寓於氣了, 日用
　　間運用都由這箇氣, 只是氣强理弱……≪朱子語類 卷4≫
87）勞思光, 정인재 역, ≪中國哲學史(宋明編)≫, 서울: 탐구당, 1987,

는 理에 의한 氣의 통제성이 명확하게 확보되어 있지 않은 것이
된다.

그러나 사실 이 문제는 존재론적 理氣論의 논쟁만으로는 해결이
되지 않는 문제로서 認識論이나 價値論과 實踐論의 문제로 확장되
어야 한다. 이는 朱子의 理氣論적 존재론에 한계와 문제점이 있어
서라기보다는, 인간이 진리를 사변적인 방식으로 설명하려면 언제
나 봉착할 수밖에 없는 실존적인 차원의 문제라고 봐야 할 것이다.

2. 理氣論적 認識論[89]

認識의 문제를 논하기 위하여 먼저 인식과 의식의 주체인 心의
문제를 다루어야 한다. 물론 朱子학에 있어 인식의 문제도 理氣論
의 연장선상에 있음은 당연한 것이다. 오히려 朱子학의 관심 대상
은 우주와 자연이기보다 인간의 심성과 사회의 인륜, 정치적 도덕
률에 대한 것이었으므로 理氣論적인 사유의 체계로 인간 심성과
인식의 문제를 파악해 나가는 것이 朱子학의 주 대상이 된다. 朱
子학을 性理學 혹은 性命學으로 부르는 이유도 바로 이와 관련하
여 생각할 수 있다.[89]

---

p.341, 인용.

88) 중국철학의 인식론은 지식을 지식 그 자체로 중시하는 서양철학의
   인식론과 성격을 달리하고 있다. 중국철학의 인식론은 "道"의 인식
   을 모든 인식의 궁극적인 경지로 보기 때문에 신비주의(직관주의)적
   이며 동시에 실용주의적인 성격을 가지게 된다. 주지하는 바와 같이

중국인이 자기와 세계의 근원에 있는 궁극적인 진리라고 한 것은 "道" 즉 천지자연의 이법이었다. 그것은 자기를 비우고 이 "道"에 복귀하여 오로지 여기에 따를 것을 주장하는 노장철학이 그러할 뿐만 아니라 이 "道"에 기초하여 인륜을 세우고 인간과 인간사회에서의 天理의 실현을 주장하는 유가의 철학에서도 그러하였다. 아니 유가와 도장뿐만 아니라 중국불교 중에서도 특히 중국적인 성격을 강하게 지녔다고 말하여지는 禪宗, 淨土宗, 淨臺宗, 華嚴宗 등의 교의에서도 이러한 사고방식의 영향을 강하게 엿볼 수 있다. 그들이 "天"이라 하고, "天理"라 하며, 혹은 "自然", "無", "妙有"라고 해도 그것들은 요컨대 천지자연의 "道"와 동일어이며 유가의 "道"도 노장의 "道"도 나아가 중국화된 불교가 말하는 "道"도 근원적으로는 모두 동일한 것을 가리킨다. 적어도 ≪易≫이나 ≪中庸≫을 경전으로서 덧붙인 이후의 유가, 三敎融化의 입장에 선 불교의 도는 그러하다. 그리고 이 도 즉 우주와 인생의 근원적인 진리는 일체만물을 일체만물로서 존재하게 하며 그 자신은 인간의 감각, 지각적인 파악을 넘어선다. 따라서 일체의 언어와 지식을 부정한다. 그에 대해 생각할 수도 이름붙일 수도 없는 신비적, 초월적인 그 무엇Etwas이면서, 그러나 활발한 조화의 묘용을 시시각각으로 눈앞의 세계로서 현상시키는 무엇이었다. 일체의 만물은 "道"의 움직임에 의해 생겨나 이 "道"의 움직임 안으로 돌아간다. 인간의 지력과 지식에는 한계가 있는데 그런데도 바로 거기에 "道"는 실재한다. 그러므로 중국철학의 인식론은 신비주의가 그 근저가 된다. 그런데 이러한 신비주의는 한편 실용주의적 인식론의 근원이 된다. 근원적인 진리가 천지자연의 "道"이며, 그들에게 최고의 가치가 이 "道"에 기초하여 만물의 삶을 온전하게 하는 것이라고 한다면 일체의 지식은 이것을 완전하게 하기 위해 이바지하면 좋은 것이며, 이바지할 수 있는 것은 바로 진정한 지식이 되는 것이다. 중국인에게 있어서 인식론상의 신비주의와 실용주의는 한 몸이며 같은 뿌리이고 이것을 성립시키는 것은 그들이 삶에 있어서 천지자연의 "道"에 대한 자각적 또는 무각적인 諦觀을 근원적인 가치로 생각하고 있다는 점이다. 사실 朱子의 총체적 세계인식도 이런 맥락하에 서 있다. 赤塚 忠, 金谷治 外 著, 조성을 역, ≪중국사상개론≫, 서울: 이론과 실천, 1994, pp.156-159, 참조.

89) 서울대 동양사학연구소 편, ≪강좌 중국사 Ⅲ≫, 서울지식산업사,

心에 대하여 朱子는 이치, 즉 性이 있는 곳이라고 하였으며, 이치가 주관과 객관이 융합된 형태로 체현되는 영묘한 곳이라 하였다.

텅 비고 영묘한 것 자체가 마음의 본체이다. ≪朱子語類 卷5≫[90]

하지만 心과 性을 확실히 구분하였다. 心은 氣에 의해서 성립하며 心의 움직임인 여러 가지 정신현상은 精과 慾을 포함하여 氣에 기초하고 있다. 다만 心은 단순한 氣의 집합체가 아니다. 사람에게 하늘로부터 이치가 부여되었다고 할 경우 그 이치는 心에 깃드는 것이다.

영특한 곳은 마음일 뿐이지 性은 아니다. 性은 단지 이치일 뿐이다.
≪朱子語類 卷5≫[91]

마음에는 善惡이 있지만, 性은 善하지 않음이 없다.
≪朱子語類 卷 5≫[92]

本性은 바로 마음이 가지고 있는 이치이다. 마음은 바로 이치가 깃들어 있는 땅이다.≪朱子語類 卷5≫[93]

1989. p.217.

90) ……虛靈自是心之本體…… ≪朱子語類 卷5≫

91) ……靈處只是心, 不是性. 性只是理. …… ≪朱子語類 卷5≫

92) ……心有善惡, 性無不善…… ≪朱子語類 卷5≫

93) ……性便是心之所有之理, 心便是理之所舍之地. …… ≪朱子語類 卷5≫

74

결국 마음은 사람에게 있어서 理와 氣의 접합점이 된다.94) 이는 협의의 理氣論이 太極論에 의하여 광의의 理氣論 혹은 天理論으로 확장, 발전되었으되 인식론적 혹은 실천론적 근거점은 미비한 상태였으나 心의 개념을 제시함으로써 인식론적 혹은 실천론적 근거점을 마련하게 된 것이다.

이러한 心의 성격은 朱子의 己發未發說95)에 자세히 설명된다. 朱子는 己發未發說에서 心은 언제나 움직이고 있어 정지하지 않는 것으로 氣가 붙어있다고 보았다. 여기에서 인간의 心에는 己發動, 未發靜의 두 가지 양상이 있다고 하면서 이것을 모두 형이하의 활동적인 인간의 수렴태와 확산태라 보고, 이 두 가지 양상에 입각하여 心을 포착하려고 하였다. 즉 인간의 心이 발동하지 않는 경우에는 寂然不動이며 天理의 본진인 太極의 理는 그대로 여기에 性으로 갖추어져 있다고 하였다. 또 心이 확산 발동하는 경우에는 情이 움직여 天理의 본진인 性이 모습을 감추게 된다. 以上이 朱子의 己發未發說의 대요이다.96) 한편 朱子는 心이 未發한 경우에는 여기에 性이 갖추어져 있어서 性은 仁義禮智의 四德을 갖추고 있지만, 己發의 경우에는 惻隱, 羞惡, 辭讓, 是非의 四端으로 발현한다고97) 하여 仁은 溫和慈愛의 도리, 의는 判斷裁割의 도리, 禮는 恭敬

---

94) 강택구, 〈주희의 문학이론 연구〉, 충남대 석사 학위 논문, 1998, p.51, 참조.

95) 《朱子文集大全 卷 67》 참조.

96) 金谷治 外 著, 조성을 역, 《중국사상사》, 서울: 이론과 실천, 1994, pp.251-252, 참조.

97) 《朱子文集大全 卷77》 〈克齊記〉 卷67〈仁說〉, 참조.

尊節의 도리, 智는 分別是非의 도리라고 규정하였다.98)

마음의 性은 萬里를 포함한다. 虛靈不昧하여 萬事에 응하는 心이 萬里를 갖추는 것은 당연하다. 이 萬里는 心이 지닌 仁義禮智의 원리적 기반인 "所當然之則"99)에서 모두 유래한다. 그런데 仁義禮智는 仁으로 총괄되고, 다시 仁은 性과 등치되며 性은 다름 아닌 太極渾然의 體이다. 이것은 "所以然之故"이며 존재의 궁극자인 태극의 理이다. 결국 이러한 태극의 理와 인간존재의 방식인 仁義禮智의 理는 회귀적으로 순환한다. 다른 말로 仁義禮智는 천지자연의 元・亨・利・貞과 등치되며 元・亨・利・貞은 元으로 총괄되어 仁이 되어 인식의 주체와 객체의 합일이 이루어지는 것이다.100)

결국 朱子의 認識論이란 知覺運動의 生理作用에 의해서 "所以然之故"의 理만을 파악하는 것을 말하는 것이 아니라 이것을 포함한 도덕적인 범주인 "所當然之故"의 理를 초월적으로 인식히는 깃까지 포함하는 개념이며, 오히려 후자가 더욱 궁극적인 인식의 목적이 된다.

내가 살펴보니 性이란 사람이 하늘에서 얻어 온 이치이며 生이란 사람이 하늘에서 얻어 온 기운이다. 性이란 형이상이며 氣란 형이하이다. 人과 物이 태어날 때 이 본성을 두었고, 또한 氣를 가지고 있다. 그러나 기운으로 말하면 지각운동에는 사람과 만물에 차이가 없

---

98) ≪朱子文集大全 卷74≫〈玉山講義〉, 참조.

99) 所當然之則은 그렇게 해야만 하는 당위(sollen)의 법칙으로써 가치(should be 또는 ought to be)에 관한 법칙이며 所以然之故는 자연의 법칙으로써 사실에 관한 법칙 즉 불변의 존재에 관한 법칙이다.

100) 金谷治 外 著, 조성을 역, ≪중국사상사≫, 서울: 이론과 실천, 1994, p.252, 참조.

지만, 이치로 말하면 仁義禮智의 稟受는 만물이 온전히 얻을 수 없다. 이것이 사람의 본성이 선하여 만물의 最靈者가 될 수 있었던 이유다. 告子는 性이 이치임을 알지 못하고 이른바 기운을 본성에 해당시켜 보았다. 이는 지각운동의 준동이 사람과 만물이 동일하다는 것을 알았을 뿐, 仁義禮智의 순수함이 사람과 만물에 다르다는 점을 모른 것이다. ≪孟子集注 告子 生之謂性≫101)

개미와 벌에게 군신의 의리가 있다함은 義라는 일부분에 한 점의 밝음이 있기 때문이며, 범과 이리에게 부자의 사랑이 있다함은 仁이라는 일부분에 한 점의 밝음이 있기 때문이다. ……그 밖의 것에 대해서는 다시 미루어 나아가지 못한다. 이는 마치 온통 새까만 거울 가운데 그저 한두 점의 밝은 빛이 발산하는 것과 같다≪朱子語類 卷4≫102)

그러므로 朱子의 認識論은 仁義禮智라는 "所當然之則"과 太極의 理인 "所以然之故"가 결국에는 동일한 원리라는 것을 인식해내는 것이 궁극적인 목적이 된다. 그러나 이러한 궁극적인 인식의 자연스런 體化는 聖人만이 가능한 것이며, 현자나 일반 학인들은 實踐적인 노력이 필요하다. 왜냐하면 所當然之則은 도적적인 실천원리

---

101) 愚按, 性者, 人之所得於天之理也. 生者, 人之所得於天之氣也. 性形而上者, 氣形而下者. 人物之生莫不有是性, 亦莫不有是氣. 然以氣言之, 則知覺運動, 人與物若不異也. 以理言之, 則仁義禮智之稟, 豈物之所得而全哉. 此人之性, 所以無不善而爲萬物之靈也. 告子不知, 性之爲理以所謂氣者當之. ……知覺運動蠢然者, 人與物同, 而不知, 仁義禮智之粹然者, 人與物異也. …… ≪孟子集注≫〈告子章句 上 生之謂性≫에 대한 朱子의 注

102) ……理不同, 如蜂蟻之君臣, 只是他義上有一點子明. 虎狼之父子, 只是他仁上有一點子明. 其他便推不去. 恰似境子, 其他處都暗了, 中間只有一兩點子光. ……≪朱子語類 卷 4≫

이기 때문이다. 이것이 朱子의 인성론과 실천론의 핵심적인 과제가 된다. 결국 理氣論의 존재론적 설명의 한계-理가 氣를 통제할 수 있는가? 理가 氣에 앞서는가? 등등의 문제-는 인식론적 확인을 거쳐 인성론적 실천론에서 자아의 실천과 역사적인 확인을 통해서만 극복할 수 있는 문제가 된다.

3. 理氣論적 實踐論(心性論的 實踐論)

왜 聖人은 仁義禮智라는 "所當然之則"에서 太極의 理인 "所以然之故"를 자연스럽게 體化하여 인식하는데 일반 학인은 그러하지 못하는가? 朱子는 다음과 같이 답한다.

性이란 이치일 뿐이다. 그러나 天氣, 地質이 없으면 이치란 안착할 곳이 없다. 단, 청명한 氣質을 얻으면 이치가 가리어지지 않아서 순조롭게 나타나고, 조금 가리어지면 유출되어 천리가 勝하고, 많이 가리어지면 私慾이 편승하게 된다. 그러나 본원의 人性을 살펴보면 선하지 않은 바가 없으나……氣質에 의해서 昏錯이 있고 막히게 된다.

사람의 本性이란 모두 善하다. 그러나 태어나면서부터 善한 사람이 있는가 하면 태어나면서 惡한 사람이 있다. 이는 氣稟의 차이이다. ……日月이 淸明하고 氣候가 화창할 때의 氣運을 받으면 淸明渾厚한 氣運으로 善한 사람이 되지만, 日月의 昏沈과 寒暑의 異常은 天地의 戾氣인데, 만일 이러한 氣運을 받게 되면 善하지 못한 사람

78

이 되리라는 것은 의심할 여지가 없다. ……우리의 本性이 이처럼 善한데도 무슨 까닭에 聖賢이 되지 못하는 것일까? 이는 이 氣稟의 폐해에 의한 것이다. 氣稟이 강한 데 치우치면 한결같이 强暴하고, 柔한 데 치우치면 한결같이 柔弱한 類가 되는 것이다. ……모름지기 氣稟의 폐해를 알고서 이를 극복해 나가는 공부에 힘써야만이 그 偏勝됨을 制裁하여 中道로 돌아올 수 있다.

精英한 기운을 받은 자는 성인과 현인이 되어 이치의 온전함과 정대함을 얻게 된다. 이에 淸明한 기운을 얻은 자는 총명하고, 敦厚한 기운을 얻은 자는 온화하고, 淸高한 기운을 얻은 자는 고귀하고, 豊厚한 기운을 얻은 자는 부를 누리고, 長久한 기운을 얻은 자는 장수를 누리고, 衰頹 薄俗한 기운을 얻은 자는 愚, 不肖, 貧, 賤, 夭折하게 된다.

사람의 本性이란 모두 같지만 稟氣에는 편중이 있다. 木氣에 편중된 자는 惻隱한 마음이 항상 많아서 羞惡, 辭讓, 是非의 마음이 측은한 마음에 막혀서 나오지 못하게 되고, 金氣에 편중된 자는 羞惡의 마음이 항상 많아서 측은, 사양, 시비의 마음이 수오의 마음에 막혀 나오지 못하게 된다. 水火 또한 그와 같다. 오직 陰陽이 合德하고 五性이 全備된 뒤에 중정으로서 성현이 되는 것이다.≪朱子語類 卷 4≫103)

---

103) ……性只是理. 然無那天氣地質, 則此理沒安頓處. 但得氣之淸明則不蔽錮, 此理順發出來. 蔽錮少者, 發出來天理勝. 蔽錮多者, 則私慾勝, 便見得本源之性無有不善. ……只被氣質有昏濁, 則隔了. ……
……人之性皆善. 然而有生下來善底, 有生下來便惡底, 此是氣稟不同. ……日月淸明氣候和正之時, 人生而稟此氣, 則爲淸明渾厚之氣. 須做箇好人. 若是日月昏暗, 寒暑反常, 皆是天地之戾氣. 人若稟此氣, 則爲不好底人, 何疑! ……看來吾性旣善, 何故不能爲聖賢?, 却是被這氣稟害. 如氣稟偏於剛, 則一向强暴. 偏於柔, 則一向柔弱之類 ……須知氣

곧 朱子의 人性에 대한 논술은 張載의 天地之性, 氣質之性과 맹자의 性善說의 이론을 계승 발전시킨 것이 된다. 그러나 朱子의 천지성과 기질성은 장재의 그것과는 다른 점이 있다. 장재는 기질성이란 잘 돌이켜야 한다(善反)고 생각했는데, 이는 인위적인 수양을 통해서 기질성을 천지성으로 회복시킨다는 뜻이라 볼 수 있다.104)

형체가 있은 이후에 氣質性이 있다. 이를 잘 돌이키면 天地의 性이 존재하게 된다. 그러므로 氣質性이란 君子의 性으로 여기지 않는다. ≪正蒙≫〈誠明篇〉

張載가 氣質의 性을 군자의 性으로 여기지 않는다고 한 것은 氣質性을 本性으로 여기지 않는다는 뜻이다. 그러나 朱子에게 있어서 氣質性은 비록 본성은 아닐지라도 張載의 논지보다는 本性적인 속성에 가깝다. 왜냐하면 이는 태어나면서 생득적으로 결정되는 것으로 사람이 관여할 바가 못 되는 것이다.

稟之害, 要力去用功克治, 裁其勝而歸於中乃可. ……
……稟得精英之氣, 便爲聖, 爲賢, 便是得理之全, 得理之正. 稟得淸明者, 便英爽. 稟得敦厚者, 便溫和. 稟得淸古者, 便貴. 稟得豊厚者, 便富. 稟得久長者, 便壽. 稟得衰頹薄濁者, 便爲愚, 不肖, 爲貧, 爲賤, 爲夭 ……
……人性雖同, 稟氣不能無偏重. 有得木氣重者, 則惻隱之心常多, 而羞惡, 辭遜, 是非之心爲其所塞而不發. 有得金氣重者, 則羞惡之心常多, 而惻隱, 辭遜, 是非之心爲其所塞而不發. 水火亦然. 唯陰陽合德, 五性全備, 然後中正而爲聖人也. ……≪朱子語類 卷4≫

104) 候外廬 外 著, 박완식 옮김, ≪송명이학사2≫, 서울: 이론과 실천, 1995, pp.39-42, 참조.

孔子曰, 生而知之者, 上也, 學而知之者, 次也, 困而學之, 又其次也, 困而不學, 民斯爲下矣. [集注]人之氣質不同, 大約有此四等. 사람의 기질에는 대략 이 네 등급이 있다. ≪論語集注 季氏 卷 16≫

주희의 이론에 따르면 天地의 性이란 人性을 결정지어 주는 것인데, 이는 모두 善한 것이다. 그러나 氣質을 받음에 따라서 善 또는 惡의 차이가 있다. 사람의 剛柔 또한 氣質의 영향을 받은 것이요, 사람의 賢愚, 貧富, 貧賤, 壽夭 또한 氣質의 영향에 의한 것이다. 다시 말하면 氣質의 영향에 의해서 인간의 性情, 資質 및 사회적인 지위, 수명의 길고 짧음까지 결정이 되는 것이다. 바꾸어 말하면 출생 당시의 날씨의 상황조건과 음양오행의 배치에 따라서 사람이 稟賦받는 조건이 형성되기에, 이는 인간의 모든 방면에 영향을 끼치어 일생을 결정하는 것이다.

요임금처럼 훌륭한 아버지도 丹朱처럼 불초한 자식을 두었고, 鯀처럼 흉악한 아버지도 어진 자식을 둔 것은 무엇 때문인가? 이 또한 음양오행이 교제 운행하는 즈음에 청탁이 있는데 사람이 때마침 만나는 그 상황에 따라서 이처럼 된 것이다. 이는 마치 운명을 점칠 때(算命) 五星 음양의 기운을 미루어 좋은 기운에 해당된 자는 바탕이 아름답지만, 좋지 못한 것을 만난 자는 不肖하게 되는 것과 같으니, 또한 사람이 타고 나는 기는 관여할 바가 아니다.≪朱子語類 卷 4≫[105]

---

105) ……以堯爲父而有丹朱, 以鯀爲父而有禹, 如何? 曰, 這箇又是二氣, 五行交際運行之際有淸濁, 人適逢其會, 所以如此. 如算命推五行陰陽交際之氣, 當其好者則質美, 逢其惡者則不肖, 又非人之氣所能與也. ……≪朱子語類 卷4≫

그러나 朱子가 말한 氣質의 性은 天理論에서의 理나 "性卽理"에서의 理는 아니다. 이는 어디까지나 理氣論 가운데서 氣의 범주에 속하는 영역이다. 그러나 氣의 범주에 속하는 氣質의 性이 생득적인 까닭에 理에 의한 氣의 통제성을 朱子의 理氣論에서는 명확히 확보하고 있지 못한 것이 된다.

그러므로 이러한 氣質之性의 속성을 인정하면서 동시에 理에 의한 氣의 통제성을 담지하기 위해서는 聖人의 道에 연원-經學을 근거로 한-을 둔 수양방법과 학문방법을 제시하여 實踐論 속에서 氣를 통제해야 한다. 그러나 그러한 수양방법과 학문의 방법이 성인을 연원으로 하지 않는 것이라면 이러한 實踐論은 무의미한-혹은 의미가 있다하더라고 불완전한 것-것이며, 성인을 연원으로 한, 곧 도통을 받은 자-경학을 근거로 한-의 실천론이라면 이는 성인이 되는 길이 된다.

朱子는 이러한 성현의 도통을 이어받은 수양의 방법과 학문의 방법으로 居敬存養의 방법과 格物窮理의 방법을 주장한다. 우선 居敬存養의 수양방법을 살핀 후, 格物窮理의 학문방법을 살펴보자.

氣質之性이 本然之性의 성품을 가리고 거기에서 惡이 생겨날 가능성이 있게 된다고 할 경우 본연의 성품을 가리는 것은 보다 구체적으로 말하면 情과 欲이다. 즉 惡의 근원은 情欲에 있다. 물론 情欲이 모두 악하다고 朱子는 보지 않았다. 그러나 惡이 情欲에서 나오는 이상 氣質의 성품의 경우와 마찬가지로 情欲도 아무래도 惡의 방향으로 기울어진다.

마음이란 비유하면 물과 같은 것이다. 性이란 물의 이치이다. 性
은 물의 고요함에서 세워지는 까닭이면, 情은 물의 움직임에서 세워
지는 까닭이며, 慾望이란 물이 흐르다가 넘치게 된 것과 같다.

≪朱子語類 卷5≫106)

天理가 있으면 곧 人慾이 있다. 대개 이 천리에 따라서 모름지기
마음을 잘 두어야 한다. 이 마음의 자리가 알맞지 않을 때에는 바로
人慾이 생겨난다. ≪朱子語類 卷13≫107)

이 그릇된 욕망을 버리는 방법이 居敬存養이다. 居敬은 未發에 관
련되고 存德性이라고도 한다. 이는 心을 달리 억제하지 않고 이끌어
항상 自覺시켜 둔다는 것이다. 또 居敬은 일단 未發에 관련되지만
그것은 格物窮理의 기반이므로 항상 근저에서 存養되어야 한다.

대체로 학자들은 반드시 먼저 敬자를 알아야 한다. 敬이란 첫발
을 내딛을 수 있는 곳이다. "涵養은 모름지기 敬으로 하고, 進學은
곧 致知에 있다"는 程子의 말은 가장 절묘하다.

敬字의 공부는 聖門에서 가장 중요한 의의이니 철두철미하게 잠
깐이라도 끊임이 없어야 한다. 敬이라는 한 글자는 참으로 聖門의
강령이며 存養의 요법이다.

敬字의 공부가 오묘하여 聖學의 시작과 끝이 되는 바를 감탄한

---

106) ……心譬水也. 性水之理也. 性所以立乎水之靜, 情所以行乎水之動, 欲
　　 則水之流而至於濫也. ……≪朱子語類 卷5≫
107) ……有個天理, 便有個人欲. 蓋緣這個天理須有安頓處, 才安頓得不恰
　　 好, 便有人欲出來. ……≪朱子語類 卷13≫

것은 모두 이 때문이다.≪朱子語類 卷12≫[108]

　敬이란 무엇입니까?

　主一을 敬이라 한다.

　무엇을 一이라 합니까?

　無適을 一이라 한다.

　어떻게 하면 一을 보고 이를 主할 수가 있습니까?

　齊莊整勅을 하면 그 마음이 보존되고, 存養함이 순숙하면 그 이치
가 나타나게 된다.≪二程純言 권1≫

　程伊는 敬이란 主一無適임을 말하고 있다. 이는 정신을 통일하
여 다른 곳으로 흩어지는 바가 없게 하는 것이다. 그러나 깊은 뜻
은 바깥의 莊嚴靜肅을 통하여 내심을 存하는 것이다. 存이란 操之
則存의 存과 같다. 그러므로 存心이란 마음을 放逸하지 않음을 말
한다. 敬의 涵養공부가 醇熟한 경지에 이르면 그 이치가 나타나는
결과를 얻게 되는데, 이는 곧 天理가 밝게 나타나는 것이다. 이 때

---

108)　……大凡學者須先理會敬字, 敬是立脚去處. 程子謂, 涵養須用敬, 進學
　　則在致知. 此語最妙. ……
　　……因歎敬字工夫之妙, 聖學之所以成始成終者, 皆由此 ……敬字工
　　夫, 乃聖門第一義, 徹頭徹尾, 不可頃刻間斷. 敬字之一字, 眞聖門之綱
　　領, 存養之要法. ……≪朱子語類 卷 12≫.

84

문에 敬의 涵養 공부는 천리를 體仁하는 중요한 경로가 된다.[109]

그러나 居敬은 단순한 하나의 정신상태만을 말한 것은 아니다. 모종의 확정된 내용의 도덕수양 목표에 이를 것을 요구하고 있다.

학문을 하는 데는 그 나름대로 큰 요지가 있다. 이 때문에 程子는 하나의 敬字를 추출하여 학자에게 전수하였다. 요컨대 敬字를 가지고 마음과 몸을 수렴하여 그 틀 속에 넣어 두어 마음과 몸이 달아나지 않게 한 뒤에야 사물에 따라 도리를 볼 수 있다. ……마음이 밝게 빛나면 일에 이치가 있고, 物에 이치가 있어 자연히 이치를 볼 수 있을 것이다.

敬 공부는 어떻게 해야 하는가? 안으로는 妄想이 없고 妄動함이 없는 것이다.

居敬은 많은 말을 필요로 하지 않는다. 다만 整齊嚴肅, 嚴威嚴恪, 動容貌, 整思慮, 正衣冠, 尊瞻視 등 여러 구절을 익혀 음미하여 실제로 공부를 행하여 나가면 이른바 直內와 主一의 경지는 안배하지 않아도 자연히 마음과 몸이 숙연하여 표리가 하나같이 될 것이다.

坐如尸, 立如齊, 頭容直, 目容端, 足容重, 手容恭, 口容止, 氣容肅은 모두 敬의 조목들이다.≪朱子語類 卷12≫[110]

---

109) 候外廬 外 著, 박완식 옮김, ≪송명이학사2≫, 서울: 이론과 실천, 1995, p.48, 인용.

110) ……若論爲學, 則自有箇大要. 所以程子推出一箇敬字與學者說, 要且將箇敬字收斂箇身心, 放在模匣子裏面, 不走作了, 然後逐事逐物看道理. ……心地光明, 則此事有此理, 此物有此理, 自然見得. ……
……問, 敬何以用工, 曰, 只是內無妄思, 外無妄動. ……

마음과 몸을 하나의 틀에 넣어 달아나지 못하도록 한다고 말하는 그 틀이란 봉건도덕의 규범, 즉 봉건 이학가의 품덕에 속하는 범주다. 容貌, 思慮, 衣冠, 瞻視를 종합하여 보면 이는 바깥 儀表로부터 내면의 심리에 이르는 공부로서 모두 봉건도덕의 틀에서 벗어나지 않는다. 그렇게 하지 않으면 居敬을 할 수가 없다.111)

한편 하늘의 이치를 있게 하는 것이 格物窮理이다. 窮理는 理發에 관련되며 道問學이라고도 한다.

대개 人心의 靈은 알지 못함이 없고, 천하의 物은 理가 아닌 것이 없다. 다만 이치에 있어서 아직 궁구하지 아니함이 있어 그 앎을 다하지 못하게 된다. 이로써 대학의 첫 가르침은 반드시 배우는 자로 하여금 모두 천하의 物에 입각하여 그 이미 아는 이치로써 더욱 더 이것을 窮究함으로써 그 지극함에 이를 것을 구하게 함이다. 이에 힘씀에 오래되어 어느 날 아침에 활연히 관통하기에 이르러서는 즉 衆物의 表裏, 精粗에 도달하지 않음이 없고, 내 마음의 全體, 大用이 밝혀지지 아니함이 없다. ≪大學集注≫〈格物致知補傳〉112)

……持敬之說, 不必多言. 但熟味整齊嚴肅, 嚴威嚴恪, 動容貌, 靜思慮, 正衣冠, 尊瞻視, 此等數語, 而實加工焉, 則所謂直內, 所謂主一, 自然不費按排, 而身心肅然, 表裏如一. ……

……坐如視, 立如齊, 頭容直, 目容端, 足容重, 手容恭, 口容止, 氣容肅, 皆敬之目也. ……≪朱子語類 卷 12≫

111) 상게서, p.50, 인용.

112) ……蓋人心之靈, 莫不有知, 而天下之物, 莫不有理. 惟於理有未窮. 故其知有不盡也. 是以大學始敎, 必使學者卽凡天下之物, 莫不因其已知之理而益窮之, 以求至乎其極, 至於用力之久, 而一旦豁然貫通焉, 則衆物之表裏精粗, 無不到, 而五心之全體大用, 無不明矣. 此謂格物, 此謂知之至也.≪大學集注 格物致知 補傳≫

결국 格物의 物은 事, 格은 이른다는 의미이고 窮理란 反省知에 의하여 인륜의 理法과 庶物의 조리를 다하여 그 지극함에 이르는 것이다. 이 理法과 條理 사이에 當爲(sollen)와 存在(sein)의 구별은 없다. 즉 心에 대하여는 仁義禮智, 身에 대하여는 耳目口鼻, 부자, 군신, 부부, 형제, 붕우에 대하여는 親義別序信, 나아가 나무 한 그루, 풀 한 포기, 배, 수레의 이치로부터 고금의 변화, 천지의 운행에 이르기까지 그 "所當然之則"을 궁구하여 反省知을 다하면 활연히 관통하게 되어 "所以然之則"인 太極의 理가 파악되고 결국에는 反省知는 悟覺知로 발전적으로 승화된다.113) 이것이 窮理의 요체이며 反省知의 측면은 주지적이지만 悟覺知의 측면은 頓悟적이며 禪적이라고 파악할 수 있다. 한편 정이천이 단순히 萬里라고 표현한 것을 朱子가 "所當然之則"이라고 표현을 바꾸어 理法, 條理的인 성격을 분명히 나타낸 점에서 정이천에 비하여 朱子의 입장이 좀 더 주지적이라는 것을 알 수가 있다.114) 이러한 反省知를 통한 悟覺知의 활연관통은 反省知를 허용하지 않는 禪學의 頓悟적 성향에 대하여, 인간의 心性을 궁구하면서도 동시에 理法과 자연의 條理를 知的으로 구성했다는 점에서 차별성을 지니며, 당시에 유행하던 도가적인 신비주의의 비현실성을 넘어서고 있는 것이다. 또한 경학을 중심으로 한 性命 중심의 內聖 수양은 經世적인 外王主義를 추구하던 當代의 다른 유학파들115)에 대

---

113) 〈大學或問〉 참조.

114) 金谷治 外 著, 조성을 역, 《중국사상사》, 서울: 이론과 실천, 1994, pp.253-254, 참조.

115) 철학사에서는 朱子학 이후 사상사의 흐름을 內와 外의 대립으로 표현하기도 한다. 外란 理氣論과 性則理를 내세우는 朱子학을 말하고,

하여 正統으로서의 자부심을 갖게 하는 중요한 요소였다.

결국 朱子에게 있어서 진정한 道의 완성은 성인의 道에 연원-經學에 근거를 둔-을 둔 학문방법과 수양방법의 확립이 그 선제조건이 되며, 그러한 학문방법과 수양방법을 실천하는 가운데 불완전한 인간에 의한 聖人의 道의 완성은 이루어지며, 이는 다른 한편으로 理에 의한 氣의 통제 가능성을 확인하는 길이 된다. 朱子

內란 心則理를 내세운 陸九淵의 心學을 말하는 것이다. 朱子학은 이론적인 체계화와 현실적인 실천과정에서 理와 性이 객관타당성을 갖지 않으면 안 되었기 때문에 禮學의 발달과 사회적 규범의 확립이 필연적으로 따르게 되었고 그 결과 새로이 확립된 禮와 규범이 理를 대신하여 유일성과 절대성을 지니는 문제점을 낳았다. 이러한 문제점에 정면으로 도전해 心則理를 주장하고 나선 것이 陸九淵인데, 그는 心과 理를 하나로 보고 心 본래의 모습을 심에 내재하는 良知에서 찾으려고 하였다. 따라서 이와 같은 학문, 사상적인 차이를 朱子학은 外, 陸學은 內로 보고 이들 사이의 대립과 투쟁을 內와 外의 투쟁으로 표현하고 있는 것이다. 한편 朱子학과 육학을 하나로 묶어 내면적, 철학적인 사유를 중시하는 경향과 經世와 事功을 중시하는 사회적 정치적 경향으로 남송의 유학을 나눌 수도 있는데, 후자의 경우 陳亮으로 대표되는 永康學이나 葉適으로 대표되는 永嘉學이 대표적이다. 王覇의 學이라고 성격 지을 수 있는 永康學派의 대표적인 인물인 陳亮은 朱子학의 도덕주의적 역사관에 반대하면서 역사는 人君의 功業의 歷史라고 주장하고 《周禮》를 人君의 지침서로서 가치를 인정해 주고 있다. 또 經制의 學이라고 할 수 있는 永嘉學도 葉適에 이르러 功利的 관점에서 朱子학에 의해 파괴된 義・利와 道・器의 균형을 바로잡을 것을 내세우면서 朱子학과 사상적인 결렬을 드러냈는데, 그는 太極圖說을 비현실적 주장이라 비난하면서 經世적 입장에서 經書를 해석할 것을 제안하고 있다. 이와 같이 事功派는 《周禮》의 가치를 인정하고 人君의 功業과 국가의 역할을 중시함으로써 民의 역할을 중시하던 朱子와 陸學과는 그 사상적 기반을 달리하고 있다. 양종국 저, 《송대 사대부 사회 연구》, 서울: 도서출판 삼지원, 1996, pp.270-277, 참조.

의 理氣論적인 사유체계는 도통에 연원을 둔-經學에 근거를 둔- 實踐論으로써 완결되는 셈이다.

여기서 결론적인 이야기를 해야겠다. 사실 도통에 연원을 둔 혹은 경학에 근거를 둔 실천론이란 도통의 연원을 바르게 파악하고 계승하였다는 도통의식 혹은 문화적인 정통의식이 전제되어야 하고 이런 의식은 다시 천리론(광의의 이기론)의 天理 혹은 理, 太極이 원시 유가의 도와 동일하다는 인식을 전제해야 한다. 그런데 朱子의 天理論 혹은 理氣論의 理一元論적인, 혹은 理가 氣를 통제할 수 있다는, 혹은 主理論적 관점은 다시 실천론에 의해서 그 가치가 인정된다. 결국 내적인 이기론적 사유체계의 완결성과 외적인 사회문화관의 잣대인 문화적인 정통의식은 한 존재의 두 발현양상으로 서로 상보적인 호근관계를 이루고 있다고 진단할 수 있다.

그러므로 필자의 이 다음 과제는 학문적 실천론의 적용양상 곧 朱子의 이기론에 바탕을 둔 문화적인 정통의식이 읽어내는 문화관, 사회관 그리고 諸 학문관을 파악하는 것이 될 것이다. 이 문제는 대단히 중요한데, 왜냐하면 朱子의 이기론적 철학인식과 문화적인 정통의식이라는 그의 총체적 세계인식은 이러한 구체적인 문헌에 대한 해석작업이 타당성 있게 진행되어야지만 역사적인 맥락에서 진정성이 있는 것으로 체현될 수 있기 때문이다. 이는 학문의 영역에서 실천론적 작업의 구체적인 예가 되는 것으로, 그러한 체현의 구체적인 성공여부가 그의 총체적 세계인식이 자유성과 다양성에 대한 열려 있음을 확인하여 朱子의 세계인식을 총체적 것으로 인정하게끔 만들어 줄 수 있는 것이다.

4. 歷史觀과 文化的 正統意識

朱子의 역사관은 그의 저서인 ≪資治通鑑綱目≫116) 을 통하여

116) ≪資治通鑑綱目≫은 ≪通鑑綱目≫으로 줄여서 주로 불린다. ≪通鑑綱目≫ 중에 〈序例〉는 효종 乾道 8년(1172) 壬辰에 저작되었고, ≪通鑑綱目≫은 아마 그즈음에 저술된 것으로 판단된다. 寧宗 嘉定 3년(1210) 庚午에 이르러 李方子가 처음으로 朱子의 嗣子 寺正君(朱在)에게 이 稿本을 얻을 수 있었다. 이는 朱子가 죽은 지 10년이 지난 시기이다. 그 후 眞德秀의 閱讀으 거치고, 이방자는 또다시 주재가 新校本을 參定한 것을 취한 뒤에 이를 간행한 것이다. 이방자가 〈後序〉를 지은 것은 영종 가정 12년(1219) 己卯에 지어진 것으로 朱子가 〈序例〉를 지은 지 47년이 지난 뒤였다.

朱子는 ≪資治通鑑綱目≫〈序例〉에서 "내 일찍이 스스로 분수를 헤아리지 못하여 문득 동지와 더불어 兩公 四書(司馬光의 ≪自治通鑑≫, ≪目錄≫, ≪擧要歷≫, 胡安國의 ≪擧要補遺≫)로 인하여 별도로 義例를 마련하고 增損과 櫽括을 가하여 이 책을 만들었다."고 하였는데, 朱子와 공동으로 ≪通鑑綱目≫을 수찬한 자는 朱子의 제자 趙師淵(趙幾道)이다. 청대의 全祖望은 ≪鮚埼亭集外編 34권≫〈書朱子綱目後〉에서 "朱子와 조사연의 글을 살펴보면 이는 모두 訥齊(조사연)에게서 나온 것이다. 그가 朱子를 근본으로 하고 있는 것은 〈凡例〉 一通에 불과한 것으로 '나는 일찍이 이에 대하여 筆削한 바가 없다'는 말이 이에 대한 반증이다. 黃幹(朱子의 高弟)은 일찍이 '≪綱目≫은 겨우 편집 완성되었지만 朱子는 항상 수정 보완하지 못한 것을 한을 여겼다'고 하였고, 李方子 또한 '만년에 다시 訂定하여 자상하게 하려는 생각을 가졌다'고 하였다. 이를 보면 ≪綱目≫은 원래 완성된 책이 아니다"고 하여 朱子가 직접 지은 저작이 아니라고 주장하기도 했다.

그러나 朱子가 직접 저작한 ≪綱目≫〈序例〉를 근거로 하여 보면 〈凡例〉는 朱子에게서 나온 것임을 알 수가 있고, 또한 ≪綱目≫이 〈凡例〉에 근거하여 편수된 것이며 〈凡例〉와 일치되는 것으로 보아서 이 책을 朱子의 저작이라고 보는 데에는 무리가 없을 것 같다. 候外廬 外 著, 박완식 옮김, ≪송명이학사2≫, 서울: 이론과 실천,

구체적으로 살펴볼 수가 있으며, 그 외에 ≪朱子文集大全≫에서
보이는 그의 역사관을 반영하는 저술에서 더불어 반추할 수 있다.
그러므로 ≪資治通鑑綱目≫을 위주로 그의 역사관의 근저를 먼저
살펴보고 ≪朱子文集大全≫의 관련 글들로 이를 보충하여 문화적
정통의식이 그의 역사관에 어떠한 의미를 지니고 있는지를 살펴볼
것이다.

≪資治通鑑綱目≫의 정신은 朱子가 심혈을 기울려 저작한 〈凡例〉
에 가장 잘 나타나 있다. 〈凡例〉는 모두 系統, 歲年, 名號, 簒弑,
恩澤, 朝會, 奉拜, 征伐, 廢出 등 19조목으로 나열되어 있으며 이
모두가 帝王의 각도에서 말하고 있다. 〈凡例〉는 매우 정밀한 것이
어서 이른바 春秋筆法117)이 사학가의 장기적인 실천을 통하여 겨

1995, pp.65-67, 참조.

117) ≪春秋≫는 노나라에서 내려오는 사관의 기록으로 공자가 魯 隱公
　　원년(B.C.722)에서 哀公 14년 (B.C.481)에 이르는 사이에 중요한
　　일의 기록을 편년체로 엮어 놓은 것이다. 그런데 春秋의 글은 "누
　　가 누구와 싸워 이겼다.", "어느 나라와 맹약을 하였다.", "누가 왔
　　다.", "누가 죽었다."는 정도의 간단한 大事記였다. ≪書經≫과 같이
　　어떤 사람의 말의 인용이나 어떤 사건의 배경이나 진행과정 같은
　　기록은 전혀 없다. (김학주, ≪중국문학사≫, 서울: 신아사, 1997,
　　p.100, 인용.) 곧 春秋筆法이란 어떠한 역사적인 사건을 간결한 말
　　로 그 뜻을 명확히 드러내는 것이라 할 수 있다. 후에 춘추필법이란
　　간단한 微言으로 大義를 드러내는 것으로 勸懲의 뜻이 있음이 經學
　　家들에 의해 주장되었는데, 이러한 춘추필법은 朱子의 ≪資治通鑑
　　綱目≫에서 완성되었다고 할 수 있다. 朱子는 "해(歲)란 위에서 두
　　루 운행하여 天道가 밝고, 正統은 아래에서 바로잡아 人道가 정해
　　지는 것이다. 큰 綱領은 大概만을 들으니 鑑戒가 빛나고, 수많은 조
　　목은 모두 자세히 기록하니 幾微가 나타나게 된다. 이는 格物致知
　　하는 학자라면 또한 개연히 느끼는 바가 있을 것이다."(≪資治通鑑
　　綱目≫〈序例〉)라고 하였다. 朱子는 역사의 서술에 기재한 歲星의

우 이 시기에 이르러서야 하나의 총결을 맺은 것이라 평가할 수 있다. 그러므로 〈凡例〉란 하나의 歷史筆法의 총결체라 볼 수 있다. ≪綱目≫의 〈凡例〉는 너무나 정밀하여 실제로 역사를 쓰는 표본이라는 감탄을 자아내게 한다. 예를 들어 "征伐"에 대한 凡例는 다음과 같이 쓰여 있다.118)

운행은 천도의 변화를 명시한 것이며, 정통의 확립은 인간의 시비를 결정지어 주는 것이고, 大綱의 열거는 鑑戒의 도를 밝히는 것이며, 條目의 기재는 은미한 이치를 나타내는 것이라 보았고, 이와 같은 여러 가지 類는 致知格物에 임했던 유학자라면 이에 느끼는 바가 있어야 할 문제의 학문이며, 따라서 역사란 格物致知의 공부가 담겨있는 것이라고 인식하였다. 李方子는 ≪資治通鑑綱目≫〈後序〉에서 "≪綱目≫의 大經大法은 하나같이 성인의 저술을 근본으로 하여 明君賢臣의 공을 밝히고 亂臣賊子의 죄를 나타내며, 고금에 제재하기 어려운 사변과 결단하기 어려운 일들은 모두 증험을 통하여 결정하니, 천리의 공정함과 인심의 타당한 바에 부합된다."고 하였으며, 또한 ≪通鑑綱目≫은 "대의가 반듯하고 법칙이 준엄하며 말은 분명하고 뜻은 심오하여 역대의 偏駁된 사실을 없애고, 순수한 一理로 회귀하여 ≪春秋≫의 떨어진 실마리를 진작시키고, 후세에 아름다운 법을 드리웠다. 이는 斯文으로 해야 할 일을 갖추고 있다."고 하였다. 李方子는 ≪資治通鑑綱目≫이란 ≪春秋≫를 계승한 저서로 그 대의와 필법은 ≪春秋≫에 근거하여 ≪春秋≫의 勸懲法을 제대로 쓰지 못했던 司馬光의 ≪自治通鑑≫의 미비점을 보완하여, 떨어진 ≪春秋≫의 전통을 부활시켰다고 인식하였다. 역사를 저작하는 '大經大法'이라는 기준은 천리의 공정함과 인심의 타당성에 역사가 부합될 것을 요구하는 것으로, ≪綱目≫은 역사를 "순수한 一理로 회귀"시킨 대저작으로, 주희와 그의 제자가 天理를 史書의 최고 준칙으로 삼았음을 알 수 있으며, 이로써 春秋筆法의 의의와 의미를 명확히 이해할 수 있다. 候外廬 外 著, 박완식 옮김, ≪송명이학사2≫, 서울: 이론과 실천, 1995, pp.53-54, 참조.

118) 候外廬 外 著, 박완식 옮김, ≪송명이학사2≫, 서울: 이론과 실천, 1995, pp.64-65, 참조.

正統에 대하여, 아랫사람이 윗사람에게 반역하는 것은 反, 역모는 하였지만 실천에 옮기지 못한 것은 謀反, 대궐을 향하여 병사를 움직인 것은 擧兵犯闕이라 한다.

모든 調兵은 發, 集兵은 募, 整兵은 勒, 行定은 徇, 行取는 略, 肆掠은 侵, 방비가 없는데 습격한 것은 襲, 욕심으로 함께 하는 것은 同, 合勢는 連兵, 함께 진격하는 것은 合助, 어려움에서 구해 주는 것은 救, 포위를 풀어 주는 것은 解, 交兵은 戰, 뒤따라서 추격하는 것은 追, 성곽을 에워싸는 것은 圍라 한다.

쉽게 이긴 것은 敗謀師, 어렵게 평정한 것은 捕斬之, 이곳을 버리고 저곳으로 가는 것은 叛, 降于某, 附于某라고 한다.

城邑을 침입하여 도적이 그 성을 얻었을 때는 陷, 거주한 것은 據이다.

아무런 일 없이 침범한 것은 寇, 중국에 주인이 있는데도 이적이 들어오는 것은 入寇, 또는 寇某郡, 사소한 것은 擾某處, 중국에 주인이 없으면 단지 入邊, 入塞 또는 入某郡 殺掠吏民이라 한다.

正統이 篡叛 신하에게 병사를 사용하는 것은 征, 討, 夷狄으로서 그 신하가 아닌 자는 伐, 攻, 擊, 그들이 병사로 대응한 것은 備, 禦, 拒라고 한다.

사람들이 병사를 일으켜 篡逆한 역적을 토벌하는 것은 모두 討라고 한다. 적을 기록할 때 적국은 滅之, 亂賊은 平之, 亂國 亂賊이 오랫동안 광범위한 지역에서 많은 전투를 치른 뒤에 평정되면 이를 총결하여 某地悉定 또는 某地平이라 한다.

　적의 군장 장수를 잡는 것은 執, 虜, 禽獲, 得이라 한다.

　군사가 돌아오는 것은 還, 완전히 승리하고 돌아오는 것은 振旅, 약
간의 패배가 있었던 것은 不利, 그들이 주가 되는 것은 不克, 대패는
大敗, 또는 敗績, 장수가 절개를 지키다 죽으면 死之라 한다. ……

　역적을 토벌하려고 들어갔다가 패배하여도 또한 不克이라 하고,
죽으면 死之라고 한다.

　모두 正統이 아닌 열국으로서 서로 공격할 때 먼저 전쟁을 일으
킨 사람은 寇陷이라 말하지 않고 후에 대응한 자는 征討라 말하지
않는다. ……

　오직 신하의 반란을 다스리는 것을 討라 하고, 토벌하여 죽이는
것은 誅라고 한다.

　이러한 〈凡例〉는 朱子의 역사관이 正名主義를 토대로 하고 있음
을 보여준다. 正名主義의 名은 단순한 이름이 아니다. 名의 부여는
단순한 일(事)에 의미를 부여하여 맥락 있는 사건으로 만들어 준
다. 곧 名을 바르게 한다는 것(正名)은 곧바로 역사의 의미를 바
르게 기술하고 그 의의를 정당하게 판단하는 일의 선결조건이 되
는 것이다. 물론 역사를 기술함에 있어서 이러한 正名主義는 朱子
에서 비로소 비롯된 것은 아니다. 이는 위로는 ≪尙書≫로부터 아

94

래로 唐代 劉知幾의 ≪史通≫을 거쳐 司馬光과 朱子에 이르기까지 실증적인 일(事)에 특정한 기표(言)를 부여하여 의미맥락이 명확한 기의를 확정지어야 하나의 역사 기술이 된다는 중국 역사학의 전통이며, 朱子에 이르러 총결적인 결론을 맺은 것이라고 볼 수 있는 것이다.

말(言)을 일컬을 만한 것이 없다면 일(事)이 있다 하더라고 탈락시킨다. ≪尙書≫〈篇〉

고인이 배운 바는 말(言)로서 으뜸으로 한다.≪尙書≫〈篇〉

≪尙書≫의 내용을 음미하면 예컨대 군신의 답과 같이 그 주된 뜻이 훌륭하다면 비록 한때의 일(事)이라 하더라도 전부 이것을 기재한다. 만약 그 문답이 취할 만할 것이 없는 것이라면 당시의 일을 탈락시키게 되더라도 후세인 觀者들이 이것을 그릇된 것이라고 여기지는 않을 것이다. ≪史通≫〈內篇 六家〉[119]

고대의 사관에는 두 가지 구분이 있다. 첫째는 言을 기록하고 둘째는 事를 기록하였다. 그중에 고인이 배운 것은 말(言)이 위주였다.
≪史通≫〈外篇 疑古〉[120]

---

[119] ……原夫尙書之所記也, 若君臣相對, 詞之可稱, 則一時之言, 累篇咸載. 如言無足紀, 語無可 述, 若此 故事雖有脫略而觀者不以爲非. ……≪史通≫〈內篇 六家〉

[120] ……蓋古之史氏, 區分有二焉. 一曰記言, 二曰記事. 而古人所學, 以言爲首. ……≪史通≫〈外篇 疑古〉

그러면 朱子는 어떤 논리로 ≪凡例≫라는 철저한 正名主義의 표출을 통하여 역사를 바르게 기술하고 역사의 의의를 바르게 판단할 수 있다고 생각한 것일까? 이 문제의 해결은 孔子의 正名사상에 대한 朱子의 이해로부터 시작해야 할 것이다.

위나라 임금이 선생님을 모셔 정치를 하게 한다면 선생님께서는 진실로 무엇을 먼저 하시겠습니까?

반드시 이름을 바르게 할 것이다.

그러니까 사람들이 선생님을 비현실적이라고 합니다. 어찌하여 正名을 말하십니까?

비루하구나, 子路여, 君子는 그 알지 못하는 것을 모른다고 한다. 이름 名이 바르지 않으면 말 言이 순하지 않고, 말 言이 순하지 않으면 일 事가 이루어지지 않으며, 일 事가 이루어지지 못하면 禮樂이 일어나지 못하고, 禮樂이 일어나지 못하면 刑罰이 알맞지 못하고, 刑罰이 알맞지 못하면 백성들이 손발을 둘 곳이 없어진다. 그러므로 君子가 이름 名을 붙이면 반드시 말할 수가 있으며 말할 수가 있으면 반드시 행할 수 있는 것이니, 君子는 그 말에 대하여 구차함이 없을 뿐이다.

≪論語≫〈子路〉121)

---

121) 子路曰, 衛君待子而爲政, 子將奚先?
　　　子曰, 必也正名也.
　　　子路曰, 有是哉! 子之右也. 奚其正.
　　　子曰, 野哉! 由也. 君子於其所不知, 蓋闕如也. 名不正, 則言不順, 言不順, 則事不成. 事不成, 則禮樂不興, 禮樂不興, 則刑罰不中, 刑罰不中, 則民無所措手足. 故君子名之, 必可言也. 言之, 必可行也. 君子於

논어의 正名에 대하여 朱子는 이 正名의 뜻이 名分을 바로 하는 것이라고 풀이하였다.122) 곧 名은 단순한 명칭의 뜻이 아니라 名分, 名實相符의 뜻이라는 것이다. 그렇다면 이름(名)과 分受, 이름과 實質이 서로 부합한다고 판단하는 근거는 무엇인가? 이는 經學에 기초한 윤리관과 가치관이 개재되어어야만 이해가 가능하다. 왜냐하면 어떠한 일事의 이름(名)과 分受, 이름 名과 實質이 과연 정당하게 호응되고 있는가 아니면 부당하게 호응되고 있는가 하는 문제를 판단하는 것은 가치개입적일 수밖에 없는 일이고, 이러한 가치판단의 기준은 다름 아닌 經學에 근거한 윤리관이 그 잣대이기 때문이다. 그래서 朱子의 역사관은 철저한 규범의식-經學의 윤리적인 입장을 견지한-이 내재한 역사관이 된다.

그럼 朱子의 역사관에서 보이는 그의 윤리적 규범의식의 핵심은 무엇인가? ≪通鑑綱目≫의 〈凡例〉의 19조목을 잘 종합해보면 그 해답의 단초를 얻을 수 있다. 朱子가 〈凡例〉를 통해서 드러내는 역사의식은 다음의 다섯 가지 항목으로 정리해볼 수 있을 것이다. ① 正閏(正統과 僭位)을 분별하여 周朝로부터 五代에 이르는 역사상의 정통을 확인한 것. 이는 1362년이라는 세월 속에서 정통적인 周, 秦, 漢, 晉, 隋, 唐 모두 여섯 조정을 확인하는 것이며, 나머지는 모두 正統이 아니거나 혹은 僭國, 篡賊 또는 無統이다. 漢 獻帝 建安 25년 이후부터는 魏年을 빼고 漢統을 계승하였는데, 이는 蜀漢

其言, 無所苟而已矣. ≪論語≫〈子路 第13〉

122) ……是時出公, 不父其父而禰其祖, 名實紊矣, 故孔子以正名爲先. …… 程子曰, 名實相須, 一事苟, 則其餘皆苟矣. …… ≪論語集注≫〈子路 第13의 朱子의 注〉

을 正統으로 세우고 曹魏를 축출한 것으로 司馬光의 ≪自治通鑑≫
과는 다른 가장 대표적인 예이다. 이를 본다면 辨正閏이란 역사적
사건이나 행위의 당위성을 확인함에 있어 가장 중요한 요인 중에
하나다. 이를 따라서 인물의 忠奸과 順逆도 분별된다. ② 順逆을
밝혀 역사상의 義와 不義의 표준을 세운다. 이 원칙은 正閏의 판
별로 인해 이루어지는 판단행위이다. 正統이란 順이요 義인 데 反
하여 僭僞, 簒竊은 逆이요 不義이다. ③ 簒弑의 討誅에 대해 엄히
하였다. 요컨대 亂臣賊子가 군주를 시해한 죄를 世人 앞에 명백히
밝히기 위해서는 그의 성씨와 이름을 드러내야 하므로 반드시 그
의 이름과 성을 바로잡아야 하며, 군주를 시해한 사실을 숨김없이
기록하여 역사의 평가를 엄히 해야 한다는 것이다. 이러한 예로
王莽, 董卓, 曹操가 그러한 인물이며, 예를 들어 독약으로 군주를
시해한 자는 "進毒弑" 등의 표현과 같이 구체적인 죄상이 드러나
도록 밝혀야 한다. ④ 尊者, 賢者, 死節者를 襃揚하였다. 謝病, 請
老, 致辭는 宰相이나 賢臣을 기록하는 데 사용하고, 下獄, 死는 아
무런 죄 없이 화를 입은 賢者에 사용하며, 賢者의 죽음은 某官, 某
爵, 姓名歹卒이라 기록하고, 死節者는 모두 문장을 달리 표현하여
襃崇의 뜻을 나타낸다. 모두 尊者, 賢臣 그리고 死節者에 대한 칭찬
과 존중이며 동시에 표창이다. ⑤ ≪春秋≫의 大義에 맞도록 ≪自治
通鑑≫의 오류를 바로잡았다. ≪自治通鑑≫에서는 魏晉 이후에는 正
閏의 구별이 없으니 이는 "天無二日, 民無二王"의 ≪春秋≫의 大
經大法에 어긋나므로 이의 개정이 필요함을 주장했다. 곧 漢 獻帝
建安 25년 10월 魏가 처음으로 황제라 칭하고 黃初라고 개원한 것

을 그대로 魏黃初라고 ≪自治通鑑≫에 기재한 것은 왕위를 찬탈한 신하로서 옛 군주를 뒤엎은 것이니 군신의 가르침에 害가 되며, 또한 蜀漢 先主 章武 3년 5월에 后主가 개원하여 建興이라고 칭한 것을 그대로 기재한 것은 자식으로서 아비를 뒤엎은 것으로 부자의 가르침에 해가 된다고 지적하였다. 이는 春秋의 大義에 어긋나는 것으로 잘못된 역사저술이다.123)

이상의 ≪資治通鑑綱目≫의 ≪凡例≫가 드러내는 大意를 요약하여 보면 朱子의 윤리적인 역사관의 핵심은 "正統論"으로 귀결될 수 있을 것이다. "正統論"이란 어떤 왕조가 天命을 받아 계승된 올바른 계통인가의 논의이다. 어떠한 역사적인 사건의 正과 不義를 판별할 때, 그 기준은 정통성이 있는 왕조에 의해 시행된 것인지, 아니면 그러한 정통성이 있는 왕조에 忠誠을 하는 행위인지가 중요한 기준이 되는 것이다. 그러므로 正名主義를 강조하는 역사관은 어떤 왕조를 天命을 받은 정통으로 인정할 것인가가 핵심적인 문제가 된다. 朱子가 사관의 입장에서 ≪資治通鑑綱目≫을 저술한 의의도 실로 여기에 있다고 할 것이다. 그러므로 역사의 正統性과 天命의 문제를 이해하기 위해서는 중국역사에서 史官이란 어떠한 존재였는지 파악하고 이해해야 할 것이다. 왜냐하면 특정 왕조의 정통성을 확인하는 문제는 역사의 집필을 통해 天命을 확인하고 正統性을 인정하는 존재인 사관의 자격요건과 그들의 입장을 아는 문제와 다르지 않기 때문이다.

---

123) 候外廬 外 著, 박완식 옮김, ≪송명이학사2≫, 서울: 이론과 실천, 1995, pp.60-63, 참조.

아마 史官 직무를 파악하려면 그 역사적인 전통을 은나라의 甲骨文, 주나라 청동기의 銘文에까지 소급해야 할 것이다. 은나라의 갑골문을 기록하였던 "貞人"은 점치는 사람이기도 하며, 주나라의 銘文을 기록하였던 자는 冊命者 곧 임금의 策命을 전달하는 사람이었다. 이 경우 占卜은 王者의 신성함을 상징하고 冊命은 왕자의 존엄성을 상징한다. 즉 史官은 왕의 신성함을 보증하는 자이며 왕의 존엄한 행위에 참여하는 자였다. 이렇게 史와 卜이 통합되고 史와 冊命이 일체가 되고 있는 것은 진실로 사관이 王者의 존엄성과 신성함을 담당한 자임을 뜻하는 것이다. 이러한 전통은 조금 뒤인 춘추시대에 상실되지 않았다.124) 오히려 이러한 史官觀은 周代 문화의 한 전형으로 인식되어 史官觀의 전형화가 이루어졌다. 이러한 인식은 사마천의 ≪史記≫ 저술태도에서도 엿볼 수가 있는데, 〈太史公自序〉에는 太史의 직무가 결코 단순한 역사가 혹은 기록관의 일이 아니라 그 자체가 극히 공적인 것, 즉 국가 정치상의 커다란 의의를 가지는 천문 역법을 담당하고 공적 행사로서 중요한 제사, 기타의 禮의 집행자가 행하는 공적, 정치적인 일임을 밝히고 있다. 바로 그 때문에 司馬遷의 아버지인 司馬談은 국가 최고의 제사인 封禪의 행사에 참여가 허용되지 않은 것에 대해 이것을 사관의 직무성격에 대한 무시, 모욕으로 보고 비분을 견디지 못하고 눈물을 흘리며 아들의 손을 쥐고 역사서를 완성하라고 유언한 것이라 볼 수 있다.125)

---

124) 陳煒湛 著, ≪甲骨文簡論≫, 上海: 上海古籍出版社, 1987, pp.78-92, 참조.

125) 赤塚 忠, 金谷治 外 著, 조성을 역, ≪중국사상개론≫, 서울: 이론과 실천, 1994. pp.357-358, 참조.

결국 王者의 신성함과 존엄성을 보증해 줄 史官은 天命을 볼 줄 아는-천문과 역법에 밝고, 제사를 주관하여 신의 뜻을 알 수 있는-신령한 태생의 사람이거나 성인의 道를 계승받아 萬理와 萬事에 두루 융통한 사람이어야 한다.

그러므로 정치적인 正統性의 인정은 문화적인 正統性을 지닌 자가 역사의 서술을 통해서 이루어 내는 통과의례가 된다. 아마 이러한 사관의 임무성격이 나중에는 규범적인 형태로 더욱 확대되어 王者를 규제하거나 정당한 易姓革命의 명분을 제공하는 기반으로도 작용하게 되었을 것이다.

결론적으로 朱子의 역사관은 규범적 혹은 윤리적인 역사관이며 역사적 윤리성의 요체는 정치적인 정통성의 획득여부이며, 그러한 정치적인 정통성의 인정은 성리학에 바탕을 둔 문화적인 정통의식에서 정당성을 입증 받아 성립하게 된다고 볼 수 있겠다. 그러므로 朱子에게 역사란 이러한 역사적인 사건들의 시비분별을 가능케 하는 正統을 세워가는 역사다.

5. 宗敎觀[127)과 文化的인 正統意識

이 절에서는 불교와 도교 그리고 朱子로 대표되는 義理學派에 대비되는 事功학파 부류의 유교, 또 당시의 민중신앙적 무속과 죽음의 문제로서의 귀신에 대한 朱子의 관점을 이해하여 볼 것이다.

필자는 이러한 것에 관련된 朱子의 종교관 역시 朱子의 이기론적 사유체계에 기초한 문화적인 정통의식의 맥락에서 이해되고 파악되어야 한다고 보고 있다.

사실 일반적으로 宋代는 유교의 부흥기로 이해되고 있지만, 사실은 유교뿐만 아니라 중국의 외래 종교인 불교 및 민족종교로 발전한 도교 역시 이 시기에 사상적, 의례적 재조직을 통하여 내부적으로는 새로운 전환기를 획득한 시기였다.127) 분명 朱子의 성리학적인 사상체계는 이러한 불교와 도교의 영향하에서 발전한 것이며, 그 이론적인 바탕과 체제를 불교와 도교의 사상체계에서 원용하고 있다고 인정할 수 있다. 그러나 朱子는 불교와 도교의 사상을 수용하였지만, 그 수용의 흔적들은 자신의 사상 속에 드러나지

---

126) 여기서 사용되는 종교라는 용어는 신학이나 종교학에서 사용하는 정의보다 훨씬 포괄적인 개념을 가진다. 각 사회나 사람마다 신앙의 대상과 내용은 다르며, 흔히 종교와 비종교 혹은 사이비종교, 미신 등을 구분하지만 이것은 각기 나름대로의 기준을 사용하여 평가를 내릴 뿐인 것이다. 따라서 여기서는 문화인류학적인 종교개념을 원용하여 '초원적인 힘이나 존재에 대한 이해의 방식'을 종교라고 정의하고 이러한 매개의 종교에 대한 특정한 이해의 관점을 종교관이라고 명명한다.(한상복외, ≪문화인류학개론≫, 서울: 서울대학교 출판부, 1995, p.271, 참조.) 그러므로 여기서는 매개의 종교가 초자연적인 존재에 대해서 어떻게 이해하고 있는가를 알아보기보다는 각각의 종교에 대한 朱子의 일관된 성리학적 관점과 이해가 주요 분석대상이 되며 불교, 도교라는 근대적인 의미에서의 종교 외에 귀신과 초자연적인 현상에 대한 이해, 그리고 제사에 대한 관점도 연구의 대상이 된다. 한편 성리학이 죽음과 귀신에 대한 형이상학적인 이해를 상세히 하고 있다는 점에서 학문(유학)이 아닌 종교(유교)로 규정하고 있다.

127) 이용주, 〈주희의 문화적 정통의식 연구〉, 서울대 박사 학위 논문, 1999, p.89, 참조.

않게 잠복시켜 놓고 원시유가의 경전을 재해석하여 의리학적 맥락을 자신의 사상에 드러냄으로써, 도통의 맥을 잇고 있다는 문화적인 정통의식의 증거로 삼고 있다. 이렇게 하나의 사상이 또 다른 사상의 영향을 받았으되 그 영향 받은 사상보다 우월하다는 정통의식의 확립은 그 영향 받은 사상이 이단이라고 비판함으로써 강화되기 마련이다. 곧 이단이 존재하지 않으면 정통의 지향은 어떤 의미에서 무의미한 것이 되기 마련이며 다른 사상과의 교섭이 정통성의 순수함을 더럽히지 않으려면 다른 사상의 이단적인 성격은 드러내어 비판하고 이단적이지 않은 부분은 정통성이 있는 사상에 의해 칭찬되어짐으로써 문화적인 자부심을 표출해야 한다. 그러므로 朱子의 종교관의 핵심은 의리학적인 유교가 아닌 것은 이단이라고 보고 배척하는 의식이라고 볼 수 있으며, 그의 이단 비판 행위의 핵심 활동은 그 이단의 사상이 원시유가의 경전에 대한 의리학적인 해석과 어떻게 배치되는가 혹은 어느 정도 부합되는 면이 있는가를 밝혀, 배치되는 것은 배제하고 부합되는 면이 있는 것은 정통의 하위에 있으나 칭찬할 부분이 있음을 인정하여 朱子의 성리학이 정통적인 위치에 있음을 확인하는 데 있다고 하겠다.[128] 그러므로 이 절에서는 불교, 도교, 민중종교, 非義理學的인 유교, 민중들의 귀신의 존재에 대한 논의를 朱子가 어떻게 이단으로 비판하고 있으며 혹은 그것들의 어느 부분을 인정하고 있는지를 파악하여 朱子의 문화적인 정통의식이 그의 종교관의 형성에 필수적인 의식적 요소였음을 확인해 볼 것이다.

---

128) 상게서, pp.1-12, 참조.

朱子는 유교 정통론의 관점에서 이단을 비판해마지 않지만 실상 그의 인생은 도교와 깊은 연관을 맺고 있었다. 朱子는 극히 짧은 기간의 관직을 물러난 후에 여러 차례 걸쳐 도교의 宮觀을 관리하는 司祿官의 자리를 요청하는 편지를 쓰고 그러한 관직을 맡아 도교의 분위기에 친숙한 생을 보내었다.129) 특히 1183년 그의 나이 54세 때에 泰州 崇道觀의 司祿官을 배수한 朱子는 그해 4월 武夷精舍를 완성하고 그 곁에 따로 道觀을 건축하여 특별히 道流(道士)들이 거처할 곳을 마련하였는데, 그 道觀의 명칭은 도사 陶弘景이 편찬한 ≪眞誥≫에 나오는 표현을 사용하여 寒棲之館이라고 이름 지었다고 한다. 이러한 사건들은 단편적인 사건이기는 하지만 朱子와 도교의 관련을 단적으로 파악할 수 있게 한다. 사실 朱子의 문화적인 정통의식이라는 입장에서 볼 때, 도교는 유교에 대하여 그다지 큰 위험으로 느껴지지 않다고 볼 수 있다. 비록 근본지향에 있어서 도교와 유교는 다른 것이기는 하지만 그 체계를 유교가 완전히 통제할 수 없는 정도는 아니었으며 문화적인 정통의식이 문화적인 민족주의를 그 근간으로 한다는 것을 전제해 볼 때, 도교는 중국의 토착문화로서 외래 종교인 불교에 대하여 공동전선을 형성할 수도 있는 가능성을 가지고 있었기에 도교에 대한 朱子의 친숙한 태도는 쉽게 이해될 수 있는 측면이 있다. 따라서 朱子

---

129) 朱子의 생활환경과 도교의 관계에 대한 조감을 얻기 위해서는 三浦國雄, ≪朱子≫(講談社, 1979)의 부록 〈연표〉 참조. 그리고 최근 중국에서 출판된 束景南, ≪朱子大全≫(福建敎育, 1992)은 朱子의 전기 내지 평전으로서 거의 완벽한 자료를 싣고 있다. 특히 제3장은 그의 이단 사상과의 교류를 다루고 있다. 상게서 p.94, 인용.

의 이단비판의 초점은 도교가 아니라 불교라고 볼 수 있다130). 그
러나 이 문제는 사실 문화적인 민족주의라는 차원에서 불교가 외
래문화이기에 배척한다는 단순한 논리 이외에 성리학과 불교의 심
성 혹은 인간의 본연에 대한 관점의 차이가 더욱 본질적인 요소로
작용한다고 봐야 할 것이다. 성리학이 문화적인 정통의식 형성의
배경으로 자리잡기 위해서는 성리학의 근본과제인 인간의 심성에
대해 근원적인 물음을 하고 그에 대해서 중국적 문화맥락에서 해
답을 제시해야 하는데 여기에서 가장 걸림돌이 되는 것이 불교였
던 것이다. 사람의 심성에 대한 불교적 해답은 성리학의 그것보다
더욱 치밀하고 지식인들을 흡인할 수 있는 매력을 지닌 것이었기 때
문이다. 이러한 문제의식은 程伊川에서부터 제시되었다.

> 옛날에는 불교가 성행하였지만, 그 방향은 기껏 불상을 숭배하고
> 백성을 가르치는 정도였기 때문에 그 폐해가 크지 않았다. 그러나
> 지금의 불교(禪佛敎)는 性命을 말하기 때문에 먼저 지식 있는 자들
> 을 이끌어내고, 재주가 고명한 자들일수록 거기에 점점 더 깊이 빠
> 지고 만다. ≪河南程氏遺書 第2 上≫131)

> 오늘날 이단(異敎)의 폐해를 말하자면, 도교의 학설은 다시 배척
> 할 것도 없다. 다만 불교의 학설은 너무 널리 퍼져 있다. 오늘날은
> 불교가 성하고 도교가 쇠퇴한 상황이다. ……오직 우리 유가의 도리
> 를 분명하게 하면 그뿐이다. 우리의 이치가 확립되면, 그들과 더불어
> 쟁론할 필요가 없어진다. ≪河南程氏遺書 第2 上≫132)

---

130) 상게서, pp.92-104, 참조.

131) ……釋氏盛時, 尙只是崇設像敎, 其害至少. 今日之風, 便先言性命道
德,先驅了知者才,愈高明則陷溺. …… ≪河南程氏遺書 第2 上≫

朱子의 불교비판의 관점은 이러한 정이천의 관점을 계승한 것이라고 볼 수 있다. 불교는 인간의 본성과 심성에 관심을 가지고 이의 수양을 중시 여긴다는 점에서 성리학적 유교와 비슷하다고 할 수 있다. 그러나 그 논리는 더욱 정밀하며 논증은 방대하다. 그러므로 심성, 그 자체를 화두로 불교와 논쟁한다는 것은 무의미한 것이 된다. 이 문제를 타파하기 위하여 성리학은 불교가 가지는 초속적, 초현실적인 경향을 비판하는 것에 주력한다. 곧 성리학도 불교처럼 인간의 심성과 본연에 대하여 탐구하고 수양하는 것을 중히 여기지만 그의 이기론적 사유체계에 대한 고찰에서 지적되었듯이 朱子의 궁극적 추구인 天理와 심성의 완성은 인간의 윤리규범의 체현을 통해서 이루어지는 것이므로, 이를 부정하는 心性論과 道의 추구는 거부된다. 불교의 경우, 심성 그 자체에 대한 탐구와 수양을 너무 강조하는 까닭에 인륜의 근본에 해를 끼칠 수 있고133) 사회존립의 기반을 흔들 수 있으므로 이러한 불교의 탈속

---

132) ……今異敎之害, 道家之說, 則便沒可闢. 有釋氏之說, 衍蔓迷溺至深. 今日是釋氏盛而道家蕭索. ……惟當自明吾理, 吾理自立, 則彼不必與爭然. ……≪河南程氏遺書 第2 上≫

133) 불교가 과연 윤리적인 존재로서의 인간을 완전히 부정하느냐 하는 것은 여전히 따져져야 할 문제이다. 어째든 朱子가 비판하는 것처럼 불교의 근본교리라고 할 수 있는 空의 이론은 현실 존재의 궁극적 실재성을 부정하고 현 존재를 假相이라고 보는 점에서 유교의 實有論과 상반되는 성격이 있음을 부정할 수는 없다. 불교가 중국에 정착하는 과정에서 유교의 윤리적인 측면과의 충돌을 피하기 위하여 강상윤리를 가르치는 많은 위경이 불교 측에서 저술된 사실을 본다면, 불교를 반대하는 유교 측의 주장이 어느 정도는 설득력이 있다고 볼 수 있다. 그러한 사정은 도교에 있어서도 마찬가지로서 도교는 한편으로는 양생을 통한 초현실적 신선을 가르치면서

적, 현실부정의 자세가 朱子의 불교 비판의 핵심이 된다.

"釋氏의 無와 道敎의 無는 어떻게 다릅니까? 老莊과 禪佛의 피해를 말해주십시오." "老氏는 여전히 有에 의존한다. ……반면 釋氏는 천지를 幻妄한 것이라 보고 四大(존재)를 假合이라 여긴다. 이것은 全無의 입장이다."

"禪學이 道를 헤치는 정도가 심하다. 老莊이 義理를 파괴하는 정도는 극단적인 데에는 미치지 못한다. 불교는 人倫을 완전히 파괴한다."

"老莊이 義理를 파괴하지만 그 정도는 극단적이지는 않다. 불교는 人倫을 파괴하였고, 禪學에 이르러서는 義理마저도 완전히 파괴시켰다."

"불교도의 이론은 깊이 따지고 말고 할 필요가 없다. 그들의 가르침이 삼강오륜을 폐지하려고 하는 것 그 이유 하나로도 이미 최고의 죄를 범한 것이다. 그러니 그 이외의 일은 다시 말할 필요도 없다."

≪朱子語類 卷 126≫[134]

한편으로는 그 신선이 되기 위한 전제로서 윤리적인 행위의 우선성을 강조하는 묘한 논리를 주장한다. 대표적인 연구로는 불교 방면으로 Chen, K. ≪*Buddist Transformation in Chinese Society*≫, Princeton, 1969을 참조할 수 있고, 도교 쪽으로는 酒井忠夫, ≪中國善書の研究≫, 東京: 國書刊行會, 1960을 들 수 있다. 이용주, 〈주희의 문화적 정통의식 연구〉, 서울대 박사 학위 논문, 1999, p.103, 재인용.

134) ……問, 釋氏之無, 與老氏之無, 何以異? 曰, 老氏依舊有, 如所謂, 無慾觀其妙, 有慾觀其徼, 是也. 若釋氏則以天地爲幻妄, 以四大爲假合, 則是全無也. ……
……有言莊老禪佛之害者. 曰, 禪學最害道, 莊老於義理絶滅猶未盡 佛則人倫已壞 ……

결국 성리학의 불교와 도교 비판의 핵심은 철학적인 논리문제이기 이전에 윤리적인 문제가 관건이다. 사회적인 존재로서의 인간을 부정하는 불교는 유교적인 가치 기준으로 볼 때, 토론할 가치도 없고 따라서 존재할 이유도 없다.

그러나 불교에 비하면 도교는 완전히 無의 영역에 들어간 것은 아니고 반은 有, 반은 無인 상태다. 그런 점에서 도교는 불교보다는 가치가 있고 유교에 대해서는 유해성의 정도가 심하지 않다. 기본적으로 朱子는 도교에 담겨진 靜 일변도의 사유가 지니는 한계를 충분히 인식하면서도 그 사상에 담겨진 평화의 지향, 욕망의 절제, 자연 순응적 태도에는 찬사를 보낸다. 朱子의 노자 비판은 그의 柔弱的 세계관 자체에 대한 것이라기보다는 그러한 태도가 초래할 수밖에 없는 비현실적인 지향 혹은 초세간적인 지향에 대한 비판이다.135)

　　노자의 방법은 謙冲儉嗇만을 중요시하고, 결코 정신을 (외물에) 사역하려고 하지 않는다.

　　노자의 가르침은 대체로 말할 때, 虛靜無爲와 冲退自守를 가장

　　……或問佛與莊老不同處. 曰, 莊老絶滅義理, 未盡至. 佛則人倫滅盡, 至禪則義理滅盡. ……
　　……佛老之學, 不待深辨而明. 只是廢三綱五常, 這一事已是極大罪名! 其他更不消說. ……
　　≪朱子語類 卷 126≫

135) 이용주, 〈주희의 문화적 정통의식 연구〉, 서울대 박사 학위 논문, 1999, pp.94-95, 참조.

108

중요한 것으로 여긴다고 할 수 있다. 따라서 그가 말하는 바는 항상 柔弱謙下를 형식으로 삼고, 텅 빈 마음으로 만물을 해치지 아니함을 내용으로 삼는다.

> 지금 노자의 책을 읽어 보니 그 속에 적지 않은 옳은 이야기가 담겨 있다. 어찌 사람들이 그 글을 좋아하지 않겠는가?
>
> ≪朱子어류 권 125≫

> 先儒들이 노자를 논할 때, 노자의 죄를 벗겨주기 위해서 노자의 말은 당시의 그릇됨을 교정하기 위한 말이라고 주장하는 사람이 많았습니다. 그러나 제(제자)가 보기에는 노자는 당시의 그릇됨을 교정하기 위한 것이 아닌 것 같습니다. 단지 그가 實理를 살피지 못하여 禮樂刑政의 근거를 이해하지 못했기 때문에 그것들을 모두 제거하고자 한 것에 불과한 것 같습니다.(朱子는 이어지는 답에서 이러한 제자의 말을 긍정) ≪朱子語類 卷 125≫[136]

노자의 가르침의 일부는 칭찬하고 일부는 부정하는 朱子의 모습은 당시 도교의 두 가지 양태였던 神仙道敎와 符籙道敎[137]에 대

---

136) ……老子之術, 謙沖儉嗇, 全不肯役精神. ……
……老子之學, 大抵以虛靜無爲, 沖退自守爲事. 故其爲說, 常以懦弱謙下爲表, 以空虛不毀萬物爲實. ……
……其學也不淺近, 自有好處, 便是老子之學. 今觀老子書, 自有許多說話, 人如何不愛! ……
……問, 先儒論老子, 多爲之出脫, 云老子乃矯詩之說. 以某觀之, 不是矯時, 只是不見實理, 故不知禮樂刑政之所出, 而欲去之. ……
≪朱子語類 卷125≫

137) 현재 많은 도교 연구자들이 도교를 크게 신선도교와 부록도교라는

한 朱子의 입장 차이에서도 명확히 드러난다. 巫祝과 결합한 祈禳祈禱를 위주로 하는 부록도교에 대한 朱子의 논조는 비판적이었으되 長生不老를 위한 신선 추구의 신선도교에 대해서는 포용적인 입장을 취한다.

도교는 원래 노장이라는 원류에서 나온 것이다.

오늘날의 禪家(여기서는 道士집단을 의미)는 어지러이 나뉘어 道를 어지럽히고 있고, 또한 불가의 말을 그들의 논지에 맞게 난잡하게 이끌어 들이고 있다. 불경이란 원래 먼 외국에 들어온 것이라 발음에 차이가 있고, 글자에도 차이가 나는 게 많아 사람들이 그 이치를 헤아리기 어려운데, 그들은 수많은 주문과 부적을 만들어 사람들을 미

두 범주로 나누어 설명하려는 경향이 있다. 그러나 이러한 분류는 단순화를 위하여 일단 수긍할 수도 있지만, 과연 도교의 역사에서 그 두 경향이 실제로 따로 존재한 적이 있는지는 의문이다. 어쨌든 도교의 성립에 있어서 巫祝문화와의 결합이 중요한 계기가 되었다는 점은 결코 부정할 수 없는 사실이다. 도와 무의 상호 흡수와 배척이라는 양상이 도교사의 전체를 이해하는 중요한 포인트가 된다는 점도 주목해야 한다.(이용주, 〈주희의 문화적 정통의식 연구〉, 서울대 박사 학위 논문, 1999, p.99,재인용) 또한 2세기 황건적의 난이 일어난 이후 도교는 집단적인 大祭, 종교적 열광을 동반한 齋의식, 바쿠스의 축제 같은 남녀의 집회, 기도, 주술, 부적 등 이전의 개인적인 도교의 형태와는 사뭇 다른 집단도교의 형태가 발전하였다. 그런 의미에서 신선도교와 부록도교는 개인적인 도교와 집단적인 도교의 형태로 이해될 수 있다. 앙리마스페로 저, 신하령, 김태완 역, 《도교》, 서울: 까치, 1999, pp.400-429, 참조. 여기서 정치적인 세력화를 강화시킬 수 있는 부록도교의 집단성을 부정적으로 본 朱子의 관점은 문화적인 정통의식에 의한 정치적 정통성의 부여라는 면에서 시사하는 바가 크다.

110

혹시키니 모두가 하나같이 비루한 것들이다. ≪朱子語類 卷 125≫[138]

　이는 巫視的인 종교의례의 형식이 강한 符籙道敎는 불교의 외래적인 요소를 많이 지니고 있고, 또한 사회윤리의 근저인 유교적인 제사의례의 취지에 반하는 경향이 강하여 문화적인 정통의식의 차원에서 배격되었기 때문일 것이다. 반면 ≪周易參同契≫[139]의 가치를 높이 평가하면서 내용상의 난해함에도 불구하고 수양에 도움이 되는 점이 있다고 평가하고 도교의 종교적인 의례와 분리시켜 수양의 방편(내단 호흡법)으로 호감을 나타낸 것은 이런 신선도교의 수련적인 요소는 중국의 전통적인 사상에 연유하고 사회윤리적 면에서의 해악도 없어 중국적인 요소로 흡수할 수 있으므로 朱子의 문화적인 정통의식을 구축하는 한 요소가 될 수도 있다고 인정

---

138) ……道家之道, 出於老子. ……
　　……禪家已是九分亂道了, 他又把佛家言語參雜在裏面. 如佛經本自遠方外國來, 故語音差異, 有許多差異字, 人都理會不得. 他便撰許多符呪, 千般萬樣, 敎人理會不得, 極是陋. ……

139) 도교적 호흡법과 내단 수련에 대한 朱子의 관심은 이미 잘 알려져 있다. 〈朱子と呼吸〉(三浦國雄, ≪朱子と氣と呼吸≫, 평범사, 1997)에서 미우라는 도교, 유교 등 중국사상 전반에 대한 대단히 높은 지식을 구사하여 朱子의 내단호흡법에 대한 관심을 잘 드러내고 있다. 그러나 그의 연구는 자료 정리이상의 관점을 발견하기는 어렵다. 朱子는 ≪주역참동계≫를 주석하면서 도교의 수련방법 그 자체를 도교의 집단적인 실천과 분리시켜 호감을 보이고 있다. 중국에서는 오대 말 이후 도교 내단법이 도교의 의례 및 신앙과 분리되어 일반 사대부의 수련법으로 각광을 받았다는 사실을 고려하면 朱子의 내단에 대한 접근은 자연스러운 것이 된다.(이용주, 〈주희의 문화적 정통의식 연구〉, 서울대 박사 학위 논문, 1999, p.100, 참조) 물론 조선시대 성리학자들 사이에 유행했던 導引체조도 이러한 맥락에서 자연스럽게 이해가 된다.

했기 때문일 것이다. 이렇듯 朱子의 도교 비판은 수용적 측면과 배제의 측면이 함께 공존하는 것이었지만, 불교의 경우에는 거의 전적이라 할 만큼 배타적인 시각을 견지하고 있다.

그럼 이제 朱子의 鬼神論과 민중신앙에 대한 관념에 대하여 살펴보고 그것에 끊임없이 개재하고 있는 朱子의 문화적인 정통의식의 표출을 확인해보자. 우선 朱子는 귀신에 대하여 이기론적인 관점에서 원리적인 해석을 내리고 있다.

> 말하자면 鬼神이란 陰陽의 屈伸하는, 즉 운동하는 氣에 다름 아니다. 따라서 그것을 음양이라고 말해도 무방할지 모른다. 그러나 그것을 단지 음양이라고 부르지 않고 굳이 鬼神이라고 부르는 이유는 그것이 良能과 功用을 갖추고 있기 때문이다. 이제는 반드시 良能과 功用에서 귀신의 德을 찾아야 할 것이다. ≪朱子語類 卷63≫[140]

여기서 良能, 功用이란 술어의 의미는 분명하지는 않다. 그렇지만 그 말들은 운동성을 속성으로 삼는 氣의 신비적 측면(靈)을 가리키는 것이라는 사실은 분명하다. 朱子는 良能, 功用을 屈伸, 往來의 의미라고 풀이하는데, 屈伸 往來란 氣의 운동성을 강조하는 표현이다.[141] 귀신은 氣로 설명되는 존재이기는 하지만, 어떤 형상

---

140) ……論來 只是陰陽屈伸之氣. 只 謂陽亦可也. 然必謂之鬼神者, 以其 良能功用以言也. 今又須從良能功用上求見鬼神之德, 始得. …… ≪朱子語類 卷 63≫

141) ……鬼神視之而不見, 聽之而不聞, 人須是於那良能與功用上認取其德……
≪朱子語類 卷 63≫
이용주, 〈주희의 문화적 정통의식 연구〉, 서울대 박사 학위 논문, 1999, p.150, 인용.

112

을 가지고 인간의 감각적 오성적 인식의 대상이 되는 것이 아니라
는 점을 강조하기 위해 朱子는 靈이라는 표현을 사용하여 程伊와
張載의 정의를 보완하고 있다.

程子는 '鬼神은 天地의 功用이요, 造化의 흔적'이라고 말했고, 張
子는 '귀신이란 二氣의 良能'이라고 말했다. 내가 생각건대 二氣로
말한다면 鬼는 陰의 靈이고, 神은 陽의 靈이라고 말할 수 있을 것이
고, 一氣로 말하자면 지극하게 펼쳐지는 것이 神이고, 되돌아와 귀숙
하는 것이 鬼라고 말할 수 있을 것이다. 그러나 그 實物은 하나이
다.142) ≪中庸集注 第 15≫

鬼神을 氣 운동의 관점에서 이해하는 理氣論적 이해는 朱子 鬼
神論의 형이상학적인 측면을 제시하는 原論的 진술이지만, 이것이
朱子 鬼神論의 핵심은 아니다. 朱子가 귀신 존재에 대한 형이상학
적인 설명을 시도했지만 이것은 귀신의 존재를 부정하기 위한 것
이 아니었다. 오히려 朱子는 귀신과 초월적인 존재의 출현에 대하
여 그 가능성을 인정했으며 그런 존재들이 지니는 영험한 힘에 대
해서 인정한다.

설사룡의 집에서 귀신을 보았던 일에 대해 朱子 선생은 말했다.
"세상에는 귀신의 존재를 믿는 사람이 있는데, 그들은 천지간에 귀
신이 정말로 존재한다고 말한다. 그리고 귀신을 믿지 않는 사람들은

---

142) 程子曰, 鬼神天地之功用, 而造化之迹也. 張子曰, 鬼神者, 二氣之良能
也. 愚謂以二氣言, 則鬼者陰之靈也, 神者陽之靈也, 以一氣言, 則至而
伸者爲神, 反 而歸者爲鬼, 其實一物而已. …… ≪中庸集注 第15≫

단연코 귀신이란 존재하지 않는다(無鬼)고 말한다. 그러나 정말로 그것을 본 사람이 있지 않은가! 정경망은 설 씨가 본 것이 實理라고 말했는데, 무지개 종류가 아닌지 모르겠다. 이 말에 대해 必大가 물었다. '무지개는 단지 氣일 뿐이지, 형질을 가지고 있는 것은 아니지 않습니까?' 朱子는 말한다. '그것은 물을 흡수할 능력을 가지고 있으니 배와 내장을 가지고 있다고 보아야 할 것이다. 그러나 그것이 흩어지고 나면 아무것도 남지 않는다. 소위 (도교의 의례에서 말하는) 雷部의 神格들이 그런 類의 존재들일 것이다.≪朱子語類 卷3≫143)

귀괴에 대한 이야기가 나왔을 때, 주희 선생은 이렇게 말했다. '나무의 정령, 한 발 달린 괴물 夔, 그리고 땅의 요괴 魍魎 등은 그것들에 대한 옛날부터의 기록이 있다. 그 명칭이 존재하는 것으로 보아 그런 괴물들도 존재한다고 해야 할 것이다. ≪朱子語類 卷 3≫144)

이처럼 朱子는 귀신의 존재 가능성을 인정한다. 그러나 여기서 주의할 것은 이러한 귀신의 출현이 비정상적이라는 그의 인식이다.

세상에서 말하는 귀신이야기 중에서 8할은 엉터리(胡說)지만, 나머지 2할은 이치에 합당한 진실을 담고 있다. 그들 중 많은 경우는 非命에 죽은 자이다. 혹은 익사하였거나, 혹은 살해당했거나, 혹은 전염병에 걸려 일찍 죽었거나 했던 경우들로서 그들의 氣가 미처 흩어지지 못한

---

143) ……因論薛士龍家見鬼, 曰, 世之信鬼神者, 皆謂實有在天地間, 其不信者, 斷然以爲無鬼. 然却又有眞箇見者. 鄭景望遂以薛氏所見爲眞理, 不知此特虹霓之類耳. 必大因問, 虹霓只是氣, 還有形質? 曰, 旣能啜水, 亦必有腸肚. 只纏散, 便無了. 如雷部神物, 亦此類 ……≪朱子語類 卷3≫

144) ……人說鬼怪, 曰, 木之精夔魍魎 夔只一脚, 魍魎, 古有此語. 若果有, 必有此物. ……≪朱子語類 卷 3≫

114

채 다른 것에 憑依하여 나타난 것이다.≪朱子語類 卷63≫[145]

　伯有[147]가 厲鬼가 되어 되돌아온 사건은 이치상 가능한 하나의 경우이지만, 삶과 죽음의 정상적인 자연스런 이치(常理)라고 말할 수는 없다. 사람이 죽으면 氣가 흩어지는 것이 理의 자연스러움(理之常)이다. 그런데 백유는 귀족으로서 잘 입고 잘 먹어 氣가 강했기

---

145)　……問, 世俗所謂物怪神姦之說, 則如何斷? 曰, 世俗大抵十分有八分是胡說, 二分亦有此理. 多有是非命死者, 或溺死, 或殺死, 或暴病卒死, 是他氣未盡, 故憑依如此. ……≪朱子어류 권63≫……

146)　朱子는 ≪左傳≫에 나타나는 伯有의 고사를 자신의 귀신 이해의 근거로써 자주 인용한다. ≪左傳≫의 기원전 543년의 기사는 고대 중국인의 귀신 이해를 보여주는 중요한 자료이다. 이 기사에 등장하는 백유는 억울하게 나라에서 축출되고 마침내는 그의 정적에 의해 피살당한 鄭國의 귀족이었다. 백유가 피살당한 뒤 鄭나라에서는 기괴한 소문이 나돌았다. 죽은 백유의 귀신이 나타나 자신을 살해한 자들에게 복수한다는 것이었다. 이 일로 정나라 전체가 긴장 상태에 빠져 들었다. 당시 정나라의 정국을 다스리던 子産은 이 문제를 해결하기 위해, 公孫洩과 백유의 아들 良止를 大夫의 자리에 앉혀 백유의 귀신을 위로하였다. 그러자 백유의 귀신이 나타나는 소란은 사라지게 되었다고 한다. 나중에 자대숙은 자산에게 그 이유를 물었다. 자산은 대답하였다. "귀신(鬼)도 위로를 받으면 더 이상 해를 끼치지 않는다."라고. 나중에 자산이 진나라로 갔을 때에 趙景子는 백유의 귀신이 출현한 사건에 대해 물었다. "백유 같은 귀족이라도 귀신이 될 수 있는 것입니까?" 이 질문에 정자산의 대답은 중국 전통에서의 귀신 및 영혼에 관한 가장 경전적인 권위를 가지는 설명으로 중국 사상의 역사에 반복적으로 등장한다. "물론입니다. 사람이 태어날 때 가장 먼저 생성되는 것은 魄입니다. 먼저 백이 생성된 후에 그중에 양에 속하는 것이 魂이 됩니다.(지위가 높은 사람의 경우에는) 사용할 수 있는 좋은 물건이 많고 또 먹을 수 있는 음식물이 풍부하기 때문에 그의 魂魄이 강해질 수 있습니다. 따라서 그의 정기가 맑아져 신명(神)과 같은 상태가 될 수도 있는 것입니다. 신분이 낮은 일반인의 경우라도 强死(억울한 죽음이나 불우

때문에 억울한 죽음을 당해서도 氣가 완전히 흩어지지 않은 것이다.
≪朱子語類 卷3≫147)

　　사람이 죽으면 氣가 흩어지고 텅 비어 아무런 흔적이 없는 것이
常理이다. ≪朱子語類 卷3≫148)

　　朱子가 보기에 氣가 흩어지지 않고 되돌아오는 현상인 귀신의
현실세계 출현은 常理가 아니다. 일반 민중들이 체험하는 귀신(厲
鬼, 神靈……)은 氣의 취합운동이기에 실제로 존재하는 것이기는
하지만 理의 관점에서 볼 때는 바람직한 것이 아니다. 모든 존재
는 理氣論적으로 볼 때, 理와 氣로 이루어지지만 常氣와 變氣, 常
理와 變理의 차이에 의해서 그 존재는 가치적 층차가 있으며 귀신
이란 變氣와 變理로 이루어져 있으므로 존재하는 것, 그 자체는
인정할 수는 있으되 바람직한 존재가 아닌 것으로 평가된다. 이는
요괴, 신령 등 초자연인 존재들에게도 해당된다.

　　한 죽음을 당했을 때) 당했을 때, 그들의 혼백은 다른 사람의 몸에
憑依하여 재난을 내리는 淫厲가 될 수도 있습니다. 더구나 백유는
우리 선국 穆公의 자손으로서……삼대에 걸쳐서 정치에 종사한 인
물입니다. 그런 백유가 억울한 죽음을 당한 것이므로 귀신이 되어
복수를 하는 것은 당연한 일이 아니겠습니까?" 여기서의 자산의 대
답은 사후의 영혼으로서의 귀신의 문제와 살아있는 사람의 영혼,
즉 魂魄의 문제라고 볼 수 있다. 죽어서 기가 흩어지지 않은 경우
에 귀신이 되어 이 세상에 출현할 수 있다는 朱子의 이해는 ≪左
傳≫의 자산의 것을 그대로 수용하고 있음을 알 수가 있다.

147) ……伯有爲厲之事, 自是一理, 謂非生死之常理. 人死則氣散, 理之常也.
它却用物宏, 取精多, 族大而强死, 故其氣未散耳. ……≪朱子語類 卷3≫

148) ……死而氣散, 泯然無迹者, 是其常. ……≪朱子語類 卷 3≫

116

《孔子家語》에 다음과 같이 말한다. '산에 사는 요괴(怪)를 夔,魍魎이라고 부른다. 물의 요괴는 龍과 罔象이다. 땅의 요괴는 羵羊이다' 이런 괴물들은 모두 다 조잡하고 뒤틀린 氣로 인해 만들어지는 것이다. 그렇지만 거기에 理가 없다고 말할 수는 없다. 전혀 理가 없다고 말하는 것은 옳지가 않다. 예를 들어 겨울은 춥고, 여름은 더운 것이 정상적인 올바른 理(理之正)다. 그러나 어떤 때에는 갑자기 여름이 춥고 겨울이 더운 현상이 나타난다. 그런 경우 理가 없다(無此理)고 말할 수 없지 않은가? 그렇지만 그것은 이미 정상적인 理(理之常)가 아니기 때문에, 그것을 괴이(怪)라고 부르는 것이다. 그런 怪異 현상에 대해 공자께서는 말씀하지 않았으므로 배우는 사람이 거기에 대해 반드시 이해했던 것은 아니다.《朱子語類 卷 3》149)

결국 妖怪 내지 鬼神의 존재는 理氣의 현상으로 실제로는 존재하는 것이지만 있어야 할 존재로서 있는 것은 아니므로, 天理의 理라는 관점에서는 부정되어야 하는 것이다. 그러나 朱子는 이러한 氣의 비정상적인 발현이 빈번하여 일반민중들이 이러한 것에 현혹되는 종교현상을 전적으로 무시하지는 않았다. 오히려 朱子가 보기에 당시의 역사적인 현실 자체가 비정상적인 상태가 지속되는 모순된 시대상황이었기에 오히려 神怪한 일들이 빈번히 발현하는 것이 당연하다고 인식했던 것이다. 그리고 그러한 모순된 시대상황의 직접적인 원인은 도덕적, 유가적인 가치관이 무너진 것에 있다고 여겼으니, 당연히 이러한 도덕적인 가치관이 회복되어 올바

---

149) ……如家語云, 山之怪曰夔魍魎, 水之怪曰龍罔象, 土之怪羵羊. 皆是氣之雜揉乖戾所生, 亦非理之所無也. 專以爲無則不可. 如冬寒夏熱, 此理之正也. 有時忽然夏寒冬熱, 豈可謂無此理. ……《朱子語類 卷3》

른 시대상황이 형성되면 자연히 귀신의 출현은 사라질 것이라고 생각했다.150)

> 만일 왕도가 실현되는 사회가 되면, 이와 같은 올바르지 아니한 기는 전부 소멸되고 말 것이다. ≪朱子語類 卷3≫151)

> 도리에 바른 것이 있으면 또한 사악한 것이 있고, 옳은 것이 있으면 그른 것이 있다. 귀신의 일도 그러하여 세상에 올바르지 못한 귀신이 있다는 것은 이런 도리가 없으면 불가한 것이다. ≪朱子語類 卷3≫152)

그런데 朱子가 주장하는 도덕적인 가치관이란 경학에 근거한 윤리관이므로 이 또한 문화적인 정통의식의 발현에 의한 이단 비판의 양상이라고 결론지을 수 있다.

한편 朱子의 鬼神論을 논함에 있어 빼놓을 수 없는 것이 祭祀論이다. 朱子는 귀신이 출몰하는 비정상적인 현실을 회복하는 구체적인 실천윤리로써 禮의 질서 수립을 강조한다. 그런데 중국적 전통의 禮 질서에서 祭祀는 禮의 부속적인 구성성분이 아니라 禮 그 자체라고 말해도 좋을 만큼 禮의 중심을 이루고 있다. 유교국가에서 祭祀의 중요성에 대하여 ≪禮記≫는 다음과 같이 말한다.

---

150) 이용주, 〈주희의 문화적 정통의식 연구〉, 서울대 박사 학위 논문, 1999, pp.162-163, 참조.

151) ……若是王道修明, 則此等不正之氣都消鑠了. …… ≪朱子語類 卷3≫

152) ……問, 道理有正則有邪, 有是則有非, 鬼神之事亦然. 世間有不正之鬼神, 謂其無此理則不可. …… ≪朱子語類 卷3≫

대체로 사람을 다스리는 방법으로서 禮보다 절실히 요구되는 것은 없다. 그 예에는 다섯 가지의 종류가 있고 그중에 제사보다도 중요한 것은 없다. 대저 제사는 인간에게 있어서 외면에서 형성되는 것이 아니라 내면에서 발하여 마음속에 형성되는 것이며 인간은 마음속 깊이 신비한 것을 느껴 이를 지켜서 외면으로 표현하기에 알맞은 의례를 사용하게 되는 것이다. 그러므로 제례의 진의는 현자만이 이해할 수 있는 것이다.≪禮記≫〈第25 祭統〉153)

원래가 산림, 천곡, 구릉 등에 있어서 구름을 내고 바람이나 비를 일으키며 여러 가지 괴상한 일을 하는 것을 모두 신이라고 하며, 천하를 보유하는 자는 이상의 백신을 제사 지내지 않으면 안 된다. 또 제후는 그 봉지에 있으면 땅을 제사 지내고 봉지를 잃으면 제사 지내지 않는다.≪禮記≫〈第 23 祭法〉154)

무릇 제사는 이미 폐지한 것은 감히 다시 제사하지 못하며, 이미 거행하는 것은 감히 폐지하지 못한다. 제사해야 할 바 아닌데 제사하는 것을 淫祀라고 한다. 음사는 福이 없는 것이다.≪禮記≫〈第2 曲禮 下〉155)

그러므로 朱子는 일상생활에서 常理에 어긋나게 나타나는 귀신의 존재는 온당치 못한 것으로 여기지만 禮의 대상, 곧 제사의 대상

---

153) 凡治人之道, 莫急於禮 禮有五經, 莫重於祭. 夫祭者, 非物自外至者也, 自中出生於心者也. 心 怵而奉之以禮. 是故, 唯賢者能盡祭之義 ≪禮記≫ 〈第25 祭統〉……

154) ……山林山谷丘陵能出雲爲風雨, 見怪物, 皆曰神. 有天下者, 祭百神. 諸侯, 在其地則祭之, 亡其地則不祭. …… ≪禮記≫〈第23 祭法〉

155) ……凡祭有其廢之, 莫敢擧也. 有其擧之, 莫敢廢也. 非其所祭而祭之名 曰淫祀. 淫祀無福. …… ≪禮記≫〈第2 曲禮 下〉

으로서의 鬼神은 이와는 다른 존재로 파악하고 있다고 볼 수 있다.

> 怪異, 勇力, 敗亂 등의 일은 이치의 올바름이 아니기 때문에 성인께서 말씀치 않은 것이다. 鬼神은 조화의 자취로서 비록 올바르지 않은 것은 아니지만 窮理의 결과로 도달할 수 있는 것이 아니고 손쉽게 밝힐 수 없는 측면이 있기 때문에, 성인께서는 그것에 대해서도 함부로 말씀하시기를 삼가하신 것이다. ≪論語集注≫ 〈第7 述而 怪力亂神章에 대한 朱子의 注〉156)

朱子에게 있어 제사의 대상인 귀신은 말하자면 가장 높은 차원의 인식의 영역으로 일상적인 궁리의 차원을 초월하여 초일상과 접하는 위치에· 있었다고 이해할 수 있다. 그래서 禮에 있어서 祭祀의 문제가 중요한 지점을 점하게 되었다고 파악할 수 있다.

앞서 살폈듯이 성리학적 天理의 완성은 윤리적인 실천론으로 완성된다. 곧 所當然之則과 所以然之故의 합일은 도덕적 실천을 바탕으로 성립되는 깨달음의 과정이다. 그러므로 朱子의 성리학에 있어서 小學의 일상적인 실천의 공부에서 시작하여 대학의 실천적 학문의 경로를 충실히 이행하는 것이 중요하게 되고, 일상의 生活儀節을 규정하는 禮의 사회적인 체득도 단순히 사회적 도덕률에 따라 바르게 살아간다는 근세적 의미의 도덕관의 뜻보다는 보다 궁극적인 진리의 체현을 위한 전제 조건이라는 측면이 강하게 부각된다.

---

156) 怪異勇力悖亂之事, 非理之正, 故聖人所不言, 鬼神造化之迹, 雖非不正, 然非窮理之至, 有未易明者, 故亦不輕以語人也. ≪論語集注≫ 〈第7 述而 怪力亂神章에 대한 朱子의 注〉

이러한 일상적인 禮의 실천을 통한 진리의 체현방식은 현실적 일상을 긍정하고 현실의 의미를 회복하려는 유가의 고유한 진리 접근법으로써 이러한 접근원리는 초일상적인 귀신에 대한 이해에 대해서도 그대로 적용된다고 볼 수 있다. 곧 朱子는 祭祀라는 禮를 통하여 일상 속 儀節의 자연스런 행위로써 귀신의 진리적 모습을 체현하게 된다. 제사는 일상과 비일상 그리고 삶과 죽음의 경계를 이어주어 신의 세계를 이해하는 통로가 된다. 그러나 이것은 신비적인 것도 괴이한 것도 아닌 가장 일상적인 생활의 한 부분인 禮의 모습으로 행하게 된다. 그래서 무속적인 민중신앙의 雜神에 대한 淫祀는 배척되어야 하며 禮에 준한 제사로 대치되어야 한다.

그러면 과연 무엇이 淫祀이고 무엇이 儀禮인가? 그 기준은 무엇인가? 그것은 제사를 통해서 정당한 感應을 받을 수 있느냐, 없느냐에 따라 갈리는 문제로 파악할 수 있다. 다음의 朱子의 논지를 보자.

高誘가 淮南子의 注에서 이르기를 '魂은 陽의 神이고 魄은 陰의 神이다'고 하였다. 이른바 神이라고 부르는 것은 形氣의 주인이 되기 때문이다. 사람은 精氣가 모여서 생기는 것이다. 사람이 비록 氣가 많다고 하나 반드시 소진하는 때가 있기 마련이니, 氣가 다하면 魂의 氣는 하늘로 돌아가고, 形의 魄은 땅으로 돌아가니 이것이 죽음이다. 사람이 장차 죽으려 할 때 熱氣는 위로 빠져나가니 이른바 魂이 오른다는 것이고 몸은 점점 차가워지니 이른바 魄이 내려간다는 것이다. 이것이 바로 生에는 반드시 죽음이 있고, 시작에는 반드시 끝이 있다는 것이다. 대저 모이고 흩어지는 것은 氣이다. 理로써 말한다면 理는 단지 氣의 위에 깃들어 있는 것이라서 애초부터 응결하여 스스로 一物이 되는 것은 아니다. 단지 사람이 부여받은 性이 天

理와 부합하는 것이 곧 理이니 모이고 흩어지는 것으로 말할 바가
아니다. 그러나 사람이 죽으면 비록 종국에는 氣가 흩어져 버린다.
그러나 완전히 흩어지는 것은 아니므로 제사에 感應하는 이치가 있
는 것이다. 만약 아주 먼 조상이라면 氣의 존재 여부를 알 수 없을
지 모르지만 그 제사 지내는 자가 그의 자손이라면 필경 한 종류의
氣이므로 感通하는 이치가 있는 것이다.≪朱子語類 卷3≫157)

  사람이 죽으면 氣는 흩어진다. 이때 인간의 魂을 구성하는 陽의
성질을 가진 氣는 하늘로 올라가고 魄을 구성하는 陰의 성질을 가
진 氣는 땅으로 내려간다. 즉 죽음은 魂과 魄의 결합이 해체되고
몸에서 분리되어 하늘과 땅으로 흩어지는 현상이라고 설명된다.
그러나 사람이 죽었다고 해서 본래의 氣가 일순간 흩어지는 것은
아니다. 결국에 가서는 완전히 흩어지는 것이 정상이지만 아직 氣
가 완전히 흩어지지 않은 중간단계가 있다. 따라서 조상의 氣가
중간단계에 있는 동안 자손은 그의 조상에게 제사를 드릴 수 있고,
그 제사에 대한 응답을 받을 수도 있다. 조상의 귀신과 제사 드리
는 후손 사이에 제사를 통한 感應이 존재하는 이유는 조상의 氣와
후손의 氣가 결국은 하나이기 때문이다.158) 人鬼 곧 조상신에 대

---

157) ……高誘淮南子注曰, 魂者, 陽之神, 魄者, 陰之神. 所謂神者, 以其主
  乎形氣也. 人所以生, 精氣聚也. 人只有許多氣, 須有箇盡時, 盡則魂氣
  歸於天, 形魄歸于地而死矣. 人將死時, 熱氣上出, 所謂魂升也, 下體漸
  冷, 所謂魄降也. 此所以有生必有死, 有始必有終也. 夫聚散者, 氣也.
  若理, 則只泊在氣上, 初不是凝結自爲一物. 但人分上所合當然者便是
  理, 不可以聚散言也. 然人死雖終歸於散, 然亦未便散盡, 故祭祀有感格
  之理. 先祖世次遠者, 氣之有無不可知. 然奉祭祀者旣是他子孫, 畢竟只
  是一氣, 所以感通之理. ……≪朱子語類 卷3≫

122

한 제사는 조상의 氣와 후손의 氣가 하나이기 때문에 그 정당한
근거를 확보할 수 있다. 그렇다면 성현에 대한 제사나, 천하, 산천,
五祀의 神에 대한 제사는 어디에서 근거를 확보할 수 있는가?

聖賢이 펼친 道는 萬生에 걸쳐 존재하는 것이고, 그들의 공적 역
시 萬世에 걸쳐 존재하는 것이다. 오늘날에도 (우리는) 성현의 道를
행하고 있고, 성현의 마음을 가르치고 배우고 있다. 결국 우리는 성
현이 남긴 것을 짊어지고 있는 것이므로 우리의 氣와 성현의 氣가
서로 통한다고 말할 수 있다. ≪朱子어류 3권≫159)

예를 들어 '天子는 천지에 제사를 드리고, 諸侯는 산천에 제사를
지내며, 大夫는 五祀에 제사한다'라는 원리에 대해서 말해보자. 그들
사이에는 조상과 자손이라는 혈연관계가 성립하지 않는다. 그러나
천자는 천하의 주인이며, 제후는 산천의 주인이며, 대부는 오사의 주
인이다. 따라서 내가 그것(천지, 산천, 오사)을 주관할 수 있는 위치
에 있기 때문에 그것(천지, 산천, 오사)의 기가 내 몸에 온전히 머물
수 있다. 이런 이유로 해서 그들 사이에 상관관계가 생기는 것이다.
≪朱子어류 권 3≫160)

---

158) 죽음과 혼백의 분리 그리고 기의 소진 등에 대한 朱子의 설명논리
는 전혀 새로운 것이 아니다. 朱子는 위의 예처럼 회남자, 예기, 좌
전 등 고전 중국의 죽음의 이론을 자연스럽게 인용한다. 고대 중국
에서 죽음에 관한 이론 및 혼백에 관한 신앙 등에 대해서는 Yu
Ying-shi, ≪Oh, Soul Come Back! -A Study in the Changing
Conceptions of the Soul and Afterlife in Pre-Buddist China≫,
HJAS, 47.2, 1987, 이용주, 〈주희의 문화적 정통의식 연구〉, 서울대
박사 학위 논문, 1999, pp.166-167.

159) ……聖賢道在萬世, 功在萬世. 今行聖賢之道, 傳聖賢之心, 便是負荷這
物事, 此氣便與他相通. ……≪朱子語類 卷3≫

곧 人鬼는 단순히 그의 후손에게만 神으로서 존재하며 제사의 대상이 될 수 있지만, 민중 전체의 삶에 커다란 공적을 끼친 성현은 민중의 제사 대상이 될 수 있으며, 천지, 산천, 오사는 현세의 군주, 제후, 대부가 그 주인으로 그 氣에 감응할 수 있으므로 제사를 지낼 수 있다는 논리다. 그러면 누가 성현이며 천명을 받은 군주임을 판단하는가? 朱子는 "士人이 州縣의 지방 관료가 되었을 때는 반드시 淫祀를 제거해야 한다. 그러나 그 祠廟가 국가의 勅額을 받았을 때에는 함부로 그것을 제거해서는 안 된다."[161]라고 하며 국가의 賜額결정권이 陰祀와 正祀의 판별 기준임을 제시하고 있다. 그러면 천명을 받은 천자를 누가 기준 짓는 것인가? 이 문제는 2.4.에 다루었던 역사적 정통성의 문제와 결부되어 있는 것으로 그 기준은 성인의 도를 이어받은 문화적 정통성을 갖춘 자의 몫이 된다. 그러므로 朱子의 귀신론과 제사론은 문화적인 정통의식의 기반에서 전개되었으며, 이를 통하여 淫祀적 민중신앙을 家廟의 설립과 宗法제도의 확립이라는 두 축을 가지고 포섭하여 유교적 禮로 혼란한 사회의 질서를 바로잡으려 한 것이라 볼 수 있다.

한편 朱子의 문화적인 정통의식은 유교내부의 다른 학파의 이단성을 비판하는 데서 더욱 극명히 드러난다. 江西 陸象山의 心學의 禪學적인 경향과 浙江 陳亮의 功利(事功)주의와 정치철학적 역사중심주의에 대한 비판이 그것이다. 그러나 둘에 대한 비판의 강도

---

160) ……如, 天子祭天地, 諸侯祭山川, 大夫祭五祀, 雖不是我祖宗, 然天子者天下之主, 諸侯者山川之主, 大夫者五祀之主. 我主得他, 便是他氣又總統在我身上, 如此便有箇相關處. ……《朱子語類 卷 3》
161) ……人做州郡, 須去淫祀. 若繫勅額者, 則未可輕去. ……《朱子語類 卷3》

에는 차이가 있다. 朱子는 육상산의 심학에 대해서도 비판적인 자세를 보이지만, 事功파에 대해서는 격렬히 반대하는 입장을 취한다.

> 육상산의 학문은 한 쪽을 치우치기는 하였지만 적어도 여전히 인간이 되고자 하는 학문이다. 그러나 永嘉(葉適, 진부량) 및 永康(진량)의 이론은 도대체 학문이라 할 수도 없고, 왜 그런 말들을 하는지 알 수가 없다. ≪朱子語類 卷122≫[162]

그럼 朱子는 왜 그렇게 事功派에 대하여 극력 반대했을까? 이는 그들의 학문 연구가 경서를 중심에 둔 도덕적인 견지에서 학문을 접근하는 것이 아니라 현실의 이해득실을 추구하는 功利를 그 바탕으로 역사와 經世에 대한 연구에 집중하고 있었기에 朱子의 경서에 근거를 둔 의리학적 학문관과 정면으로 배치되었기 때문이었다. 공리를 바탕으로 하는 학문에 있어서 중요한 것은 현실의 이득과 실리이지 도덕성의 추구는 아니었다. 그러므로 이러한 사공파의 주장은 경서에서 도통을 찾아 학문의 근본을 삼고, 도덕적 실천을 통하여 진리를 체현하려는 朱子의 성리학적 학문관과 정면으로 충돌한다. 그러므로 이를 이단으로 배격하고 정통의식을 발현하는 작업이 朱子에게 있어서는 당연한 행위였다. 물론 朱子도 역사나 경세에 대한 공부를 소홀히 하지는 않았다. 그러나 朱子의 역사나 경세에 대한 공부는 어디까지나 경서의 의리학적 해석에 입각하여 도덕률을 존중하고 뒷받침하기 위한 것이었지 사공파처

---

162) ……陸氏之學雖是偏, 常是要去做箇人. 若永嘉永康之說, 大不成學問, 不知何故如此. ……≪朱子語類 卷 122≫

럼 역사나 경세에 대한 연구가 이해득실을 추구하는 공리를 위한 것은 아니었다.

> 浙江의 학자들은 ≪史記≫를 존중한다. 그리고 黃老를 앞세우고 六經을 소홀히 하는데, 그것은 모두 태사 사마담의 학문에서 나왔다. ≪朱子어류 권 122≫163)

> 선생께서 말씀하셨다. "역사를 연구하는 것은 마치 사람이 싸우는 것을 구경하는 것과 다를 바가 없다. 단지 싸움을 구경하는 것이 학문에 무슨 이득이 있겠는가? 진량의 일생은 역사 때문에 파멸한 것이다." 직경이 말했다. "그렇다면 여조겸이 역사를 연구하라고 학생들을 가르치는데, 그 역시 역사 때문에 파멸했다고 말할 수 있겠습니다." ≪朱子어류 권 122≫164)

> 진량의 학문은 이미 江西에까지 미치고, 浙江 전 지역에서 꽤 유행하고 있다. 집집마다 사람들은 왕도와 패도를 논하면서 소하나 장량은 말하지 않고 왕맹만을 입에 올린다. 그리고 공자와 맹자를 말하지 않고 문중자만을 의론한다. 두렵구나, 두렵구나. ≪朱子어류 권 123≫165)

朱子는 진량 등이 주장하는 공리사상이 온 천하를 석권하고 있

---

163) ……浙間學者推尊史記, 以爲先黃老, 後六經, 此自是太史談之學. ……≪朱子語類 第 122≫

164) ……先生說, 看史只如看人相打, 相打有甚好看處? 陳同父一生被史壞了. 直卿言, 東萊敎學者看史, 亦被史壞……≪朱子語類 卷122≫

165) ……陳同夫學已行到江西, 浙人信向已多. 家家談王伯, 不說蕭何張良, 只說王猛, 不說孔孟, 只說文中子, 可畏, 可畏. ……≪朱子語類 卷 123≫

다고 보고 공리사상을 권모술수의 학문으로 평가하고 있다. 朱子가 보기에 그들은 왕도 패도를 논하면서 義理에 근거한 도덕적 가치에 관심을 기울이지 않고 권모술수에 능한 인물을 높이 평가하는 등 도덕적 가치를 멀리 하고 이익을 추구하여 현실의 이익에 부합하여 세력을 얻고 있었다. 이러한 현실을 목도한 朱子는 자신의 도학적 소신이 좌절될 수도 있을 위기를 느꼈을 것이고 그런 위기의식이 사공파에 대한 강한 비판으로 표출되었고, 이는 반대 급부로 자신의 문화적인 정통의식을 더욱 고양하는 계기로 활용되었다고 볼 수 있다.

6. 政治社會觀과 文化的인 正統意識

朱子의 정치사회관에 대해서는 정치학적으로, 사회학적으로 혹은 경제학적으로 많은 분석과 이해가 가능할 것이다. 그러나 여기서는 朱子의 이기론적인 사유체계와 문화적인 정통의식의 투영이라는 면에서 단순화하여 살펴볼 것이다. 한 역사적 시기의 사회, 정치상을 단순화한다는 것은 위험성이 따르는 설명법이기는 하지만 朱子의 정치, 사회의 이해가 또한 철저히 이기론적 사유체계와 정통의식의 확립이라는 관점에서 서 있다고 필자는 여기고 있으며 이러한 관점에서 바라본 단순화는 본고의 논지에 크게 어긋나지 않으리라 생각한다.

우선 朱子의 정치관에 있어 계급 층위는 하늘의 命을 대행하는

天子와 이를 현실에 시행하는 官吏 그리고 다스림을 받는 百姓으로 나누어지며, 이들 각 계층이 각자의 본분을 충실히 이행하는 것에 정치의 要諦가 있다고 보았다. 朱子는 天命을 천자의 勅命에, 心을 관리에, 기질을 관리의 성향에, 情을 관리의 임무수행에 비추어 보았다.166) 이러한 논리에 의하여 所當然之則인 칙명에 근거를 갖는 관리의 직무 수행에 불법을 허용치 않으며, 그 근원이 되는 天子의 조정에 대해서도 바르고 선할 것을 요구했다. 또한 民政, 軍政은 물론 대륙의 북반을 상실한 남송 국가의 존재방식도 所當然之則에 합치되지 않는 것으로 이는 天子의 도리에 위배되는 것으로 보았다. 朱子가 말하는 所當然之則은 바로 太極의 理인 所以然之故가 드러난 것이므로 이런 논리에 의하면 朱子와 같이 문화적인 정통의식을 지닌 嫡統者는 천자와 국가를 규제할 힘을 가지게 된다. 朱子는 《書經》〈洪範〉의 皇極을 '皇은 人君, 極은 至極의 표준'이라고 보고 '皇(임금)이 그 有極을 세운다.'고 하는 것은 임금이 한 몸으로써 지극한 표준을 천하에 세워 보이는 것이라 해석하면서 이렇게 해석하지 않으면 天子의 修身 立政의 의미가 명확해지지 않는다고 하였다. 이는 〈洪範〉의 皇極이 천자에 대한 諫責의 정당함을 담보해주는 것이 된다. 곧 요약하여 말하면 천자든 관리든 그 천명의 당위를 제대로 수행치 않으면 탄핵의 대상이 될 수 있음을 시사하는 것으로 정치의 治民적 의미보다는 정치에 대한 견제와 백성의 자치적 자율성을 강조함을 알 수 있다. 이는 육

---

166) ……嘗謂命, 譬如朝廷誥勅, 心, 譬如官人一般, 差去做官, 性, 譬如職事一般, 郡守便有郡守職事, 縣令便有縣令職事. 職事只一般, 天生人, 教人許多道理, 便是付人許多職事. 氣稟, 譬如俸給. ……《朱子語類 卷 4》

128

상산이 《書經》〈洪範〉의 皇을 大, 極을 中이라 하여 '크게(皇)
유극을 세운다'로 해석하여 道로써 백성을 각성시키는 뜻으로 풀
어 治民의 뜻을 강조한 것과는 차이가 있다.167)

그러므로 朱子의 정치관의 요체는 恤民에 있다고 봐야 한다. 朱
子의 성리학적 정치논리에 의하면 民政, 軍政의 모순은 그 원인이
전적으로 조정의 天子에게 있는 것이며, 특히 天子가 측근의 두세
신하와 결탁하여 국가를 私的으로 지배하는 것은 잘못된 것이므로
재상, 각료, 고문과 간쟁관 등과의 합의를 통하여 합리적인 지배를
행할 것을 주장했다. 그런 의미에서 백성들에게 과해지는 중과세
를 피하기 위하여 屯田民兵論을 주장했고, 兵籍을 분명히 하여 장
수의 사적인 징발을 없애고자 했다.168) 또한 여러 차례 조세의 감
면을 주청했고, 중간 관리의 착취를 탄핵했다.169) 촌락의 빈부에
따른 계층분화에 대처하여 社倉을 지어 빈민을 구제하였고170), 토
호의 토지의 불법적인 겸병을 금지하였고, 빈민의 무거운 세 부담
을 구제하려고 하였다.171) 결국 朱子의 정치관은 恤民을 근거로
관리의 부정 탄핵하고, 천자의 잘못을 諫責하여 所以然之故의 이치
가 所當然之則으로 현실정치에 化現되기를 바란 것이었다.

이런 정치관과 연계해 볼 때, 朱子의 사회관은 天理가 현실사회

---

167) 金谷治 外 著, 조성을 역, 《중국사상사》, 서울: 이론과 실천,
　　　1994, pp.256-257, 참조.
168) 《朱子文集大全 卷 11》 참조.
169) 《朱子文集大全 卷 18》 참조.
170) 《朱子文集大全 卷 99》 참조.
171) 《朱子文集大全 卷 100》 참조.

에 온전히 드러나기를 바라는 것이었고, 이는 다름 아닌 禮敎主義의 전사회적인 확립이 그 목적이 된다고 볼 수 있다. 앞서 정치관에서 이야기되었듯이 朱子는 사대부로서 황제권을 중심으로 하는 중앙집권체제에 찬성하면서도 문화적인 정통의식에 기초한 諫責의 권한을 지닐 수 있었다. 이는 정치적인 자율성을 스스로 인정하는 것이 될 수 있다. 이는 사회적인 관점에도 적용되어 향촌중심의 자율적인 질서를 추구하려는 방향으로 그의 실천이 이행될 수밖에 없었다.172) 또한 朱子의 성리학은 인간의 자발적인 心性의 도야에서 모든 행동강령이 시작된다고 보았으므로 事功派가 주장한 국가적 법제에 의한 강제적 질서추구를 긍정하지 않은 것은 당연한 것이라고 하겠다.

그러므로 朱子가 생각한 사대부의 사회적인 임무는 국가 祀典의 규정에 어긋난 민중종교 신앙이 淫祀를 금지하고, 디불어 家廟를 설립하고 宗法질서를 확립하여 민중신앙의 근간을 세우고, 지방관으로서 민심의 수습과 질서유지를 위한 중요한 행사인 지방제사를 祀典에 따라 조리에 맞게 시행함으로써 禮敎의 정신적인 기초를 세운 후에, 촌락에 대해서는 그 구성원인 家族, 宗族, 姻族, 隣里의 화합을 본분으로 백성 각자 모두가 格物, 致知, 誠意, 正心, 修身해야 한다고 했다. 가족은 不孝와 不弟를 엄히 금하고, 부부의 인륜은 性의 연결에서 비롯되므로 그 관계를 올바르게 유지해야 할 것이며, 승려는 환속하여 혼인할 것을 주장했다. 또한 촌락 공동체는 이러한 윤리적인 규범과 禮의 사회화를 위하여 서로 격려하고 姦

---

172) 양종국, ≪송대사대부사회연구≫, 서울: 삼지원, 1996. p.271. 인용.

130

盜, 飲博, 鬪打, 論訴를 하지 말고, 防水, 防火에 대비하고 도적을 규찰하며 연대 책임으로써 이를 예방할 것을 교시하였다173). 그리고 이의 경제적인 뒷받침을 위하여 못자리 만드는 방식, 퇴비를 만드는 방식, 파종 시 주의할 점, 이앙의 시기, 제초의 방법 및 벼농사 재배의 새로운 기술을 자세히 지시하고 잉여생산에 의해서 민생을 안정시킬 것을 도모하였다.174) 물론 이러한 생산력 증대의 노력은 사공파의 부국강병과는 다른 차원의 것이다. 이는 사회적인 禮治의 확립을 위한 전제조건을 마련하기 위한 것으로 맹자의 治民策의 전통을 계승한 것이라 하겠다.

결국 朱子의 政治社會觀이란 문화적인 정통의식과 정치 체계에 대한 理氣論적 해석에 의해 사대부의 諫責의 권한을 밝혀 天子와 관리의 전횡을 부정하고 恤民를 위한 정치를 시행하여 天命이 정치적 실천을 통해 실현되는 것이며, 또한 사회란 天理가 體現되는 禮의 試演場이 되어야 한다는 것으로 요약할 수 있다.

---

173) ≪朱子文集大全 卷 100≫ 참조.
174) ≪朱子文集大全 卷 99≫ 참조.

Ⅲ. 朱子의 注를 통한 '楚辭' 經文에 대한 해석과 이해 － 텍스트성의 실현

Ⅲ. 朱子의 注를 통한 '楚辭'經文에 대한 해석과 이해-텍스트성의 실현

'楚辭'經文은 훈고학적 응결장치와 각 작품문맥에 따른 1차적 응집맥락, 朱子의 총체적 세계인식에 따른 2차적 응집맥락이 서로 의미상 교호적으로 보충되면서 텍스트성이 실현된다. 이것은 바로 해석과 이해의 과정이며, 때로는 봉쇄전략적인 것으로 읽힌다. 그러나 '楚辭'經文은 中間子的 텍스트로 긍정적 해석학만이 작용하지 않으며, 朱子의 총체적 세계인식은 남송이라는 시대에 있어 보편적인 합의가 가능한 해석의 가능성을 열어 주었다. ≪楚辭集注≫ 각 작품에 대한 분석을 통하여 이러한 가능성을 엿볼 수 있다.

본장에서는 분석의 편의상 각 작품에서 朱子의 총체적 세계인식이 어떻게 반영되어 2차적 응집맥락이 형성되는가를 먼저 파악해 볼 것인데, 이렇게 2차적 응집맥락을 파악한 후에 응결을 통한 1차적 응집의 맥락을 파악하여 이것이 다시 2차적 응집맥락과 어떻게 연결되어 있는지를 살필 것이다. 결국 이러한 분석의 과정을 통하여 '楚辭'經文이 朱子의 注를 통하여 텍스트성이 완결되는 과정을 확인하게 될 것이다. 물론 이러한 분석의 과정에서 응결장치가 1차적 응집맥락의 가교 없이 2차적 응집맥락을 확보하는 수단으로 바로 쓰이는 경우도 있을 것이며, 하나의 응결장치가 1차적 응집맥락과 2차적 응집맥락을 확보하는 데 동시에 기여하는 경우도 있을

것이다. 또 앞서 얘기했듯이 '楚辭'經文이라는 원문텍스트의 텍스트
화에 朱子의 총체적 인식의 兩價性이 어떠한 의미가 있으며, 또한
'集注'의 해석방법이 어떻게 교조적인 봉쇄전략을 벗어날 수 있었
는지를 살피는 것이 본 장의 궁극적인 목표가 될 것이다.

 본고는 〈離騷〉와 〈九歌〉, 〈天問〉과 〈九章〉, 〈遠遊〉, 〈卜居〉와
〈漁父〉를 각각 하나의 분석단위로 나누었다. 이는 〈離騷〉와 〈九歌〉
의 경우에 비유적이며 은유적인 표현이 主를 이루고 그 내용에 있
어서 巫歌性175)이 강하게 드러나고 있어 1차적 응집맥락이 2차적
응집맥락으로 어떻게 이행하고 있는가를 파악하는 문제가 중요하
기에 두 작품을 하나의 분석단위로 묶었으며, 〈天問〉과 〈九章〉의
경우에는 그 내용이 직접적인 서술과 이해가 용이한 표현이 주를
이루고 있어 1차적 응집맥락이 2차적 응집맥락으로 별다른 해석기
제가 없이도 자연스럽게 이행하고 있어 분석의 양상이 앞의 두 작
품과는 다르므로 하나의 분석단위로 묶었다. 〈遠遊〉와 〈卜居〉와
〈漁父〉의 경우에는 〈天問〉과 〈九章〉처럼 그 내용이 직접적인 서술
과 이해가 용이한 표현이 주를 이루고 있어 분석재료로서의 성격
은 비슷하지만 朱子가 중점을 두는 2차적 응집맥락의 성격이 앞의

---

175) David Hawkes≪*Literature, An Introductory Note(The Legacy of
China, ed. by Raymond Dawson)*≫, Oxford University Press,
1963. ; 藤野岩夫 ≪巫界文學論≫, 昭和 25, 大學書房; 金學主,〈離
騷의 성격〉(≪東亞文化≫ 제16집, 1979). (김학주, ≪中國文學의 이
해≫, 1994, 신아사. p.141.에서 재인용). 金寅浩, ≪楚辭의 巫歌的
性格 考察≫,≪楚辭의 巫歌性 研究≫, 서울대 대학원, 1983, 1993.
등에서 九歌뿐만이 아니라 楚辭의 모든 기타 작품에서 巫歌의 흔적
이 다분함을 밝혔다.

것과는 약간 다르고 텍스트의 양이 절대적으로 작다는 이유로 이와 같이 7편의 작품을 각각 3개의 범주로 나누어 묶어 분석하고자 한다.

《楚辭集注》를 전체구성에서부터 조망해보면 가장 처음은 〈目錄〉으로 卷番에 따른 表題와 그 標題의 작자가 누구인지 밝히고 있으며 이어서 朱子의 序가 달려 있다. 朱子는 目錄에서 楚辭를 총 8권으로, 제1~5권은 〈離騷經〉을 비롯한 7題 25篇을 屈原이 직접 지은 것으로 분류하여 '離騷'라고 칭하여 싣고, 제6~8권은 〈九辯〉, 〈招魂〉[宋玉], 〈大招〉[景差], 〈惜誓〉, 〈弔屈原〉, 〈鵩賦〉[賈誼], 〈哀詩命〉[莊忌], 〈招隱士〉[淮南小山]을 비롯한 8題 16篇을 '續離騷'라 칭하여 실었다. 이러한 편집의 방법은 왕일의 《楚辭章句》와 홍홍조의 《楚辭補注》의 체제를 따르면서도 자신의 성리학적인 총체적 세계인식에 따라 작가와 작품의 순서를 정한 것이라 볼 수 있다.

朱子의 序에는 주로 굴원의 인물됨에 대한 朱子의 평가를 주 내용으로 하고 있다. 目錄의 序에 드러나는 朱子의 굴원에 대한 평가는 楚辭 전체에 대한 朱子의 2차적 응집맥락의 의미망이 어떠한 것인지를 말해 주고 있다고 볼 수 있다.

……屈原의 사람됨은 그 뜻과 행실이 비록 中庸에 지나쳐 모범이 될 수 없으나 그 뜻과 행실은 모두 군주에게 충성하고 나라를 사랑하는 정성에서 나왔고, 屈原이 지은 책은 그 말한 내용이 비록 질탕하고 괴이하며 원망하고 격정에서 흘러나와 가르침이 될 수 없으나 모두 연연하고 측달하여 스스로 그만 둘 수 없는 지극한 뜻에서 나

왔다. 그는 북방에서 배워 周公과 仲尼의 道를 구할 줄을 모르고, 홀로 變風과 變雅의 末流에 치달렸다. 이 때문에 순수한 儒者와 엄격한 선비들은 그를 언급하기 부끄러워하기도 하였다. 그러나 세상에 추방당한 신하와 버림받은 자식, 한 많은 아내와 남편에게 쫓겨난 부인으로 하여금 그 처지에서 눈물을 닦고 슬피 울도록 하여, 하늘로 섬겨지는 분이 다행히 (그들이 호소를) 들을 수 있도록 한다면 그런 탄식을 하는 자와 그 탄식을 듣는 자 사이에 天性과 民彝의 善함이 서로 발하는 바가 있어 三綱과 五常의 중함을 더하지 않겠는가? 나는 이 때문에 매양 그의 문사에 취미를 두고 단지 문인의 賦로만 보지 않는 것이다. ……중략……그러나 굴원이 賦의 형식으로 글을 짓는 바람에 그 문사의 뜻이 숨겨지고 어두워져 후세에 드러나지 못하게 하니, 나는 이 때문에 集注를 정하여 만들어서 후세에 이 글을 읽는 자가 고인의 뜻을 이해하게 하고, 고인이 행여 다시 살아오신다면 족히 천년 뒤에 자신을 알아주는 자가 있음을 알아, 후세에 그 문사의 바른 뜻이 알려지지 않음을 恨하는 일이 없게 하려는 것이다. 아 슬프다. 이 어찌 俗人들과 쉽게 말할 수 있겠는가? ≪楚辭集注≫〈目錄의 朱子의 序〉176)

---

176) ……原之爲人, 其志行雖或過於中庸, 以不可以爲法, 然皆出於忠君愛國之誠. 原之爲書, 其辭旨雖或流於跌宕怪神怨懟激發, 以不可以爲訓, 然皆生於繾綣惻怛不能自已之至矣, 雖其不知學於北方以求周公仲尼之道, 而獨馳騁於變風變雅之末流. 以故醇儒莊士, 或羞稱之, 然使世之放士幷子怨妻去婦, 扱淚謳吟於下而所天者幸而聽之, 則於彼此之間, 天性民彝之善, 豈不足以交有所發, 而增夫三綱五常之重. 此予所以每有味於其言, 而不敢直以詞人之賦視之也. ……중략……然原著此詞, 說者多失其趣, 使原之所爲壹鬱而不得伸於當年者, 又晦昧而不見白於後世, 予於是, 定其集注, 庶幾讀者得見古人於千 載之上. 而死者可作, 又足以知千載之下有知我者, 而不恨於來者之不聞也. 嗚呼稀矣. 非豈易與俗人言哉! ≪楚辭集注≫〈目錄 朱子의 序〉

≪楚辭集注≫의 序에 드러난 2차적 응집맥락은 다음과 같이 분석될 수 있을 것이다. 문화적 정통의식에 의한 역사관에서 보면 死節者는 襃揚의 대상이다. 그러므로 굴원의 절개는 칭찬된다. 문화적인 정통의식에 의한 종교관의 차원에서 보면 북방의 周公과 仲尼의 道가 아닌 이단의 道인 楚文化는 變風과 變流의 말류로서 비판의 대상이다. 그러나 그 死節者로서의 충심은 정통적인 道와 그 수양의 체계를 만났으면 격정의 속성은 사라지고 三綱과 五常의 인륜을 밝힐 수 있는 계기가 되었을 것이다. 문화적인 정통의식의 입장에서 칭찬할 것은 칭찬하여 고양하고, 배척할 것은 계도하여 이끈다. 그러므로 楚辭를 왕에 대한 분울함을 드러낸 문인의 울분에 찬 문사로만 봐서는 안 되며, 왕에 대한 충정을 드러낸 節義文으로 봐야 하며 ≪楚辭集注≫의 편집 의도는 화려한 문사 속에 감추어진 충절을 밝히는 데 있다. 또한 충신의 조건을 왕에 대한 忠諫으로 본 것은 정치사회관의 차원에서 보면 諫責을 관리의 책무 중 가장 중요한 요소로 파악한 문화적인 정통의식의 맥락과 일치한다. 이와 같이 ≪楚辭集注≫의 〈目錄〉은 그 편집의도가 이단적인 도에 대하여 칭찬할 것은 칭찬하고 가릴 것은 가려내어 버림으로써 "문화적 정통의식"의 관점에서 포용하는 것이다. 비록 그 태어난 환경으로 인하여 末流로 흘렀으되 그 忠君愛國의 정신은 진정한 것이므로 정통성이 있는 가르침을 만난다면 天理를 밝힐 수 있었을 것이니, 이단의 폐해는 비판하되 인간심성의 진실함은 고양하고 칭찬해야 함을 말하고 있다.

그다음 ≪楚辭集注≫는 離騷經부터 시작하여 매개의 작품으로 이어진다. 楚辭의 매 편마다 朱子는 王逸의 注나 諸家의 注 중에 일부를 인용하여 작품해설로 삼고, 그에 대해서 다시 자신의 注를 달아 각 작품의 주제적인 대의를 제시하고 있다. 이 작품해설은 단락 사이의 해설적 注로 보충하여 보면 2차적 응집맥락이 체계적으로 구축되고 있음이 드러난다. 본격적인 분석에 앞서 간단히 살펴보면 ≪離騷≫의 경우 〈目錄〉에서 보인 대의를 반복하고 있으며, ≪九歌≫의 경우 이러한 대의 외에 제사의 대상으로서의 귀신 존재의 신령함을 인정하되, 당시 유행하던 陰祀적 제사문화의 이단적인 행위에 대해 비판하고, 귀신의 尊卑를 祀典적인 규정이 결정짓는 것으로 파악한다. ≪天問≫의 경우 〈目錄〉의 대의를 반복하고 존재론적 인식론적 철학명제가 "理氣論"적 설명을 통해 이해될 수 있음을 보이는 데 주요한 목적을 두고 있으며, 동시에 ≪天問≫에 보이는 역사고사는 문화적인 정통의식이 개재된 역사관으로 해석될 수 있음을 보인다. ≪九章≫은 ≪春秋≫의 大義가 숨어있는 것으로 읽어 내고 ≪遠遊≫의 경우 〈目錄〉의 대의 이외에 이단으로서의 도교 비판에서 長生不老를 추구하는 神仙도교의 측면은 전통의 일면으로 수용하나, 무속적이며 외래종교인 불교의 요소가 강한 符籙도교의 측면을 부정하는 시각을 견지하고 있으며, ≪卜居≫의 경우 〈目錄〉의 대의 외에 무축적 점술보다는 "문화적 정통의식"에 입각한 天命觀을 견지하며, 경학적인 윤리관에 따라 행동함이 중요하다는 것을 작품의 주제적 대의로 파악하고 있으며, ≪漁父≫의 경우에 어부의 말을 빌려 忠君愛國의 뜻인 〈目錄〉의 대의를 다시 드러내는 것으로 보고 있다.

그리고 이러한 2차적 응집맥락은 1차적 응집맥락과 알레고리적 (allegory)[177] 관계가 형성되어 둘의 응집맥락이 자연스럽게 융합된다. 그리고 각 작품은 의미별로 단락을 끊고 있는데 이 단락 끊기는 朱子의 견해가 강하게 개입된 것으로 1차적 응집맥락을 명확히 하고 있다. 그리고 각 구절에 대해서는 朱子 스스로가 각 구절을 이해하는 방식을 독자적으로 개진하고 있는데, 반절음을 단다든지 문자상의 考釋의 요점을 제시하거나 同義相訓의 방법을 사용하는 등의 응결장치를 통한 의미화로 1차적 응집맥락을 명확히 하고 있다. 물론 응결장치는 1차적 응집맥락의 확보를 거치지 않고 곧바로 2차적 응집맥락의 확보에 기여하기도 한다. 아래에서 이러한 대체적인 접근순서에 따라 각 작품별로 분석을 진행토록 한다.

1. 離騷와 九歌

(1) 2차적 응집맥락 구축

離騷에 관한 2차적 응집맥락 구축의 전략은 離騷 篇의 앞에 있는 간단한 작품해설과 그에 대한 朱子의 注에서 처음으로 이루어

---

177) 알레고리란 寓喩, 寓意라는 단어로 해석될 수 있는데, 어떤 이야기에 있어 인물, 행위, 사건, 배경이 逐字的, 즉 일차적 의미층에 있어서 논리 정연한 말이 될 수 있을 뿐만 아니라 상관관계를 맺고 있는 제2차적 인물, 개념, 사건의 층에서도 동시에 의미맥락이 닿도록 고안된 이야기를 가리키는 개념이다.

진다. 離騷의 작품해설은 크게 두 부분으로 나누어지는데 작품해설의 전반부는 王逸의 ≪楚辭章句≫의 離騷에 대한 해설의 전단부를 따왔고, 작품해설의 후반부는 王逸의 ≪離騷章句≫〈史傳〉에 인용된 班固의 〈離騷序〉 중에 淮南王 劉安의 평어를 따온 것이다. 王逸은 離騷를 離騷經으로 부르기 시작했고, 굴원을 유가의 정치이념에 충실한 인물로 부각시켰는데 朱子는 王逸의 이러한 견해를 그대로 계승하여 더욱 유가적인 강령에 충실한 인물로 부각시키고 있으며, 劉安은 離騷를 국풍과 소아의 빼어난 점만을 구비한 경전적 글이라고 칭찬했는데, 이에 대해서 朱子는 注를 달아 이를 계승하면서도 더욱 개념적인 발전을 전개시켜 자신의 2차적 응집맥락 확보의 일환으로 삼는다. ≪楚辭集注≫의 離騷經에 대한 작품해설 부분을 살펴보자.

　　이소는 굴원이 지은 바이다. 굴원은 이름이 平이니, 초나라의 왕과 同姓이었다. 회왕 때에 벼슬하여 三閭大夫가 되었는데, 당시에 三閭大夫의 지위는 王族 三姓인 昭, 屈, 京氏가 관장하였다. 굴원은 왕족의 혈통으로서 뜻을 펴서 현명하고 선량한 선비들을 나라의 신하로 들이고, 조정에 나아가서는 왕과 정사를 도모하여 의심스럽고 판단키 어려운 일을 명쾌히 해결하고, 조정에서 물러나서는 뭇 신하와 백성들을 잘 보살피는 일과 제후들을 응대하는 일을 잘 처리했다. 이에 왕은 굴원을 심히 귀히 여겼다. 그런데 그와 같은 직급에 있던 상관대부와 靳尙이 굴원의 재주를 질투하여 둘이 함께 굴원의 정사를 훼방하자, 회왕이 굴원을 소원히 하였다. 굴원은 참소를 받고는 근심하고 번민하여 마침내 離騷를 지었는데, 위로는 唐(堯), 虞(舜), 夏, 商, 周 三代 임금의 훌륭한 제도를 서술하고, 아래로는 桀王과

紂王, 羿와 澆의 실패한 사실을 서술하여, 군주가 깨달아 正道로 돌아와 자신을 다시 써 주기를 바랐다. 이때 秦나라에서는 張儀로 하여금 회왕을 속여 함께 武關에서 맹약을 맺자고 유인하였는데, 屈原은 회왕에게 가지 말라고 諫하였으나 懷王은 듣지 않고 갔다가 강제로 진나라로 잡혀가서 고국으로 돌아오지 못하고 끝내 객사하였고, 讓王이 즉위함에 또다시 간신들의 참소하는 말을 듣고 굴원을 강남 지방으로 귀양 보내었다. 이에 굴원은 다시 九歌, 天問, 九章, 遠遊, 卜居, 漁父 등의 글을 지어 자신의 뜻을 펴 군주가 마음을 깨우치기를 바랐으나 양왕이 끝내 살펴주지 않아, 宗國(祖國)이 장차 망하는 것을 차마 보지 못해 마침내 스스로 汨羅의 못에 빠져 죽었다. ≪楚辭集注≫〈離騷經 解題 – 王逸의 ≪楚辭章句≫의 離騷解題를 따옴〉[178]

위 편의 글에서 보면 朱子는 굴원이 문화적인 정통성을 잇는 학통을 이은 자 – 堯, 舜, 夏, 商, 周의 제도를 밝혔다 – 로 평가되는 것에 대하여 긍정한다. 그러므로 굴원의 회왕에 대한 간책은 정치 사회관과 문화적 정통의식에서 살펴보았듯이 정당한 것이 되며, 오히려 회왕은 천명의 도리에 순응하지 않는 王者로서 그가 간책

---

[178] 離騷經者, 屈原之所作也. 屈原名平, 與楚同姓. 仕於懷王, 爲三閭大夫. 三閭之職, 掌王族三姓, 曰昭, 屈, 景. 屈原序其譜屬, 率其賢良, 以厲國士, 入則與王圖議政事, 決定嫌疑, 出則監察羣下, 應對諸侯, 謨行職修, 王甚珍之. 同列上官大夫, 及用事臣靳尙, 妬害其能, 共讒毀之. 王疏屈原. 屈原被讒, 憂心煩亂, 不知所愬, 乃作離騷. 上述唐虞三后之制, 下序桀紂羿澆之敗, 冀君覺悟, 反於正道以還己也. 是時, 秦使張儀譎詐懷王, 令絶齊交, 又誘與俱會武關. 原諫懷王勿行, 不聽而往, 遂爲所脅, 與之俱歸, 拘留不遣, 卒客死於秦. 而讓王立, 復用讒言, 遷屈原於江南. 屈原復作九歌, 天問, 九章, 遠遊, 卜居, 漁父等篇, 冀伸己志, 以悟君心而終不見省, 不忍見其宗國將遂危亡, 遂赴汨羅之淵, 自沈而死 ≪楚辭集注≫〈離騷解題〉

을 당하는 것은 당연하다. 그런데 회왕은 도리어 이단적인 공리를 주장하는-마치 朱子 당시의 사공파처럼-이단적인 유학자들의 꾐에 빠진다. 이는 종교관과 문화적 정통의식에 살폈듯이, 朱子가 이단에 대한 비판을 통해서 정통의식을 확립하려는 것이 정당하듯 굴원이 이단적 유학파의 주장을 비판하는 것은 천리에 순응하는 것이다. 또한 귀양당하고 모함 받아도 끝까지 충성된 마음을 변하지 않는 것은 楚國의 정치적인 정통성을 보존하려는 노력으로 역사관과 문화적인 정통의식에서 살폈듯이, 死節者는 만고의 충신으로 포양되어야 하고 굴원 자신은 국가의 정치적인 정통성을 부여하는 신성한 존재가 되어야 함을 스스로 다짐하는 것이다. 이상에서 朱子가 보이려 했던 離騷의 2차적 응집맥락은 굴원을 경학적 유교의 가치관에 충실한 인물로 인정하고 그를 칭찬하는 데 있다고 할 수 있다. 그러므로 앞으로 있을 離騷 전체에 대한 해석도 이러한 2차적 응집맥락을 뒷받침하는 방향으로 진행이 될 것이다.

그다음으로 朱子가 인용한 淮南王 劉安의 글은 楚辭를 시경의 國風과 小雅의 글보다 뛰어난 것을 칭찬함으로써 경전적인 글로 포양하고 있다.

회남왕 유안이 말하기를 '國風은 여색을 좋아하였으나 음탕하지 않고, 小雅는 원망하고 비방하였으나 어지럽지 않은데, 離騷로 말하면 이 두 가지를 겸했다고 이를 만하다. 매미가 껍질을 벗듯이 혼탁하고 더러운 곳에서 벗어나 세속의 밖을 떠돌아 다녔으니, 이러한 뜻을 미루어 본다면 비록 日月과 빛을 다툰다고 평하더라도 괜찮을 것이다.' 하였다. 宋景文公(宋)은 말하기를 '이소는 辭賦의 祖宗이니,

142

후인들은 (그것이 사부의 모범이 되니) 비유하자면 지극히 방정하여 矩(직자)를 가할 것이 없고, 지극히 둥글어서 規(곡자)를 벗어나지 않는 것과 같다고 여긴다. ≪朱子集注≫〈離騷 解題〉179)

그런데 여기서 주의할 것은 朱子는 굴원과 그의 〈離騷〉를 완전히 긍정하지는 않는다는 것이다. 위의 인용에 대하여 朱子는 다음과 같은 注를 달아서 자신의 의견을 개진하는데, 굴원과 〈離騷〉에 대하여 일면 긍정하는 반면 일면 부정적인 시각을 지니고 있다.

굴원의 글에서 초목에 정을 붙이고 남녀에 뜻을 기탁하여 놀고 구경함의 좋음을 지극히 한 것은 變風의 흐름이요, 일을 서술하고 情을 말하여 지금에 감동하고 옛것을 그리워하여 군신의 義를 잊지 않는 것은 變雅의 종류이며, 혼인을 말하면서 禮를 넘고 원망과 울분을 품어 中道를 잃은 것은 風, 雅가 다시 한번 변한 것이며, 神에게 제사하고 歌舞의 성대함을 말한 것은 頌에 가까운데, 그 變함은 더욱 심한 감이 있다. 그리고 〈離騷〉의 首章에서 말한 내용과 같은 것은 賦의 예가 될 것이며, 향초와 나쁜 물건 따위를 이야기한 것은 比이며, 물건에 가탁하여 말을 일으킨 것으로 애당초 특별히 뜻을 취하지 않은 것은 興이다. 예컨대 〈九歌〉에 沅水의 芷草와 澧水의 난초로써 공자를 그리워하되 감히 말하지 못한다는 내용을 興한 따위이다. 그러나 ≪詩經≫은 興이 많고 比와 賦가 적은 반면에 〈離騷〉는 興이 적고 比와 賦가 많으니, 반드시 이것을 구분한 뒤에야

---

179) 淮南王安曰, 國風好色而不淫, 小雅怨誹而不亂, 若離騷者, 可謂兼之矣. 又曰, 蟬蛻於濁穢之中, 以浮游塵埃之外, 不獲世之滋垢, 皭然泥而不滓, 推此志也, 雖與日月爭光, 可也. 宋景文公曰, 離騷, 爲詞賦之祖, 後人爲之, 如至方, 不能加矩, 至圓, 不能過規矣. ≪楚辭集注≫〈離騷解題〉

말의 뜻을 살필 수 있을 것이다. 글을 읽는 이는 이러한 것을 살피지 않을 수 없다.≪楚辭集注≫〈離騷 作品解題에 대한 朱子 注〉[180]

朱子는 〈離騷〉를 문화적인 정통의식의 측면에서 긍정하자면, 일종의 風, 雅, 頌이라고 긍정할 수 있지만 동시에 그 정통에서 벗어나 이단의 길로 들어선 정도를 '變'이라고 표현하고 있다. 이러한 朱子의 태도는 그의 총체적 세계인식에서 이해될 수 있으며 이러한 이해는 곧 2차적 응집맥락 차원의 의미화를 뜻한다. 朱子에게 있어서는 도통론에 근거한 진리체계만이 유일하게 바른 것이며 그 외의 것은 이단으로 치부되며, 비록 그것이 정통의식의 측면에 부합되는 면이 있어 칭찬할 부분이 있다고 하더라고 일정 부분은 배제되고 개도되어 朱子의 정통의식에 부합되어야만 한다. 성리학적이며 경학적인 도덕률과 실천론에 부합하지 않으면 그것이 긍정적인 부분이 있다고 하나 정통으로서 전적으로 인정될 수는 없다. 그러므로 〈離騷〉의 글은 '正'이 아닌 '變'이다. 그러나 이단적인 요소를 비판하는 것과 더불어 긍정적인 요소를 칭찬하는 것은 비정통적인 요소를 정통성에 대한 지향이라는 관점에서 포섭할 수 있고, 또한 정통의식은 이를 통해 그 존립근거를 확장시킬 수 있는

---

180) 其寓情草木, 託意男女, 以極遊觀之適者, 變風之流也. 其敍事陳情, 感今懷古, 以不忘乎君臣之義者, 變雅之流也. 至於宴婚而越禮, 攄怨憤而失中, 則又風雅之再變矣. 其語祀神歌舞之盛, 則幾乎頌而其變, 又有甚焉. 其爲賦則如離騷經首章之云也. 比則香草惡物之類也. 興則託物興詞, 初不取義, 與沅芷灃蘭, 以興思公子而未敢言之屬也. 然詩, 興多而比賦少, 騷則興少而比賦多, 必辨此以後, 詞義可尋也. 讀者不可以不察也. ≪楚辭集注≫〈離騷解題에 대한 朱子의 注〉

144

계기를 마련할 수 있다는 점에서 이런 봉쇄는 효과적이라고 말할 수 있을 것이다.

그리고 朱子는 여기서 朱子의 〈離騷〉 해석상의 전제조건으로 賦, 比, 興을 구분하고 이해할 것을 제시하고 있다. 곧 朱子는 賦, 比, 興라는 문체상 혹은 표현기교상의 문제를 이소 해석에 있어 중요한 주안점을 삼겠다는 것을 천명했는데, 이 문제는 1차적 응집맥락을 2차적 응집맥락으로 확대하고 이끌어내는 단초가 되므로 朱子의 초사 해석에서 아주 중요한 문제가 된다고 필자는 파악하고 있다. 필자의 논지의 근거를 아래에서 추론해 본다.

우선 賦, 比, 興은 毛詩大序에서 밝힌 詩經의 六義인 風, 雅, 頌, 賦, 比, 興 중에 표현기교와 문체에 관련된 분류방법으로 朱子는 注에서 그 뜻을 다음과 같이 밝히고 있다.

> 賦는 곧바로 그 일(事)을 진술하는 것이고, 比는 다른 사물을 취하여 비견하는 것이고, 興은 사물에 의탁하여 말(詞)을 일으키는 것이다. 그것들이 그와 같이 구분되는 까닭은 그 각각의 말들이 뜻을 드러내는 방식이 달라 따로 구분한 것이니 〈詩經〉을 배우는 자가 먼저 이 셋을 명확히 구분한다면 그물에 벼리가 잡히듯이 조리가 잡혀 어지럽지 않을 것이다. 이는 비단 〈詩經〉만이 아니라 楚辭의 문사에 있어서도 이로써 구해야 할 것이다.《楚辭集注》〈離騷 作品解題에 대한 朱子의 注〉[181]

---

[181] 按周禮, 太師掌六詩以敎國子, 曰風, 曰賦, 曰比, 曰興, 曰雅, 曰頌, 而毛詩大序謂之六義. 蓋古今聲詩條理, 無出此者. 風則閭巷風土男女情思之詞, 雅則朝會宴享公卿大人之作, 頌則鬼神宗廟祭祀歌舞之樂. 其所以分者, 皆以其篇章節奏之差異別之也. 賦則直陳其事, 比則取物爲

이상의 朱子의 설명을 상고해 본다면 賦는 현대의 기호학자들이 정의하는 객관적, 인지적, 지시적, 외연적인 성격의 1차 기호에 대응시켜 볼 수 있을 것이고, 比, 興은 주관적, 내포적, 함축적인 2차 기호에 대응시킬 수 있을 것이다. 그리고 여기에서 더 발전시켜 단어의 의미를 主意, 副義, 감정가치 등의 셋으로 나누어 그 성격을 논의한 것에 賦, 比, 興을 대응시켜 볼 수 있을 것이다182) 主意는 외연적 지시적 의미에 해당하고 副義는 主意에 부가되는 의미이고, 감정가치란 기분과 연상을 수반하는 것으로 副義에 비해서 한층 더 상황의존적이다. 곧 賦는 主意의 형성에, 比는 副義의 형성에, 興은 감정가치의 형성에 기능하는 표현양식으로 이해할 수 있을 것이다.

그러면 왜 朱子는 〈離騷〉의 해석에 있어 이러한 표현의 원리를 정해두는 것이 필요하다고 느꼈을까? 필자는 〈離騷〉의 해석에 있어 朱子가 賦로 명명한 표현은 단락이 표현하는 1차적 응집맥락이 곧바로 2차적 응집맥락으로 기능할 때 그렇게 명명하고, 比로 명명한 단락은 그 표현하는 바가 1차적 응집맥락으로 곧바로 표면에 逐字的으로 구축되지만 2차적 응집맥락은 표면적으로 드러나지 않고, 1차적 응집맥락을 알레고리(allegory)적으로 풀어서 의미 축을 구축해야만 파악되는 경우에 사용되는 것으로 이해하였다.

알레고리란, 寓喩, 寓意, 諷諭라는 단어로 해석될 수 있는데, 어

比, 興則託物興詞. 其所以分者, 又以其屬辭命意之不同而別之也. 誦詩者先辨乎此, 則三百篇者, 若網在綱, 有條, 而不紊矣. 不特詩也. 楚人之詞, 亦以是而求之 …… ≪楚辭集注≫〈離騷解題에 대한 朱子의 注〉

182) 이희승, ≪국어학개론≫, 서울: 민중서관, 1955, pp.228-229.

떤 이야기에 있어 인물, 행위, 사건, 배경이 逐字的, 즉 일차적 의미층에 있어서 논리 정연한 말이 될 수 있을 뿐만 아니라 상관관계를 맺고 있는 2차적 인물, 개념, 사건의 층도 동시에 가리키도록 고안된 이야기를 가리키는 개념이다. 이는 고전 신화란 추상적인 우주론적, 철학적 또는 도덕적 진리를 알레고리적으로 형상화시킨 이야기로 본 그리스와 로마사상가들에서 시작되어 성서의 해석에 도입된 해석의 한 가지 방법으로 필자는 이러한 알레고리적 해석이 朱子의 〈離騷〉 해석에도 적용된 것으로 보는 것이다.

〈離騷〉의 해석에 있어, 朱子는 賦와 比 이외에 比而賦라는 표현과 賦而比라는 표현을 쓰는데, 이것은 한 章에 比와 賦가 섞여 있는 것이다. 그러면 比而賦와 賦而比는 무슨 다른 점이 있는가 의문시되는데[183], 분명 그 함의에는 분명한 차이가 있다. 사실 比라는 표현에는 두 가지 뜻이 내재해 있다. 곧 개별어휘에 대한 구조적 의미등가성에 기댄 응결장치로서의 比와 단락이나 문단의 단위에서 의미맥락의 일관성이 두 가지의 축으로-1차적 응집맥락과 2차적 응집맥락의-이루어짐을 나타내는 응집성을 강조한 比가 그것이다. 그래서 단순히 어떠한 章이 比라고 하거나 比而賦라고 할

---

183) 이제까지의 어떠한 연구도 이러한 점에 대해서 의문을 제기한 적이 없었다. 단순히 賦而比, 比而賦는 같은 것으로 朱子의 즉흥적인 감정에 따라 이렇게도 쓰고 저렇게도 썼다고 여기고 있는 것 같다. 우리나라의 한학자들도 단순히 그런 식으로 접근하고 있을 뿐이다. 그러나 필자는 朱子라는 大家-필자는 앞서 ≪資治通鑑綱目≫에서 글자 하나하나에 대해 무서울 만큼 엄정한 朱子의 학문자세를 보였다-가 이처럼 쉽고 즉흥적으로 주석작업을 했으리라고 생각하지 않는다.

때는 比의 응집성적인 측면이 강조된 것이고, 賦而比라고 할 때는 전체 章의 내용전개는 賦이지만 개별 단어에 있어 응결장치로서의 比를 이해해야만 2차적 응집맥락을 추구하는 데 있어서 미비할 수 있는 의미간격을 메울 수 있다는 것을 뜻하는 것으로 보인다. 또한 賦而比인 章은 이런 경우 말고도 한 章의 4구 중에 몇 개의 句가 賦이고 몇 개의 句는 比(응집성을 강조한 比)인 경우가 있다184). 그런데 여기서 한 가지 짚고 가야 할 것은 이러한 차이에

─────────────

184) 離騷의 37장이 이와 같은 경우라 할 것이다. 離騷의 원문과 그에 대한 朱子의 주를 살펴봄으로써 이 문제를 고찰해보자.

依前聖以節中兮, 喟憑心而歷玆. 濟沅湘以南征兮, 就重華以陳詞.
옛 성현에 의지하여 중용의 도를 지키려 했는데,
노엽게 개탄하여 이러한 어려움을 겪는 도다.
沅水와 湘水를 건너 남쪽으로 가서,
重華(순임금)께 나아가 말씀을 올리리라.

賦而比也. ……洪曰, 天下明德, 皆自虞帝始, 其於君臣之際詳矣. 屈原以世莫能察己之意, 故欲就之而陳詞, 如下文所云也〈離騷 37장에 대한 朱子의 注〉賦而比이다. ……홍흥조가 말하기를 "천하에 밝은 덕은 모두가 순임금으로부터 시작되었다. 그 밝은 덕은 순임금과 禹임금 사이의 관계(순임금은 우임금을 3년간의 시험을 거쳐 등용하고 왕위를 물려주었으니, 덕이 있는 신하를 우대함이 지극한 예이다-필자의 주)에서 상세하다고 할 것이다. 굴원은 세상에 자신의 뜻을 알아주는 이가 없으므로 순임금께 나아가 하소연하려 한 것이다. 굴원이 하소연한 바는 아래와 같다.
우선, 1, 2句가 賦임은 쉽게 알 수 있다. 이것은 1차적 응집성이 바로 드러남과 동시에 2차적 응집성으로 이해될 수 있다. 그런데 3, 4句에서 구조적 의미의 등가성을 나타내는 단어는 없다. 곧 어떤 단어를 어디에 기탁했다든지 하는 응결장치로서의 比는 없는 것이다. 그런데 朱子가 賦而比라고 했으므로 이때의 比는 응집성에 가까운 比이다. 곧 注에서 홍흥조의 말을 朱子가 빌린 데서 알 수 있듯이

도 불구하고 비록 응결장치로서의 比라고 하더라도 이때의 응결장치는 同義相訓이나 反義相訓처럼 단순한 응결장치가 아니라 원관념과 보조관념이 意味素를 공유하고 있는 구조적 의미등가성에 기댄 응결장치이므로 응집성과 밀접히 연관이 되어 있고 응집맥락을 전제로 하지 않으면 응결기능이 성립하지 않는 경우도 있게 된다는 것이다. 이런 경우 比가 응결기능 차원인지 응집맥락 차원인지 명확히 구분하기가 쉽지 않은 경우도 생기게 된다. 그러나 응결성, 응집성의 문제는 텍스트이론의 초기단계에서부터 지금까지 명확한 합의가 이루어지지 않은 분야이며, 구분을 할 수 있는지 없는지에 대해서도 논란이 있는 부분이 있다.185) 그래서 본고에서는 比가 응결장치인지 아니면 응집맥락과 밀접한 것인지 명확하지 않을 경우 굳이 구분하지는 않을 것이다. 왜냐하면 본고는 텍스트화가 진행되어 朱子의 총체적 세계인식으로 '楚辭'經文이 의미화되어 가는 과정에 관심이 있지, 응결기능과 응집성 자체에 관심을 두는 글은 아니기 때문이다. 물론 이 둘이 명확히 구분이 되는 때에는 구분하여 분석하는 것이 타당하므로 나누어 분석할 것이다. 사실, 朱子도 賦而比, 比而賦라고 특정 단락을 규정짓는 데 있어 이런 점을

순임금에게 하소연한다는 것은 순임금이 신하였던 우임금의 재주와 절개를 사랑하여 종국에는 임금의 자리를 선양하는 정도에 이르렀다는 역사적인 내용을 안다면 지금 굴원이 순임금에게 하소연하려는 이유는 명확한 것이 된다. 곧 역사적인 배경이 개입되면 또 다른 의도, 또 다른 의미층이 형성되는데 이것이 바로 응집성이 강조되는 比의 표현이다.

185) 고영근 저, ≪텍스트 이론-언어문학통합론의 이론과 실제≫, 서울: 도서출판 아르케, 1999, p.141, 참조.

인식하고 있었던 것으로 보인다. 논의를 진행해 가면서 이 문제를 실례를 들어 언급하도록 한다.

한편 興은 한 단락의 글이 1차적 응집맥락이든, 2차적 응집맥락이든 전체 글의 감정적인 깊이와 넓이를 풍부히 할 뿐 구체적 연쇄체적 의미망의 형성에 관여하지 않을 때 사용하는 표현으로 간주되었다.

그러므로 〈離騷〉편에 대한 해석에 있어서 전체적인 응집맥락의 구축은 다음과 같은 방식으로 진행된다고 정리해볼 수가 있을 것이다.

우선 朱子는 〈離騷〉의 작품 첫머리에 2차적 응집맥락을 확보하는 해석으로 경학적 관점의 작품해석을 내린다. 그리고 이어지는 단락의 구분과 해석에 있어서 逐字的 의미가 朱子의 총체적 세계인식의 맥락에 위배가 되지 않을 경우에는 賦라는 표현으로 이해하고 응결장치를 확보하여 1차적 응집맥락이 드러나도록 한다. 이렇게 응결장치를 통하여 1차적 응집맥락을 구축하고, 이러한 1차적 응집맥락이 자연스럽게 2차적 응집맥락과 연결되는 賦의 단락은 2차적 응집맥락을 위한 注가 필요 없으나, 때에 따라서는 2차적 응집맥락으로 이행을 순조롭게 하기 위해 단락에 직접 역사적, 철학적인 문헌학적 배경에 근거하여 1차적 응집맥락이 바로 2차적 응집맥락을 드러내는 것임을 보일 수 있는 注를 동원한다. 그런데 어떤 단락에서는 賦의 경우처럼 1차적 응집맥락이 2차적 응집맥락을 자연스럽게 드러내지 못하는 경우가 있는데, 이를 比, 賦而比, 比而賦라는 표현양식으로 이해하고 표면적으로는 훈고학

150

적인 응결장치로 1차적 응집맥락이 완결되도록 의미화하고 알레고리적 해석을 통해 2차적 응집맥락을 이루도록 다시 한번 응결성을 구축하는 注를 단다. 이때 알레고리적인 해석을 통해 2차적 응집맥락이 상세히 드러나지 않으면 注에 직접 2차적 응집맥락을 서술을 하여 의미강화를 이룬다. 이런 과정을 거쳐 〈離騷〉 전체에 있어 2차적 응집맥락이 완결되고 텍스트성이 확보된다. 이는 朱子의 성리학에 바탕을 둔 총체적 세계인식으로 楚辭가 의미화되는 것을 뜻한다.

그럼 이제 〈九歌〉의 2차적 응집맥락에 대하여 살펴보자. 〈九歌〉의 경우에 있어서도 朱子는 〈離騷〉의 경우와 마찬가지로 比, 比而賦, 賦而比의 표현에 많은 주의를 기울이고 있고, 그 해석에 있어서도 표면적인 1차적 응집맥락을 드러내는 데에 그치는 것이 아니라 朱子의 총체적 세계인식에 부합하는 2차적 응집맥락으로 진전되어야 함을 강조하고 있는 것으로 판단되어, 이 단락에서 〈離騷〉와 함께 다루기로 한다.

〈離騷〉의 경우와 마찬가지로 朱子는 〈九歌〉의 작품해제에서 2차적 응집맥락을 명확히 해두고 있다. 그런데 여기서 주목할 것은 〈九歌〉의 작품해제는 〈離騷〉처럼 전대의 주석가들의 주석을 따온 것이 아니라 朱子 자신이 王逸의 해제를 참고로 하여 자신이 스스로 창작하여 해제를 붙이고 여기에 다시 자신의 주를 달았다는 점이다. 이는 서론에서 필자가 지적했던 '述而不作'의 전통에 대한 朱子의 인식을 다시 한번 확인해 볼 수 있는 부분이라 하겠다. 그러면 朱子는 왜 다른 작품의 해제에서는 왕일의 해제를 존중했지

만 〈九歌〉의 해제에 있어서는 '述而不作'의 전통에 의거하여 자신
이 스스로 해제를 달아야만 했을까? 왕일의 〈九歌〉에 대한 해제와
朱子의 〈九歌〉에 대한 해제를 비교해보면 그 의도는 명확하다.

구가는 굴원이 지은 바이다. 옛날 초나라 남쪽 郢의 읍인 浣水와
湘水 사이의 속인들은 귀신을 믿고 제사를 좋아하였다. 그 제사의 내
용은 노래하고 춤추고 북을 두드리고 악기를 연주함으로써 여러 신들
을 즐겁게 하는 것이었다. 굴원이 추방되어 그 지역에 숨어 있을 때,
근심을 품은 것이 매우 심하여 분함과 가슴 답답함이 있었다. 그때 그
지방의 속인들이 제사를 지내는 禮와 歌舞하는 음악을 듣게 되었는데,
그 내용이 비루하여, 이에 〈九歌〉의 곡을 지었다. 위로는 신을 섬기는
공경함을 진술하고, 아래로는 자신의 원한의 맺힘을 나타내어, 그것에
가탁하여 풍간하였다. 그러므로 그 문체가 같지 않고, 문장이 엇섞여
있어, 그 뜻하는 바에 차이가 많았다.

≪楚辭章句≫〈九歌에 대한 王逸의 解題〉186)

구가는 굴원이 지은 바이다. 옛날 초나라 남쪽 郢의 읍인 浣水와
湘水 사이의 속인들은 귀신을 믿고 제사를 좋아하여, 제사를 지낼
때면 항상 男巫, 女巫로 하여금 음악과 노래와 춤을 짓도록 하여, 귀
신이 이를 즐기도록 했다. 荊蠻의 지역은 풍속이 비루하였으므로 그
노래의 가사도 천박하였고, 그 陰과 陽, 귀신과 사람의 문제에 있어
서 음탕하고 황망함이 잡되게 섞이지 않을 수 없었다. 굴원이 추방

---

186) 九歌者, 屈原之所作也. 昔楚國南郢之邑, 浣湘之間, 其俗信鬼而好祀
其詞必歌樂鼓舞, 以樂諸神. 屈原放逐, 竄伏其域. 懷憂苦毒, 愁思沸鬱.
出見俗人祭祀之禮, 歌舞之樂, 其詞鄙陋, 因爲作九歌之曲. 上陳事神之
敬, 下以見己之怨結, 託之以諷諫. 故其文章不同, 章句雜錯, 而廣異意
焉. ≪楚辭章句≫〈九歌 作品解題〉

152

되어 이것을 보고는 미혹된 것이라 여겼다. 그래서 그 가사가 심히
道에서 멀어짐을 무척이나 바로잡고 싶어 했고, 또한 그 가사를 가
지고 그들이 귀신을 섬기는 정성된 마음을 자신이 충군애국으로 임
금을 차마 잊지 못하는 마음에 기탁하려 했다. 그러므로 그 언사가
비록 비루하다는 혐의가 없을 수 없겠으나, 군자는 도리어 이에 취
하는 바가 있게 된다. ≪楚辭集注≫〈九歌에 대한 朱子의 해제〉187)

王逸과 朱子 모두 〈九歌〉가 巫歌임을 인정하고 있는 점은 공통
된 것이다. 하지만 王逸이 단순히 〈九歌〉가 神을 섬김을 공경히
하고 원한 맺힘을 나타내려 했다고 표현한 데 그친 것에 반하여
朱子는 이러한 무속적 제사가 잘못된 것으로 올바로 개도해야 함
을 강조하고 동시에 〈九歌〉의 1차적 응집맥락-무당의 노래-에
내재한 2차적 응집맥락-충군애국의 불망지심-을 파악해야 함을
추가하고 있다. 이는 朱子의 총체적 세계인식이 투사된 것이라 볼
수 있을 것이다. 朱子의 종교관과 문화적인 정통의식에서 살폈듯
이 朱子의 귀신관과 제사론은 귀신의 존재나 제사의 행위자체를
부정하는 것은 아니었다. 오히려 朱子는 귀신의 존재를 인정하고
제사의 필요성을 강조하고 있다. 그러나 朱子에게 중요한 것은 제
사가 마땅한 귀신에게 마땅한 사람에 의해 마땅한 절차를 통하여
이루어지지 않을 경우에 그것은 淫祀가 되므로 배척되어야 하는

---

187) 九歌者, 屈原之所作也. 昔楚國南郢之邑, 浣湘之間, 其俗信鬼而好祀,
　　必使巫覡作樂歌舞以娛神. 蠻荊鄙俗, 詞旣鄙俚, 而其陰陽人鬼之間, 又
　　或不能無? 慢淫荒之雜. 原旣放逐, 見而或之. 故頗爲更定其詞, 去其泰
　　甚, 而又因彼事神之心, 以奇吾忠君愛國, 眷戀不忘之意. 是以其言雖若
　　不能無嫌於燕? 而君子反有取焉. ≪楚辭集注≫〈九歌 解題〉

것이며, 제사를 국가적인 祀典의 규율에 맞는 형태로 바로잡아야 하는 것이다. 여기에 덧붙여 朱子는 이러한 巫歌的 제사에 기탁하여 忠君愛國의 정신과 조국에 대한 충성을 잊어버리지 못하는 死節者의 정신을 포양하고 있으니 이는 분명 〈九歌〉를 문화적인 정통의식의 입장에서 읽어내고 있는 것이다. 곧 〈九歌〉의 작품해제에서 朱子는 2차적인 응집맥락을 확보해 두고 있으며, 이러한 朱子의 의도는 〈九歌〉에 대한 작품해제에 대하여 그가 단 注에서 다시 한번 명확히 드러나고 있다.

초사 第2卷(九歌)의 모든 篇들은 하나같이 귀신을 섬김에 귀신이 응답하지 않지만 그 공경하고 사모하는 마음을 잊을 수 없는 것을 가지고 임금을 섬김에 임금이 듣지 않지만 그 충성된 절개를 잊지 못하는 것에 비유하였으니, 더욱 그 간절한 뜻을 족히 드러낼 수 있다. 이전의 주석서늘은 이러한 뜻을 잃어버렸으니 지금 모든 것을 고쳐 바르게 정한다. ≪楚辭集注≫〈九歌의 作品解題에 대한 朱子의 注〉[188]

게다가 朱子는 〈九歌〉의 작품해제에 대한 注에서 2차적 응집맥락이 어떤 것인지를 명확히 드러낼 뿐만 아니라, '述而不作'의 학문적인 전통에 입각하여 ≪楚辭≫에 대하여 注작업을 진행하고 있음을 다시 한번 闡明한 셈이 된다. 곧 〈九歌〉의 작품해제는 분명히 지금의 관점에서 보면 朱子가 王逸의 注 등을 참고로 하여 창작한 것이 된다. 그러나 朱子는 문화적인 정통성을 지니고 있다고

---

188) 此卷諸篇, 皆以事神不答, 不能忘其敬愛, 比邪君不合以不能忘其忠赤, 又足以見其懇切之意. 舊說失之, 今悉更定. ≪楚辭集注≫〈九歌의 作品解說에 대한 朱子의 注〉

154

스스로 생각하고 있으므로 이는 舊說이 잃어버린 정신을 옛 성현의 道에 비추어 복원하고 돌이켜 회복한 것으로 성현의 道를 '述'한 것이 되지 임의적으로 '作'한 것이 되지 않는 것이다. 이로써 자신의 주석작업은 정당한 것이 된다.

그리고 〈九歌〉의 표제 아래 담긴 11篇의 작품에 대해서 각각 王逸과 洪興祖의 注를 인용하여 각 篇의 篇名에 대한 解題와 간단한 작품해설을 하고 있다. 그럼 每 篇에 대한 2차적 응집맥락의 규정양상을 파악해 보자.

〈東皇太一〉, 〈雲中君〉의 題名에 대한 해제는 王逸과 洪興祖의 注를 인용하여 1차적 응집맥락을 드러낸 후, 다시 朱子 자신의 注를 달아서 〈九歌〉의 작품해제에서와 마찬가지로 2차적 응집맥락을 명확히 하고 있다.

이 편은 정성과 禮를 다하여 神을 섬겨 신이 기쁘고 편안하기를 바라는 것을 가지고 신하가 충성을 다하고 힘을 다하여 임금을 그리워함을 그칠 수 없는 뜻에 기탁한 것으로 전편이 이러한 것을 비유하고 있다.≪楚辭集注≫〈東皇太一의 題名에 대한 朱子의 注〉189)

이 편은 神이 이미 내려와서 오래 머물며 사람과 함께 親接하고 있음을 말한 것이다. 그러므로 神이 이미 떠나가도 잊을 수가 없는 것이다. 족히 신하가 임금을 사모하는 깊은 뜻을 나타낼 수 있다.

≪楚辭集注≫〈雲中君의 題名에 대한 朱子의 注〉190)

---

189) 此篇言其竭誠盡禮以事神, 而願神之欣說安寧, 以寄人臣盡忠竭力, 愛君無已之意, 所謂全篇之比也. ≪楚辭集注≫〈東皇太一의 제명에 대한 朱子의 注〉

〈九歌〉의 작품해제에 대한 注에서 밝혔던 논지를 朱子는 〈東皇太一〉과 〈雲中君〉에서도 반복하고 있다. 곧 〈東皇太一〉과 〈雲中君〉이 하늘의 尊神과 구름神에 대한 제사의 모습을 형용한 것을 인정하지만 동시에 그러한 표현에 신하의 忠君愛君 정신의 절실함이 기탁되어 있는 것으로 보는 것이다.

〈湘君〉과 〈湘夫人〉의 경우에는 〈湘君〉의 題名에 대해서 注를 베풀고 있다. 여기서도 朱子는 '述而不作'의 전통에 입각하여 〈湘君〉에 대한 주석작업을 진행하고 있음을 밝히고 있다. 또한 〈湘夫人〉은 〈湘君〉과 짝으로 〈湘君〉에 대한 이해가 〈湘夫人〉에 대한 이해로 이어지고 있다고 朱子는 생각하고 있는 것 같다191). 물론 朱子는 여기서도 〈湘君〉과 〈湘夫人〉이 巫歌的인 제사임을 인정하지만 이를 통해서 忠君愛君의 절실함을 드러내는 것이 요지라고 보고 있으며 이것이 다름 아니 2차적 응집맥락을 구축하고 있는 것이다.

이 편은 男巫가 陰神(女神)을 주인으로 섬기는 내용이다. 그러므로 정과 뜻이 곡절하고 정감이 더욱 넘쳐난다. 이것은 모두가 陰神

---

190) 此篇言神既降而久留, 與人親接. 故既去而思之, 不能忘也. 足以見臣子慕君之深矣.≪楚辭集注≫〈雲中君에 제명에 대한 朱子의 注〉

191) 朱子는 湘君은 堯의 長女이며 舜의 正妃인 娥皇이고, 湘夫人은 堯의 次女이며 舜의 次妃인 女英이라고 했다. 이는 홍흥조의 설을 따른 것으로 正妃는 君이란 칭호를 사용했기 때문에 舜임금의 正妃였던 娥皇은 湘君이라 칭하였고, 女英은 次妃였으므로 낮추어서 湘夫人이라고 했다는 古人(韓子)의 말을 따른 것이다. 朱子가 왕일의 설(湘君은 水神이고 湘夫人은 舜의 두 왕비이다)을 따르지 않고 홍흥조의 설을 따른 것도 다분히 正과 變, 嫡子와 庶子를 구분하여 명칭짓는 유가적인 전통에 충실한 것이라 볼 수 있다.

156

을 가지고 임금에 대한 충성과 사모하는 정에 기탁한 것인데, 舊說들
이 이러한 요지를 잃음이 더욱 심해져 지금 모두 바로잡는 바이다.
≪楚辭集注≫〈湘君의 題名에 대한 朱子의 注〉192)

〈大司命〉, 〈小司命〉, 〈東君〉에 대해서는 洪興祖의 題名에 대한
注를 인용하고 특별히 따로 注를 달지 않았다. 물론 이 경우에
〈九歌〉의 작품해제에 대한 朱子의 관점이 유효하게 적용되어 2차
적 응집맥락이 구축되고 있는 것으로 보아야 할 것이다. 〈河伯〉의
경우는 題名에 대한 舊說을 부정하고 자신의 견해를 피력하고 있다.

구설에는 河伯을 馮夷라고 했는데, 그 말은 황망한 것으로 진위를
稽考해 볼 수가 없다. 여기서는 그 說을 없애고, 黃河의 神으로 볼
뿐이다.193)

여기서는 舊說이란 洪興祖가 인용한 山海經, 穆天子傳, 淮南子,
博物志의 내용194)이라고 볼 수 있는데, 朱子는 왜 이러한 설을 부

---

192) 此篇皆爲男主事陰神之詞. 故其情意曲折尤多, 皆以陰寓忠愛於君之意,
　　　而舊說之失爲尤甚. 今皆正之. ≪楚辭集注≫〈湘君의 題名에 대한 朱
　　　子의 注〉

193) 舊說以爲馮夷, 其言荒誕, 不可稽考. 今闕之, 大率謂黃河之神耳.≪楚
　　　辭集注≫〈河伯의 題名에 대한 朱子의 注〉

194) 山海經曰, 中極之淵深三百仞, 唯馮夷都焉. 馮夷人面而乘龍. 穆天子傳
　　　云, 天子西征至於陽紆之山, 河伯無夷之所都居, 氷夷無夷卽馮夷. 淮南
　　　又作馮遟抱朴子釋鬼篇曰, 馮夷以八月上庚日, 渡河溺死, 天帝署爲河
　　　伯. 淸泠傳曰, 馮夷華陰潼鄉隄首人也. 服八石得水仙是爲河伯. 博物志
　　　云, 昔夏禹觀河, 見長人魚身出, 曰吾河精豈河伯也. 馮夷得道成仙, 化爲
　　　河伯, 道豈同哉 ≪楚辭補注≫〈河伯의 題名에 대한 洪興祖의 補注〉

정한 것일까? 이는 그의 문화적 정통의식이 투사된 종교관을 생각해보면 그 실마리를 찾을 수 있다. 朱子는 左傳 등 문화적인 정통의식의 근거가 되는 유교의 경전에 기록된 木之精, 夔, 魍魎 등의 鬼怪에 대한 존재는 인정하지만 민중도교의 근거가 되는 山海經, 穆天子傳, 淮南子 등에 기록된 鬼怪에 대한 존재는 "稽考"해 볼 수도 없는 것으로 부정함으로써 민중도교 혹은 민간신앙의 근원을 부정하려 했다고 볼 수 있다. 여기서 한 걸음 더 나아가 朱子는 山海經의 경우 楚辭가 지어진 후에 이를 근거로 허위로 창작된 것으로 폄하하고195), 淮南子의 경우는 성현의 도를 이해하지 못하고서, 〈天問〉의 내용을 이해하기 위해서 후에 지어진 것으로 규정한다.196) 朱子의 의도는 민중도교 혹은 민간신앙의 근거를 부정하는

산해경에 이르기를 中極이란 연못은 깊이가 삼백 仞이다. 馮夷가 거기에 살고 있다. 馮夷는 사람 얼굴에 龍을 타고 있다. 목천자전에 이르기를 天子가 서쪽으로 가서 陽紆山에 이르렀는데, 거기가 河伯인 無夷가 도읍을 정하고 사는 곳으로 氷夷, 無夷는 곧 馮夷다. 회남자에서는 포박자의 釋鬼篇을 인용하여 馮夷가 팔월에 강을 건너다가 물에 빠져 죽자 天帝가 그를 河伯으로 임명하였다고 한다. 淸泠傳에 이르기를 馮夷는 화음현 동향사람으로 八石을 먹고 물의 神仙이 되었다고 하는데 이것이 河伯이다라고 하였다. 博物志에 이르기를 옛날에 夏禹가 황하를 보고 있다가, 긴 人魚를 보았는데, 그 인어가 몸을 내밀며 말하기를 '내가 황하의 精靈이다'고 하였으니 어쩌면 河伯이지 않을까? 馮夷는 道를 얻어 신선이 되었는데 다시 河伯이 되었으니 道가 어찌 같을까?

195) ……然爲山海經者, 本據此書而附會之, ……而古今諸儒, 皆不知覺, 反謂屈原多用其語, 尤爲可笑. ……≪楚辭辨證 上≫〈離騷經 九辨條〉

196) ……補注引淮南子說, 崑崙虛旁, 有四百四十門, 而其西北隅北門, 皆以納不周之風. 皆是註解此書之語, 予之所疑, 又可驗其必然矣. ……≪楚辭辨證 下 p.192.≫……

데서 그치는 것이 아니라 그의 문화적인 정통의식을 전제해보면 河伯을 鬼怪로 보는 대신에, ≪禮記≫〈第 23 祭法〉에서 지적된 것처럼 山林, 川谷, 丘陵의 神들 중에 하나로서 天子가 祀典적인 규율에 따라 제사를 지내야 하는 神으로 그 정체를 확인함으로써 성리학적인 유가의 테두리 안에 적극적으로 〈河伯〉의 주제를 두려했다고 볼 수 있다. 이것은 〈河伯〉의 2차적인 응집맥락을 확보해두는 것이 된다.

〈山鬼〉에서 朱子는 題名에 대한 注를 길게 달고, 1차적인 응집맥락−巫歌的 祭祀행위에 대한 서술−이 어떻게 2차적 응집맥락−충군애국의 정신의 발양−으로 알레고리적으로 해석될 수 있는가를 상세히 밝히고 있다. 텍스트 내에서의 구체적인 풀이는 〈離騷〉와 〈九歌〉의 응결장치를 통한 1차적 응집맥락의 구축에서 朱子의 注와 대조하면서 상세히 살필 것이다. 아래에서는 朱子가 注에서 명확히 이러한 해석법을 천명하였음을 드러내는 부분만을 보이겠다.

> 지금 잘 생각해보면 이 篇의 文義가 가장 명백하니, 사람들은 스스로 그러함을 알아야 한다. 지금 여기서 이미 章과 句의 뜻−1차적 응집성−을 풀어 놓고, 다시 그것으로써 군신 간의 것에 뜻−2차적 응집성−을 기탁할 수 있으니 (다음과 같이) 말해볼 수 있을 것이다. ……≪楚辭集注≫〈山鬼의 題名에 대한 朱子의 注〉[197]

---

197) 今按此篇文義最爲明白, 而說者自汨之. 今旣章解而句釋之矣. 又以寄託意君臣之間者而言之, 則……≪楚辭集注≫〈山鬼의 題名에 대한 朱子의 注〉

〈國殤〉과 〈禮魂〉의 경우에 題名에 대한 注는 洪興祖의 것과 동일하며 추가되는 注도 없다. 〈大司命〉, 〈小司命〉, 〈東君〉에서 洪興祖의 題名에 대한 注를 인용하고 특별히 따로 注를 달지 않았던 경우와 마찬가지로, 이 경우에도 〈九歌〉의 作品解題에 대한 朱子의 관점이 〈國殤〉과 〈禮魂〉에도 유효하게 적용되어 2차적 응집성이 구축되고 있는 것으로 보아야 할 것이다.

(2) 응결장치를 통한 1차적 응집맥락의 구축

여기서는 응결장치가 1차적 응집맥락을 구축하는 과정을 파악할 것이다. 그리고 이렇게 파악된 1차적 응집맥락이 어떻게 2차적 응집맥락으로 해석되고 있는가 하는 과정을 파악할 것이다.

〈離騷〉는 1章 4句로 全篇이 이루어져 있다. 그래서 기본적인 의미단락은 1章이 기본이 된다. 단락이 1章 4句라는 것은 통사론적 응결장치로 기능하여 1차적 응집맥락이 1장 4句씩으로 분절되어 있음을 나타내주고 있다. 그리고 이러한 통사론적 응결장치는 한 章의 두 번째 句와 네 번째의 句가 押韻되어 있어야 한다는 음운론적인 응결장치가 뒷받침되어야 한다. 그런데 〈離騷〉의 제12章은 2句로 되어 있어 이 부분이 〈離騷〉의 통사론적인 응결장치를 통한 1차적 응집맥락을 구축하는 데 문제가 된다. 이에 대하여 朱子는 ≪楚辭補注≫의 "一本에는 이 二句가 있으나, 여기에 대해 王逸 注가 없고, 下文 '羌內恕己以量人'에 이르러 비로소 羌을 해석하고 있다. 이 二句는 후인이 첨가시킨 것으로 의심된다."198)고 하는 洪興祖의 注를 인용하여 그 二句를 삭제해서 통사론적인 응결성을 높여야 함을 드러내고 있다.

또한 朱子는 押韻이 됨을 보이기 위해서 叶韻이라는 개념을 사용했는데 이는 음운론적인 응결장치이다. 叶韻이란 상고 운문을 읽어 나가다가 어떤 韻脚字가 잘 어울리지 않는다(不和諧)고 느껴지면, 곧 스스로의 주관에 의해서 그 소리를 당시의 다른 소리로 읽는(改讀) 방법으로 서로 어울리는 소리를 만들어 보려 한 것이다.199) 朱子는 당시의 음으로 각 章의 제2구와 제4구가 押韻이 되지 않을 때, 압운이 될 수 있는 당시의 음으로 바꾸어 읽어서 1章 4句의 통사론적인 응결성을 확보하여 1차적 응집맥락과 긴밀히 연결됨을 보이려 했다. 다음을 보자.

帝高陽之苗裔兮, 朕皇考曰伯庸. 攝提貞于孟陬兮, 惟庚寅吾以降〈離騷 第1章〉

陬, 側鳩反. 又子候反. 降, 叶乎政反. 〈離騷의 1章에 대한 朱子의 音韻 관련 注〉

朱子는 反切法이라는 표음법으로 발음이 어려운 글자의 발음을 밝히고 있다. 이러한 反切法은 딱히 응결장치라고 보기 어렵다. 의

---

198) 洪曰, 王逸不注此二句, 後章始釋羌意, 疑此後人所增也.

199) 李新魁 著, 朴萬圭 譯, ≪中國聲韻學槪論≫, 서울: 大光文化社, 1990. pp.160-161.

미와의 연계성이 없기 때문이다. 그런데 여기서 2句의 庸字와 4句의 降字는 통사론적인 응결성을 위하여 押韻이 되어야 한다. 그런데 中古音으로는 庸과 降이 같은 韻目字가 아니다. 그래서 降을 乎政反으로 읽어야 비로소 押韻 관계가 성립한다.

또한 換韻이라는 통사론적 응결장치가 기능하고 있는데 곧 한 가지 韻字를 쓸 때는 각 장의 의미적인 맥락이 이어지고 있음을 지적한 것이 그것이다. 곧 같은 韻字를 쓰는 章은 의미상 그 맥락이 이어지고 있다는 것이다.

> 自汨余(제4장의 처음)至此三章, 同用一韻, 意亦相承.〈離騷의 第 6 章에 대한 朱子의 注〉

제4장의 처음인 汨余부터 여기 제6장까지 총 3개의 장은 모두가 하나의 운을 사용하고 있고, 뜻도 역시 서로 이어진다.

그러나 사실 〈離騷〉를 포함한 ≪楚辭集注≫의 全篇에 보이는 응결장치로 주요한 것은 의미상의 등가성에 기댄 응결장치인 義訓이다. 이는 같은 표현을 재수용하거나 聲韻이나 형태의 도움을 받지 않고 직접 의미를 설명하는 것으로 사전식 풀이라고 볼 수 있다. ≪楚辭集注≫의 대부분의 注가 이 의미상의 등가성에 기댄 응결장치인 義訓이므로 특별히 예를 들지 않는다. 이 義訓이라는 응결장치로 1차적 응집맥락을 명확히 하기도 하고, 2차적 응집맥락을 명확히 하기도 하며, 하나의 단어뿐만 아니라 특정 구나 단락, 문단의 내용을 설명하는 해설도 이러한 義訓의 확장이라고 볼 수 있는

데, 이 경우에는 응결기능보다는 응집맥락을 곧바로 해설해주는 것에 가까워지므로 별도로 응결기능을 논할 필요는 없을 것이다.

그리고 응결장치로 빼놓을 수가 없는 것이 구조적인 의미등가성에 기댄 응결장치인 比인데, 比의 경우에는 응결기능과 응집성을 명확히 구분하여 설명하는 것이 타당하지 않은 면이 있으므로, 이 응결장치는 따로 예를 드는 것보다 응집맥락의 구축에 관련된 比, 賦, 比而賦, 賦而比의 표현에 대한 분석에 포함하여 설명하도록 한다.

〈離騷〉는 朱子에 의하면 총 94章으로 구성되어 있다. 모든 章은 賦, 比, 賦而比, 比而賦 등 4종류의 표현으로 나뉘어져 있으며, 興은 없다. 第1章에서 第37章 까지는 賦나 比, 賦而比의 3종류의 章 고루 섞여 있고 第10章 만이 比而賦로 표현되어 있다. 第38章에서 第93章까지는 모두가 比而賦로 간주되고 있다. 第94章은 亂辭로서 賦로 표현되어 있다. 그리고 第47章의 注의 말미에 "그러나 이 이하는 가탁한 말이 많고 실제로 이러한 물건과 일이 있는 것은 아니다."라고[200] 하여 第48章 이후의 比而賦는 第38章에서 第47章의 比而賦의 표현과는 성격이 다름을 암시하여 의미단락이 나누어짐을 암시하고 있다. 이러한 점에 유의하여 〈離騷〉 전체에 있어서 응결장치를 통한 1차적 응집맥락의 구축 양상과 이것이 다시 2차적 응집맥락과 어떻게 연결되고 있는가를 살펴보자.

제1장에서 제6장까지 굴원은 자신이 선왕의 도를 이은 순수한

---

[200] ……然此以下, 多假託之詞, 非實有是物與是事也〈離騷 47章의 朱子의 注〉

혈통의 사람으로(1, 2장) 香草를 몸에 두르고 향기를 잃지 않으며 (3, 4장), 美人을 만나기를 학수고대하며(5장), 준마를 타고 오신 다면 앞서 인도하겠다고 한다(6장). 이것이 응결장치-義訓-을 통한 1차적 응집맥락이다. 여기서 1장과 2장은 賦요, 3, 4, 5, 6장 은 賦而比인데, 1장과 2장은 순수한 혈통임을 서술한 것으로 곧바 로 2차적 응집맥락이 될 수가 있다. 그런데 3, 4, 5, 6장에서는 比 라는 구조적 의미등가성에 기댄 응결기능이 작용하여 1차적 응집 맥락을 2차적 응집맥락으로 연계시켜주고 있다. 3장의 江離, 辟芷, 秋蘭, 4장의 木蘭, 宿莽은 모두가 香草이다. 朱子는 4장의 注에서 이러한 香草가 무엇을 比한 것인가를 드러내고 있다. 한편 5장의 注에서 美人이 무엇을 比한 것인지 말하고, 1차적 응집맥락이 구 체적으로 드러날 수 있게 풀이하고, 다시 2차적 응집맥락이 구체 적으로 드러날 수 있는 해설을 달고 있다. 6장에서는 준마가 무엇 을 比한 것인지 드러내고 마찬가지로 2차적 응집맥락이 구체적으 로 드러날 수 있는 해설을 달고 있다. 또한 앞서 이야기 되었듯이 4, 5, 6장은 장마다 換韻하지 않고 一韻到底하는 음운론적인 응결 장치로 의미가 3개의 章에 걸쳐서 상통함을 나타내었다.

……향초는 향기롭고 오래가는 물건으로써 행하는 바가 모두 忠善 하고 長久한 道임을 비유한 것이다. 〈離騷 4章에 대한 朱子의 注〉[201]

미인은 아름다운 부인을 이르니, 무릇 이 말을 빌어 임금에 그 뜻

---

201) ……皆芳香久固之物, 以比所行者, 皆忠善長久之道也. 〈離騷 4章에 대한 朱子의 注〉

164

을 붙인 것이다. 이 章은 "자신은 다만 조석으로 몸을 닦고 결백하게 할 줄만 알고 세월이 머물지 못함을 알지 못 하였는데, 이에 이르러 초목이 영락함과 세월이 저물어감을 생각하니 장차 그 盛年에 미인을 미처 만나지 못할까 두려워한다"(1차적 응집성)는 뜻이다. 이것으로써 신하가 마음속으로 행여 그 임금을 늦게 만나 그 성할 때에 미처 섬기지 못할까 두려워함을 비유한 것이다.(2차적 응집맥락)〈離騷 5章에 대한 朱子의 注〉202)

기익은 준마이니 賢智를 비유한 것이다. 이 章은 "군주가 어찌하여 덕이 성한 때에 이르러 악행을 버리고 미혹되고 잘못된 道를 고치고서 준마를 타고 나를 따르지 않는가?(1차적 응집맥락) 만약 이렇게만 한다면 내 마땅히 임금의 前途가 되어 聖王의 길로 이끌 것"(2차적 응집맥락)임을 말한 것이다.〈離騷 6章에 대한 朱子의 注〉203)

그래서 이러한 과정을 거쳐서 생성된 1장에서 6장까지의 2차적 응집맥락은 이와 같은 것이 될 것이다. '굴원은 자신이 선왕의 도를 이은 순수한 혈통의 사람으로 변치 않는 절개와 충성을 지니고 살아왔으며, 함께 왕도를 펼칠 수 있는 바른 군주를 만나기를 학수고대해 왔고, 만약 현명하신 임금께서 오신다면 앞서 왕도의 바른 길로 인도하겠다.' 이렇게 됨으로써 하나의 텍스트다움이 완성

---

202) 美人謂美好之婦人, 蓋託詞而寄意於君也. ……此承上章, 言己但知朝夕修潔而不知歲月之不留, 至此, 及念草木之零落而恐美人之遲暮, 將不得及其盛年而遇之, 以比臣子之心, 唯恐其君之遲暮, 將不得及其盛時而事之也.〈離騷 5章에 대한 朱子의 注〉

203) 驥驥駿馬, 以比賢知. 言君何不及此年德壯盛之時, 棄去惡行, 改此惑誤之道, 以乘駿馬以來隨我, 則我當爲君前導, 以入聖王之道也.〈離騷 6章 대한 朱子의 注〉

되었고 이 텍스트다움은 바로 2차적 응집맥락이 이루어진 것을 뜻하는 것으로 朱子의 총체적 세계인식으로 맥락화된 것이다.

7장부터 22장까지 朱子는 전체적인 문맥에 대한 특별한 언급이 없다. 그러므로 7장부터 22장까지를 묶어서 생각하고 있는 것으로 여겨진다. 여기서의 1차적인 응집맥락은 다음과 같다. 옛날의 禹, 湯, 文王은 뭇 향초들을 두르셨다.(7, 8장), 正道를 벗어난 소인배들의 무리 때문에 황제의 수레가 실패할까 두렵다(9장). 그런데 荃草는 도리어 참언을 믿어 노여워하니(10장), 나는 靈修(남편) 때문에 말더듬거림을 그만 둘 수가 없다(11장). 황혼에 靈修(남편)와 길 중간에서 만나자고 약속했지만 靈修(남편)는 중도에 길을 바꾸었다(12장). 그러나 이별이 쉽지가 않다(13장). 온갖 향초를 심고 가꾸며 향초가 자라나면 쓰려 했는데, 도리어 버려졌다(14, 15장). 사람들은 재물을 탐하여 더욱 내달려 좇으나, 나에게는 절실한 것이 아니다(16, 17장). 정결한 꽃잎과 이슬을 먹으며, 온갖 향초를 몸에 두르며 살겠나(18, 19장). 나는 세속을 좇지 않고 彭咸을 좇을 것이다(20장). 민생의 어려움을 슬퍼하여 아침에 간언했다가 저녁에 쫓겨났다(21장). 나를 버리면서 향초를 주시니 아홉 번 죽어도 후회는 없다(22장).

7, 8장은 賦而比이다. 여기서 뭇 향초는 현자들을 비유한 것이다204). 9장도 賦而比인데, 군주의 수레가 실패한다는 것은 군주의 수레는 마땅히 大中至正한 편안한 길을 가야 하는데, 어둡고 좁은 길을 가면 실패한다. 그러므로 내가 諫爭하고자 하는 까닭은 몸이

---

204) 衆芳喩君賢 〈離騷의 7장에 대한 朱子의 注〉

166

재앙을 입을까 염려해서가 아니라 다만 군주와 나라가 기울고 위
태로워 先王의 功을 패할까 염려해서이다205)라고 해설을 첨가하
여 2차적 응집맥락이 갖추어지도록 배려하고 있다. 10장은 比而賦
인데, 38장 이전에 比而賦가 쓰인 것은 10장에서 유일하다. 여기서
荃草는 君主를 비유하고 있으므로206) 풀이 의인화되어 있다고 볼
수 있다. 그러므로 比而賦라는 표현을 朱子는 어떻게 이해하고 있
는가를 알 수 있다. 이것은 앞의 賦而比라는 표현을 통해 比가 하
나의 단어의 은유적 표현을 지칭하는 데 비하여 이 장은 比而賦가
되어 比를 통하여 荃이라는 풀이 10장 전체에 걸쳐서 의인화되어
마음을 헤아리지 않고, 참소를 믿고, 노여워하는 등의 행위를 하게
되는 수사효과를 발휘하기 때문이다. 이는 분명 賦而比의 표현과
는 수사효과가 다르다. 11장은 賦而比인데 말더듬는 것은 諫言하
는 것에 비유되고207), 靈修는 군주에 비유208)되고 있다. 12, 13,

---

205) ……君車宜安行於大中至正之道, 以當幽險隘之地, 則敗績矣. 故我欲
諫爭者, 非難身之被殃咎也, 但恐君國傾危, 以敗先王之功耳. 〈離騷 9
장에 대한 朱子의 注〉

206) 荃與蓀同, ……중략……, 此又借以寓意於君也. 〈離騷 10章에 대한
朱子의 注〉 荃은 창포와 같다. ……중략……이것은 또 향초를 빌려
서 군주에게 뜻을 붙인 것이다.

207) 謇謇, 難於言也, 直詞進諫, 己所難言, 而君亦難聽. 故其言之出, 有不
易者, 如謇吃然也〈離騷 11章에 대한 朱子의 注〉 건건은 말하기에
어려움이 있는 것이다. 직언으로 간언함은 자신에게도 어려운 것이
며 이것을 듣는 군주에게도 역시 어렵다. 그러므로 간언의 말을 하
기는 쉽지 않으니, 마치 말을 더듬는 것과 같은 것이다.

208) 靈修, 言其有明智而善修飾, 蓋婦悅其夫之稱, 亦託詞以寓意於君也.
〈離騷 11章에 대한 朱子의 注〉 영수라는 것은 밝은 지혜가 있고 잘
꾸밈이 있는 자를 말한 것으로 무릇 부인이 그 지아비를 좋아해서

14, 15장은 比이다. 여기서의 比는 하나같이 응결기능을 하는 比이기보다는 응집성에 복무하는 比이다. 12장에 대하여 朱子는 "중도에서 길을 바꾸면 여자가 장차 시집을 가려다가 버림을 받은 것이니, 이는 바로 군신의 交分이 합하였다가 다시 헤어짐을 비유한 것이다"209)라고 하여 2차적 응집맥락을 위한 설명을 달고 있다. 13장에서도 靈修는 군주에 비유되고 朱子는 "군주와 헤어짐이 어려운 것이 아니요, 군주의 뜻이 자주 바뀌어 변함없는 지조가 없음을 슬퍼하는 것이다."210)고 하여 2차적 응집맥락을 밝히고 있다. 14장에서 언급되는 여러 향초들은 변치 않는 신하의 충성을 상징하는 것으로 朱子는 "자기 스스로 여러 향초를 심고 仁義를 수행하여 스스로 깨끗이 꾸며서 아침, 저녁으로 게을리 하지 않음을 말한 것이다."211)라고 하여 2차적 응집맥락을 보충한다. 15장에서도 "향초가 비록 병들어 떨어지나 나에게 무슨 해로움이 있을까마는 다만 善道가 행해지지 못함이 향초가 황폐해짐과 같음을 슬퍼할 뿐이다."212)고 하여 구체적인 2차적 응집맥락을 드러낸다. 16, 17장은 賦로 1차적인 응집맥락이 바로 2차적인 응집맥락이 된

부르는 명칭이다. 역시 영수로써 군주에 뜻을 기탁하였다.

209) ……中道而改路, 則女將行而見棄, 正君臣之契合而復離之比也. ……〈離騷 12장에 대한 朱子의 注〉

210) ……言我非難與君離別, 但傷君志數變易, 無常操也〈離騷 13장에 대한 朱子의 注〉

211) ……言己種蒔衆香, 修行仁義以自潔飾, 朝夕不倦也〈離騷 14章에 대한 朱子의 注〉

212) ……言此衆芳雖病而落, 何能傷於我乎? 但傷善道不行, 如香草之蕪穢耳.〈離騷 15장에 대한 朱子의 注〉

168

다. 18, 19장은 比이다. 18장에서는 "이슬을 먹고 꽃을 먹음은 말과 행동이 향기롭고 깨끗하여 스스로 윤택한 것이다"213)라고 注를 달고 있으며, 19장에서 언급된 여러 향초들은 앞에서 이야기했던 변하지 않는 충성과 절개를 비유하고 있는 것으로 볼 수 있다. 朱子가 별도로 언급하고 있지 않지만, 향초를 뜻하는 말들은 통상 이러한 뜻으로 해석하고 있음이 이후의 부가적인 注들에서 충분히 드러난다. 20장과 21장은 賦로서 그 자체로 1차적 응집맥락이 바로 2차적 응집맥락으로 이해될 수 있고, 22장은 賦而比로서 여기서 군주가 나에게 주는 향초도 역시 앞 장들에서 말했던 향기롭고 변치 않는 절개를 말하는 것으로 비록 추방당해도 이러한 변치 않는 충성된 절개만 가지고 있으면 족하다는 것이다.

결국 7장에서 22장까지의 2차적 응집맥락은 다음과 같다. '옛날 禹, 湯, 文王은 충성된 절개를 가진 신하를 등용하셨다. 지금은 正道를 벗어난 소인배들의 무리 때문에 군주가 善道를 행하지 못할까 두렵다. 그런데도 군주는 도리어 참언을 믿어 노여워하니 나는 군주에게 간언함을 그만둘 수가 없다. 군주와 함께 善政을 펴기를 언약했건만, 군주는 나를 버렸고, 나는 군주가 변치 않는 志操가 없음이 슬프다. 나는 스스로의 충성된 절개를 지키며 고결함을 수양하여 지내 왔는데, 군주에게 버림을 당하였고, 세상 사람들은 도리어 이익을 좇아 내달리지만 그런 것들은 나에게 절실한 것이 아니다. 이럴수록 더욱 나는 언행을 고결히 하며 충성된 절개를 지켜 彭咸의 遺勅을 따를 것이다. 그래서 민생의 어려움을 슬퍼하여 아

---

213) ……飮露餐華, 言動以香潔自潤澤也. ……〈離騷 18장에 대한 朱子의 注〉

침에 간언했다가 저녁에 쫓겨났다, 군주께서 나를 버리셨지만 나에게는 변치 않는 절개가 있으니 아홉 번 죽어도 후회는 없다.'

그다음 23장에서 27장까지를 朱子는 한 단락으로 보고 있는 듯하다. 이는 27장 注의 끝에서 "怨靈修(23장 처음) 이하 여기까지 총 5장은 하나의 뜻이니, 아래 章의 回車復路의 起頭가 된다."[214] 라고 하여 이 점을 밝히고 있다. 23장과 24장은 比이다. 23장에는 靈修와 뭇 여인이라는 비유의 모티프가 나오는데, 앞 장의 예에서와 같이 靈修는 남편 곧 군주이고, 뭇 여인은 신하로서 자신 이외의 간신들이다. 그리고 24장에는 規矩, 繩墨이 비유적인 단어로 나오는데, 이는 모두 바른 법과 常道를 비유하고 있다[215]. 25장은 賦이다. 26장은 比인데 鷙鳥를 賢者에 비유하고 있다. 27장은 賦로서 그 자체로도 2차적 응집성이 드러나는데, 朱子는 여기에 다시 역사저 문헌을 인용하고 자신의 居敬涵養, 格物致知의 실천론을 설파한다.[216] 그렇게 하여 굴원을 다시 한번 유가적인 충신으로

---

214) ……自靈修以下, 至此五章一意, 爲下章回車復路起〈離騷 27章에 대한 朱子의 注〉

215) ……洪曰, 倨規矩而改錯者, 反常以妄作, 背繩墨以追曲者, 枉道以從時.〈離騷 24章에 대한 朱子의 注〉

216) ……言與世已不同矣, 則可屈心而抑志, 雖或見尤於人, 亦當一切隱忍以不與之校, 雖所遭者或有恥辱, 亦當以理解遣若攘却之而不受於懷 蓋寧伏淸白而死於道直, 尙足爲前聖之所厚, 如比干諫死, 而武王封其墓, 孔子稱其仁也〈離騷 27章에 대한 朱子의 注〉 세상과 더불어 이미 같지 않은, 즉 가히 마음을 굽히고 뜻을 억눌러야 한다. 비록 타인에게 욕을 당하여도 일체를 마음속에서 참고 순응하여 더불어 쟁론치 말아야 하며, 비록 그 만남에 치욕이 있다고 해도 역시 마음으로 이해하여 풀어 버림이 마치 물리쳐서 가슴에 받아들임이 없듯이 해야 한다. 그래도 절개를 지켜 直諫하다가 죽으면 오히려 족

170

포섭한다. 그래서 23장에서 27장까지의 내용은 다음과 같이 이해
된다. '군주가 사려 깊지 못함이 한스러우며, 뭇 간신배들은 나의
충성된 절개를 시기하여 험담한다. 세속의 사람들은 바른 道를 버
리고 그릇된 道를 따르며 다른 사람들의 잘못됨을 좇는다. 그러나
나는 차라리 이러한 곤궁을 겪을지언정 세속에 영합치 않겠다. 현자
는 난세에 세속에 영합치 않고 오히려 그들을 굴복시키는 법이니
치욕을 참으며 청백함을 지키기 위하여 차라리 比干처럼 죽겠다.'
　28장부터 33장까지를 朱子는 다시 하나의 단락으로 본다.217) 28,
29, 30장은 比이다. 28장에서 수레를 돌린다는 것을 충신이 충간을
듣지 않는 임금과 간신들의 무리로부터 벗어나 隱忍自重하는 것에
비유하고 있다.218) 29장에서 처음의 옷을 닦는다는 것은 물러나
처음의 순결한 절개를 닦는다는 것이고219), 30장에서 여러 향초로
옷을 해 입는다는 것은 善을 닦음을 더욱 밝게 하는 것이다.220)

　　히 성현의 후한 평을 얻었으니, 왕자 비간을 예로 들면, 무왕은 그
　　의 묘를 만들어 주었고, 공자는 그를 仁하다고 칭하였다.

217)　……自悔相道(28장의 처음), 至此五章, 又承上文淸白以死直之意, 而
　　下爲女嬃詈予(34장의 처음)起也.〈離騷 33章에 대한 朱子의 注〉28
　　장의 처음부터 여기까지 위로는 27장의 청백함으로 인해 직간하다
　　가 죽게 되었다는 뜻을 계승하여 아래로 34장의 여수가 나를 꾸짖
　　는 뜻에 잇고 있다.

218)　……庶幾猶得及此惑誤未遠之時, 覺悟而還歸.〈離騷 28章에 대한 朱子
　　의 注〉

219)　……不忘芳香以自淸潔, 所謂回朕車以復路也. 進旣不入以離尤, 則亦
　　退而復修吾初服耳.〈離騷 29章에 대한 朱子의 注〉향기로운 풀을 잊
　　지 않고서 스스로 청결하니 이른바 나의 수레를 돌려 옛 길에 돌아
　　간다는 것이다. 나아가서 조정에 들어가지 못하고 허물을 입게 되
　　었으니, 또한 물러나 나의 처음의 청결함을 닦을 뿐이다.

31장은 賦인데, 홀로 광명한 자질을 가지고 물러나 훼손되고 이지러짐이 없는 모습을 형용하였고221), 32장은 比인데 다시 한번 뒤돌아 사방을 둘러보고 화려한 패물의 향기와 향초의 아름다운 향기를 풍김은 행여 賢君을 만나 그 바른 道를 행하려고 아름다운 향기를 풍기는 것이다.222) 33장은 賦인데, 청빈함을 기질로 타고난 나는 비록 四肢가 찢겨 죽더라도 마음을 고치지 않겠다고 自述하고 있다. 그래서 28장부터 33장까지의 2차적 응집맥락은 다음과 같다. '충간을 듣지 않는 군주와 간신배들을 떠나 隱忍自重하며 결백함을 지켜 향기로움과 윤택함을 유지하고 청결한 행실을 닦을 것이다. 이렇게 나의 몸을 홀로 선하게 하는 것은 다시 현군을 만나 그 도를 행할 수 있기를 바라기 때문이니 이런 결백함 때문에 죽게 되더라도 이런 절개를 고치지 않겠다.'

　34장에서 36장까지가 한 단락이 된다. 이는 女嬃와 굴원의 문답으로서 34, 35장은 여수의 물음, 36장은 굴원의 대답이다. 36장의

---

220) ……言被服愈潔, 修善愈明也. ……〈離騷 30장에 대한 朱子의 注〉입는 옷을 더욱 깨끗이 하는 것은 善 닦기를 더욱 밝게 하는 것을 말함이다.

221) ……言獨此光明之質, 有退藏而無虧缺, 所謂道行則兼善天下, 不用則獨善其身也.〈離騷 31장에 대한 朱子의 注〉오직 이 광명한 자질은 물러나 어그러짐이 없으니 이른바 도가 행해지면 겸하여 천하를 선하게 하고, 쓰이지 않으면 홀로 그 몸을 선하게 한다.

222) ……故復反顧而將往觀乎四方絶遠之國, 庶幾一遇賢君, 以行其道, 佩服愈盛而明, 志意愈修而潔.〈離騷 32장에 대한 朱子의 注〉……그러므로 다시 뒤돌아보고서 장차 사방의 먼 나라까지 가서 둘러보는 것은 혹시라도 현군을 만나 그 도를 행하기를 바라기 때문이니 패물과 의복이 성하고 지의는 더욱 닦여서 깨끗한 것이다.

注에서 굴원은 이러한 단락 끊기를 해설하고 있다.223) 34장은 賦
인데, 朱子는 女嬃를 굴원의 누이로 보고 있으며 女嬃는 굴원의
강직함이 너무 지나쳐서 또한 장차 鯀처럼 화를 당할까 두려워하
고 있다224)고 해설하고 있고, 35장은 賦而比인데, 여기서 납가새,
조개풀, 또꼬마리는 참소하고 간신하는 무리를 비유한 것225)이다.
그래서 朱子는 이 장의 대의를 "뭇 사람들이 이러한 악초들을 몸
에 지니고 있는데, 그대는 어이하여 홀로 오롯이 그들과 떨어져
함께 생활하지 않는가?226)"라고 풀이하고 있다. 37장은 賦로서 사
람들이 자신의 마음을 헤아리지 못할 것이며 더구나 사람들이 붕
당을 짓고 있으니 나의 외로움을 불쌍히 여기며 내 말을 들어주지
는 않을 것이라고 말하고 있다.227) 34장에서 36장까지의 2차적 응
집맥락은 '女嬃가 굴원에게 화를 입기 전에 세속과 적당히 타협할
것을 권유하고, 굴원은 그런 점을 인정하지만 이런 절개를 지킴을
그만두지 않을 것이며 순임금에게 하소연할 것임을 말하고 있는
것'이 된다.

　37장에서 47장까지가 순임금에 대한 하소연의 내용으로 36장의

---

223)　……爲下章就舜陳辭起.〈離騷 36장에 대한 朱子의 注〉아래 장의
　　　순임금에게 나아가 말을 올린다는 것의 기두가 된다.

224)　……女嬃以屈原剛直太過, 恐亦將如鯀之遇禍야.〈離騷 34장에 대한
　　　朱子의 注〉

225)　……蒺藜, 菉王芻也, 葹枲耳也. 三物皆惡草, 以比讒佞.……

226)　……言衆人皆佩此惡草, 汝何獨判然離別, 不與衆同也.〈離騷 35장에
　　　대한 朱子의 注〉

227)　……故言衆人不可戶戶而說, 必不能察己之中情. 況世人又方並爲朋黨,
　　　何能哀我煢獨而見聽乎. 爲下章就舜陳辭起〈離騷 36장에 대한 朱子
　　　의 注〉

내용과 맥락이 이어지면서 따로 한 단락이 되고 있으며, 朱子는 47장의 끝에서 단락이 이와 같이 나뉨을 밝히고 있다228). 37장은 賦而比이고 38장 이하는 比而賦이다. 朱子는 38장 이하 〈離騷〉의 끝 -끝장인 亂辭만이 賦-까지를 전부 比而賦로 보고 있다.229) 37장에서 44장까지는 夏의 太康, 夏의 羿, 夏의 澆, 夏의 桀王, 殷의 紂王이 무도하고, 충신의 간언을 무시하였으므로 망했고, 商의 湯王, 禹王, 周의 文武王은 道를 지키고 현명한 신하를 등용하여 하늘의 도움을 얻어 天下를 얻었으므로 이를 잘 살펴야 한다는 내용이 1차적 응집맥락으로 드러나 있는데, 이는 역사적인 鑑戒로 회왕과 굴원의 관계에 풍자적으로 비유됨으로 인해 회왕이 賢臣을 잘 등용한 賢君을 따를지언정 賢臣을 잔악무도하게 대한 君主를 따라서는 안 된다는 2차적인 응집맥락을 드러내고 있다230). 45장에는 벼랑 끝에 몰려 떨어지려고 하는 것을 군주에게 추방당하지만 간언을 멈추지 않는 굴원 자신의 처지에 비유하고, 다시 구멍과 자루를 君主와 賢臣에 비유하여 잘못된 구멍인 군주에게 바른 자루인 賢臣이 맞지 않아 꺾이고 있음을 말하고, 46장에서는 이런 슬픔 때문에 눈물이 나지만 이 눈물을 부드러운 향초로 닦아 낸다고 말하고 있다. 이것은 1차적 응집맥락이지만 이는 마음이 슬퍼서 눈

---

228) ……言跪而敷衽, 以陳如上之詞於舜……〈離騷 47장에 대한 朱子의 注〉……이는 무릎을 꿇고서 옷자락을 펼치고서 위와 같은 말을 순 임금에게 아뢰고서……

229) ……自此以下, 皆比而賦也.〈離騷 38장에 대한 朱子의 注〉

230) ……洪曰天下明德, 皆自虞帝始, 其於君臣之際詳矣. 屈原以世莫能察己之志, 故欲就之而陳辭如下文所云也〈離騷 37章에 대한 朱子의 注〉

174

물이 흘러내리나 오히려 부드러운 향초(離騷에서 향초 모티프에
내재한 비유적 의미는 변치 않는 절개이다)로 눈물을 닦으니, 이
는 슬프기는 하지만 仁義의 법도를 잃지 않는다는 2차적 응집맥락
으로 전환된다.231) 47장에서 용과 봉황을 타고서 먼지바람을 일으
켜 하늘로 오른다는 것은 中正의 道를 얻어 하늘에 통하여 하늘과
조금도 간격이 없음을 묘사하는 것으로 보고 있으니 天理를 깨달
아 하늘 끝까지 막힘이 없음을 말하고 있다고 하겠다.

　그리고 48장부터 93장까지는 朱子가 특별히 의미단락의 구분을
두지는 않았다. 이는 朱子가 47장의 끝에서 밝혔듯이 "이 이하는 假
託의 말이 많고 실제 이러한 물건과 이런 일이 있는 것이 아니다
."232)라고 하여 구체적인 서사적 맥락이 파악되기 어렵다고 생각했
기 때문이 아닌가 판단된다. 물론 77장부터 93장까지를 굴원의 自
序233)로 보아 단락을 구분하고 있지만, 이 부분 역시 48장부터 77
장의 내용처럼 비유가 많고 실제로 구체적인 서사내용이 잘 드러나
지 않는다. 그래서 48장부터 93장까지는 1차적 응집맥락을 형성하기
위한 설명이 대부분이며 그 이전보다 2차적인 응집맥락을 해설하는
注가 적다. 내용의 전개에 따라 필자가 임의로 나누어 설명해보면
48장부터 65장까지는 미녀를 구하기 위하여 땅과 하늘 사이를 돌아
다닌다는 내용이며, 66장에서 70장까지는 靈氛(점쟁이)의 말로 미

---

231) ……言心悲泣下, 而猶引取㛅香草, 以自掩拭. 不以悲故失仁義之則矣
　　　〈離騷 46장의 朱子의 注〉
232) ……然此以下, 多假託之詞, 非實有是物與是事也. 〈離騷 47장에 대한
　　　朱子의 注〉
233) ……此下至終篇, 又原自序之詞. ……〈離騷 77장에 대한 朱子의 注〉

녀를 구하기 위하여 땅과 하늘을 둘러보기를 권유하는 내용이고, 71
장에서 76장은 巫咸(신령한 무당)의 말로 몸이 늙기 전에 이곳을
떠나 미녀를 구할 것을 권면하고 있다234). 77장에서 93장까지는 굴
원의 自序로서 惡草가 만연하는 楚國에서도 香草를 귀히 여기고 향
기를 변치 않았으며 마침내는 땅과 하늘 사이를 떠돌며 미인을 구
하러 떠나보려 했지만 결국에는 뒤돌아보며 초국을 버리지 못한다
는 내용이다. 이 단락에서 朱子가 주를 달고 있는 비유와 구절에 대
한 해설을 들어보면 "구하고 찾음은 현군을 구하기 위함이다(49
장)235)", "대저 바른 군주를 구하지만 만나지 못함을 비유한 것이
다(53장),236)" "여자는 신녀이니 이로써 현명한 군자에 비유한 것
이다.(55장)237)", "兩美란 남녀가 모두 아름다움이니 이로써 군신이
모두 아름다움을 비유한 것이다.(66장)238)", "미녀로써 현군에 비유
하고 미녀를 구하는 것을 가지고 현명한 지아비를 구하는 데에 비
유했다.(67장)239)", "악초를 허리에 가득 차고는 도리어 향초가 냄
새난다고 차지 않으니 이는 참언하는 이를 가까이 하고 충직한 신
하를 미워하고 멀리하는 것이다.(69장)240)", "역시 소인을 가까이

---

234) ……巫咸之言止此, 亦勉原使及此身未老時未過而速行之意. ……〈離騷
　　　76장에 대한 朱子의 注〉
　　　무함의 말은 여기서 그치나니 역시 굴원으로 하여금 몸이 늙고 때
　　　가 가기 전에 빨리 떠나라는 뜻이다.
235) ……求索求賢君也. ……〈離騷 49장에 대한 朱子의 注〉
236) ……蓋求大君而不遇之比也. ……〈離騷 53장에 대한 朱子의 注〉
237) ……女神女, 蓋以比賢君也. ……〈離騷 55장에 대한 朱子의 注〉
238) ……兩美, 蓋以男女俱美, 比君臣俱賢也. ……〈離騷 66장에 대한 朱
　　　子의 注〉
239) ……美女以比賢君, 求美以比求賢夫 ……〈離騷 67장에 대한 朱子의 주〉

176

하고 군자를 멀리하는 것이다.(70장)[241]", "行媒(중매)는 주위사람
이 먼저 인정해야 함을 비유한 것으로 진실로 善을 좋아하여 정성
이 神明을 감동시키면 賢君이 스스로 나를 들어 쓸 것이니 주위 사
람의 천거가 반드시 필요하지 않다(74장)[242]", "내가 차고 있는 佩
玉이 아름다운 덕이 풍성함을 말한 것이니 佩玉으로 스스로를 비유
했다(77장)[243]", "뜻이 아직도 군주를 구함에 있는 것이다(84
장)[244]", "굴원이 가탁하여 말한 것으로 가고자 하나 종내 갈 곳이
없어 상하로 주유하다가 이에 초나라로 돌아왔으니, 이는 역시 仁義
의 지극함이다.(93장)[245]."

　이상의 설명에서 알 수 있듯이 48장에서 93장까지는 특별한 서
사적인 맥락이 없고 몇 개의 모티프가 순환적으로 나타나고 있다.
첫째로 나타나는 모티프는 美女로서 神女나 皇帝의 妃로 전환하여
나타나기도 하는 모티프며, 둘째는 香草와 佩玉이며, 이와 대비되
는 惡草도 자주 나타나는 모티프다. 셋째는 용이나 봉황으로 등으
로 나타나는 승천과 환유의 모티프다. 물론 이 단락의 가장 중심
적인 모티프는 미녀 모티프다. 나머지 둘은 부차적이다. 한편 이들

---

240)　……服之滿腰, 而反謂蘭爲臭惡而不可佩, 言其親愛讒人而憎遠忠直也.
　　〈離騷 69장에 대한 朱子의 注〉
241)　……亦言其近小人而遠君子也. ……〈離騷 70장에 대한 朱子의 注〉
242)　……行媒, 喩左右之先容也. 言誠心好善, 則精感神明, 賢君自當擧而用
　　之, 不必須左右遷達也〈離騷 74장에 대한 朱子의 注〉
243)　……言我所佩瓊玉德美之盛, 蓋以自況也〈離騷 77장에 대한 朱子의 注〉
244)　……意猶在於求君也. ……〈離騷 84장에 대한 朱子의 注〉
245)　……屈原託爲此, 行而終無所詣, 周遊上下而反於楚焉, 亦仁之至而義
　　之盡也〈離騷 93장에 대한 朱子의 注〉

모티프의 1차적 응집맥락상의 의미지향을 살펴보면 香草는 추구되어야 할 대상이지만 고난의 원인이 되며, 美女는 끊임없이 추구되지만 계속해서 좌절될 수밖에 없는 대상이며, 용이나 봉황은 불합리한 상황에서 벗어날 수 있는 계기이면서 동시에 회귀의 계기로도 의미지어질 수 있을 것이다. 물론 이러한 모티프들의 의미지향은 〈離騷〉가 굴원의 자서적인 성격이 강하기 때문에 작중의 주인공이 곧 서술자이므로 서술시각이라는 관점에서도 이런 의미를 유지할 것이다. 그런데 朱子는 香草를 변치 않는 절개에 비유하고, 美女는 賢君에 비유하고 있다. 그러므로 이런 비유 장치를 통해 1차적 응집맥락이 2차적 응집맥락 차원으로 변환되면서 절개를 지키기 위해서 고난을 당했고, 이러한 상황에서 벗어나 현군을 구하려고 노력했지만 결국에는 좌절할 수밖에 없었으며, 그러나 군주에 대한 절개는 변함이 없다는 의미맥락이 갖추어진다. 사실 1차적 응집맥락의 차원에서는 이런 모티프들을 동기화(motivation)[246] 시키는 이유가 불분명하지만[247] 2차적 응집맥락 차원에서는 朱子의

---

246) 동기화란 모티프가 꼭 그 자리에 그렇게 쓰여야 하는 이유가 되는 것으로, 토마세프스키는 구성적, 사실적, 예술적인 측면으로 나누어 설명하고 있다. 권택영, ≪소설을 어떻게 볼 것인가?≫, 동서문학사, 1991, p.29. 이상우, 이기한, ≪문학비평의 이해≫, 집문당, 1995, p.70. 참조.

247) 離騷가 巫歌性이 짙다는 것을 가정한다면, 제의적인 과정이 본래가 대자연의 로고스에 참여함으로써 실제에 이르려는 의도적인 행위였듯이, 우주의 운행과 밀접한 관계가 있으므로, 그 우주의 운행 속에 있는 인간의 의식과 행위의 의미를 우주적 순환이라는 입장에 연관시켜 볼 수도 있을 것이다. 노스럽 프라이(Northrop Frye)는 ≪문학의 원형들≫이라는 그의 저서에서 하루의 주기를 새벽, 정오, 저녁 밤으로 일 년의 주기를 봄, 여름, 가을, 겨울로 나누고 여기에

총체적 세계인식을 상정하고 있으므로 이런 모티프들이 동기화되는 이유는 명확한 것이 된다.

94장은 離騷의 끝으로 亂이라는 題名이 달려 있는데, 이로써 〈離騷〉가 음악의 가사임을 알 수 있고,[248] 또한 亂은 賦로서 굴원은 〈離騷〉의 전체적인 대의를 자술하고 있으며, 朱子는 이 亂에 대한 注를 통해 2차적 응집맥락을 총괄적으로 마무리하고 있다. 곧 "사람이 없다는 것은 賢人이 없다는 뜻이고, 옛 도읍은 초나라이다. 당시에 君主가 족히 더불어 아름다운 정치를 행할 수가 없으므로 나는 장차 스스로 물에 빠져 죽어 彭咸의 유칙을 따르겠다고 말하는 것이다."[249]고 朱子는 풀이하고 있다. 이상 〈離騷〉에 대한 분석을 마친다.

이제 〈九歌〉의 분석으로 들어가자. 〈九歌〉는 먼저 〈東皇太一〉과 〈雲中君〉으로부터 시작한다. 朱子는 응결장치를 통하여 〈東皇太一〉과 〈雲中君〉의 1차적 응집맥락이 하늘신과 구름신에 대한 巫의 제사 모습임을 명확히 한다[250]. 그리고 앞서 두 작품의 해제에 대한

인생의 출생, 결혼과 승리, 죽음, 소멸을 대응시키고, 신화에 있어서는 영웅의 탄생, 일상의 세계에서 초자연적인 경이의 세계로 모험을 떠남, 놀랄 만한 힘을 가진 자를 만나 승리를 거두고 여인을 구함, 동료들과 개선함, 일상에의 복귀의 과정을 이에 대응시키고 있는데, 離騷의 求女 모티프도 이런 원형의식적인 이유가 모티프의 동기화 배경이 되었을 가능성이 있다. 그러나 이 문제는 본고의 논지에서 벗어나 있으므로 여기서 상세히 다루고, 차후의 연구로 넘기기로 한다.

248) ……亂者, 樂節之名. ……〈離騷 94장에 대한 朱子의 注〉

249) ……無人謂無賢人也. 古都楚國也. 言時君不足與共行美政, 故我將自沈, 以從彭咸之所居也.〈離騷 94장에 대한 朱子의 注〉

注에서 살폈듯이, 이러한 神에 대한 지극한 정성과 공경이라는 1
차적 응집맥락을 신하의 임금에 대한 충성에 비유하여 군주가 몰
라주어도 신하는 그 충심을 잊지 못하고 애절해한다는 2차적 응집
맥락으로 이전되고 있음을 보인다.

그다음이 〈湘君〉과 〈湘夫人〉이다. 이 둘은 모두가 응결장치를
통해서 神을 불러 구하지만 신이 답하지 않아 애닲아하는 심정의
표출이라는 1차적 응집맥락을 명확히 드러내고 있다. 그리고 앞서
이 작품들의 해제에 대한 주에서 언급되었듯이 신을 불러도 답하
지 않아 애닲은 심정을 임금을 바르게 섬기고자 하나 임금이 받아
주지 않아 애닲은 심정에 비유하여 2차적 응집맥락이 드러나도록
하고 있다.251)

---

250) 此言主祭者, 十日齊戒, 帶劍佩玉, 以禮神也.〈東皇太一 1章에 대한
朱子의 注〉
이것은 제사를 주관하는 자가 십 일 동안 몸을 제계하며 劍과 佩玉
을 차고서 神을 禮로써 대하는 것을 말한 것이다.
……靈謂神降於巫之身者也. ……古者巫以降神, 神降而託於巫, 則其
貌之美而服之好, 蓋身則巫, 而心則神也. ……君謂神也. ……此言備
樂以樂神而願神之喜樂安寧也.〈東皇太一 3장에 대한 朱子의 注〉
靈이란 神이 巫의 몸에 내린 것이다. ……옛날에 巫가 神을 내려오
게 했는데, 神이 내려오면 무당의 몸에 머문다. 그러면 그 모습과
복장이 아름답게 되니, 몸은 巫이지만 그 마음은 神이 된다. ……여
기서는 음악을 갖추어 神을 즐겁게 하고 神이 즐겁고 편안하기를
바라는 것이다.
……靈神所降也. 楚人名巫爲靈子, 若曰神之子也. ……〈雲中君 1章에
대한 朱子의 注〉
……靈이란 神이 내린 바이다. 초나라 사람들은 巫를 靈子라고 이
름 지었는데, 神의 아들이라고 말하는 것과 같다. ……

251) 此章比而又比也. 蓋此篇本以求神而不答, 比事君而不遇而, 此章又別
以事比求神而不答也. ……〈湘君 4장에 대한 朱子의 注〉

180

　그다음으로 〈大司命〉, 〈少司命〉, 〈東君〉, 〈河伯〉이다. 이 편은 모두가 응결장치를 통해서 巫가 神을 공경히 모시고 사모하는 마음을 제사행위를 통해 드러내고 있다는 1차적 응집맥락을 향한다252). 그런데 이런 1차적 응집맥락은 모두가 巫가 神을 그리고

> 이 장은 비이면서 다시 비이다. 대개 이 편은 본래 신을 구하지만 응답치 않는 것으로써 임글을 섬기려 하지만 만나지 못하는 것에 비유한 것인데, 이 장은 다시 별도로 임금을 섬기는 것으로 신을 구하지만 응답치 않는 것에 비유하였다.

> 此章興而比也. 蓋以上二句引起下句以比求神不答之意. ……〈湘君 5장에 대한 朱子의 注〉
> 이 장은 흥이면서 비이다. 대개 이상의 두 구는 아래의 구를 이끌어 냄으로써 신을 구하지만 대답치 않는 뜻에 비유하였다.

> ……此言神既不來,則我亦退而遊息以自休而.〈湘君 6장에 대한 朱子의 注〉
> 이 장은 신이 이미 오지 않자 나 역시 물러나 스스로 거닐며 쉬는 것이다.

> 此言湘君既不可見, 以愛慕之心, 終不能忘. ……〈湘君 7장에 대한 朱子의 주〉
> 이 장은 상군 신은 이미 볼 수가 없으나 그 애모하는 마음으로 인해 종래 잊을 수가 없다는 것을 말한다.

> ……非神之處, 而必不來也〈湘夫人 2장에 대한 朱子의 注〉
> 신의 처소가 아니므로 반드시 내려오지 않는다.

252) ……吾主祭者之自稱也, 大司命陽神而尊, 故但爲主祭者之詞. ……〈大司命 1장에 대한 朱子의 注〉 나라는 것은 주제자의 自稱이다. 大司命은 陽神이고 존엄하므로 단지 巫가 하는 말은 주제자의 말일 뿐이다.(대사명의 말은 아니다)
君與女皆指神, 君尊而女親也. ……〈大司命 2장에 대한 朱子의 注〉 君이라는 말과 女라는 말은 모두 神인 大司命을 지칭하는 것으로

君은 높임의 뜻이고 女는 친밀한 뜻이다.

……此言已得從明神登天, 極奉至尊而周宇內也.〈大司命 3장에 대한 朱子의 注〉

이는 이미 大司命을 좇아 하늘에 올라 大司命을 지극히 봉양하면서 우주 안을 주유하는 것이다.

……言神旣去而不留使己延望而怨思也〈大司命 6장에 대한 朱子의 注〉

神이 이미 떠나고 머물지 않으니 나는 멍하니 쳐다보고 한탄스럽게 생각할 뿐이다.

……少司命, 亦陽神而少卑者故爲女巫之言以接之…….〈少司命 1章에 대한 朱子의 注〉

小司命은 역시 大司命처럼 陽神이지만 大司命보다는 비천하다. 그러므로 女巫의 말이며 이로써 小司命을 맞이하는 것이다.

……此則神降於巫, 而非復前章之意矣〈少司命 2章에 대한 朱子의 注〉

이것은 神이 巫에게 내린 것으로 앞 장의 뜻과는 다르다.

此爲巫言司命……〈少司命 3장에 대한 朱子의 注〉

이것은 巫가 小司命에게 말하는 것이다.

此亦爲巫言, ……〈少司命 4장에 대한 朱子의 注〉

이것도 역시 巫의 말이다.

此復爲神語以命巫者. ……〈少司命 6장에 대한 朱子의 注〉

이것은 다시 神의 말이며 이로써 巫에게 명령하는 것이다.

吾主祭者自言也. ……〈東君 1장에 대한 朱子의 注〉

나는 제사를 주관한 巫의 自稱이다.

……靈巫會舞容色之盛, 足以娛悅觀者, 使之安肆喜樂, 久而忘歸, 如下文之所云也〈東君 2章에 대한 朱子의 注〉

靈은 巫가 춤추는 모습이 성대한 것으로 족히 보는 사람을 기쁘게 하고 편안히 즐겁게 하여 오래도록 돌아갈 것을 잊게 하니 아래의 장에서 말하는 것과 같은 것이다.

……言日神悅喜於是來下. ……〈東君 3장에 대한 朱子의 注〉

해의 神이 이에 기뻐하여 내려오는 것을 말한 것으로……

此亦爲女巫之詞, 女指河伯也. ……〈河伯 1장에 대한 朱子의 注〉

사모하는 마음이 신하가 임금을 그리고 사모하는 마음에 비유되어
임금에 대한 신하의 변치 않는 충성이라는 2차적 응집맥락으로 바
뀐다.253)

다음은 〈山鬼〉이다. 〈山鬼〉에 대해서는 朱子가 직집 〈山鬼〉의
해제에 대한 注에서 1차적 응집맥락이 2차적 응집맥락으로 어떻게
이해될 수 있는지 보이고 있다. 아래에서 자세히 살피도록 한다.
우선 朱子는 1장에서 산의 귀신은 비천한 귀신으로 앞 편의 글들
과 같이 군주에 직접 비유될 수 없으므로 사람을 군주에 비유하고,
귀신을 巫 자신으로 삼아 귀신이 사람에게 아양 떠는 말들이 〈山
鬼〉의 내용이 된다254)고 하였다. 이러한 朱子의 해설은 朱子의 귀
신관이 엄정하게 드러나는 부분이다. 앞서 살폈듯이 朱子의 귀신
론과 제사론에는 귀신의 등급에 대한 엄정한 구분과 계급의 차이
가 있어 그에 합당한 자가 그에 합당한 귀신에게 제사를 지내야
한다. 만약 이러한 것을 무시하고 제사를 드리는 것은 陰祀가 된
다. 그러므로 朱子에게 있어 이러한 비유적 표현에 있어서도 그런
것을 지켜 대응해야 한다. 곧 일국의 군주라면 하늘의 신이나 최

이것도 역시 女巫의 말이다. 당신은 河伯을 가리킨다. ……
子謂河伯, ……, 美人與予皆巫自謂也〈河伯 5장에 대한 朱子의 注〉
당신은 河伯을 말한다. ……美人과 나는 모두 巫의 自稱이다.

253) 以上諸篇, 皆爲人慕神之詞, 以見臣愛君之意. ……〈山鬼 1장에 대한
朱子의 注〉
〈山鬼〉 위에 수록된 편들은 모두가 사람이 신을 사모하는 말을 가
지고 신하가 임금을 사모하는 마음을 보였다. ……

254) 此篇鬼陰而賤, 不可比君, 故以人況君, 鬼喩己而爲鬼媚人之語也.〈山
鬼 1章에 대한 朱子의 注〉

소한 大名山川의 神에 비유되어야 할 것으로 朱子는 생각했으며, 이러한 것을 아는 굴원이 이름 모를 산의 雜鬼를 군주에 비유하지는 않았을 것으로 판단하고 이와 같은 해설로 1차적 응집맥락을 2차적 응집맥락으로 이끄는 전제로 삼고 있다고 볼 수 있다. 그럼 朱子의 〈山鬼〉에 대한 해설을 통해 어떤 식으로 1차적 응집맥락이 2차적 응집맥락으로 의미화되는지 살피자.

……그 피복이 아름답다는 것(1차적 응집맥락)은 스스로 그 뜻과 행실이 깨끗함을 밝힌 것(2차적 응집맥락)이요, 그 용모가 아름답다는 것(1차적 응집맥락)은 스스로 그 재능이 높음(2차적 응집맥락)을 말한 것이다. 그대가 나의 아름다운 모습을 사모하는 것(1차적 응집맥락)은 회왕이 처음에 나를 보배롭게 여긴 것(2차적 응집맥락)을 말한 것이다. [이상 1장의 내용에 대한 朱子의 해석]

내가 아름다운 가지를 꺾어 사모하는 이에게 보낸다는 것(1차적 응집맥락)은 내가 善道를 지니고서 그것을 군왕에게 보이려는 것을 말한 것(2차적 응집맥락)이요, 길이 험하고 낮이 어두컴컴해진다는 것(1차적 응집맥락)은 멀리 추방되어 어려움을 겪는 것을 말한 것(2차적 응집맥락)이요, 靈修가 마침내 오지 않는다는 것(1차적 응집맥락)은 내가 군주를 깨우칠 수 없고 세속에 물든 사람을 고칠 수가 없다는 것(2차적 응집맥락)을 말한 것이다. [2, 3장의 내용에 대한 朱子의 해석]

그대가 나를 그리워하지만 의심스러워하는 것(1차적 응집맥락)은 군주가 애초에는 나를 잊지 않았지만 참언에 갇혀 그렇게 되었음(2차적 응집맥락)을 알 수 있다. [4, 5장에 대한 朱子의 해석]

184

당신을 그리워했지만 한갓 근심을 만날 뿐인 것(1차적 응집맥락)
은 근심과 원망함이 극에 달했지만 결국에는 군신의 의를 잊을 수가 없
다(2차적 응집맥락)는 것이다. [6장에 대한 해석] 이렇게 〈山鬼〉를 볼 것
같으면 기타의 졸박한 풀이와 왜곡된 설들은 족히 볼 것도 없다.255)

　　朱子는 이렇게 〈山鬼〉의 1차적 응집맥락이 군신 사이의 관계에
비유되면 2차적 응집맥락이 드러나게 된다고 설명하고 있으며 자
신의 해석대로 이해해야 타당한 것이 되며, 다른 설은 무가치하
다고 이야기하고 있다. 이러한 해석과 이해는 또한 朱子의 문화
적인 정통의식과 관련된 그의 총체적 세계인식에 연유한 것이라
볼 수 있다.
　　〈國傷〉은 나라를 위해 죽은 전사자들을 위로하기 위한 제사임을
말하고 있고, 그들이 귀신들 중에 으뜸이 되리라고 칭송하고 있다.
여기서도 朱子의 문화적인 정통의식에 입각한 귀신론에 대한 관점
이 그대로 드러나고 있는데,256) 귀신의 지위와 현실세계에서의 그

---

255)　……又以其託意君臣之間者而言之, 則言其被服之芳者自明其志行之潔
　　也. 言其容貌之美者, 自見其才能之高也. 子慕予之善窈窕者, 言懷王
　　之始珍己也. 絕芳菲以遺所思者, 言持善道以效之君也. 處幽墓而不見
　　天, 路險艱而又晝晦者, 言見棄遠而遭障蔽也. 欲留靈修而卒不至者,
　　言未有以致君之寤而俗之改也. 知公子之思我而然疑作者, 又知君之初
　　未忘我而卒困於讒也. 至於思公子而徒離憂, 則窮極愁怨, 而終不能忘
　　君臣之義也. 以是讀之, 則其它碎義曲說, 無足言 矣.〈山鬼의 解題에
　　대한 朱子의 注〉

256)　魂魄死者之神靈, 蓋魂神而魄靈, 魂氣而魄精, 魂陽而魄陰, 魂動而魄
　　靜, 生則魂載其魄, 魄檢其魂, 死則魂遊國散而歸于天, 魄淪墮而歸於
　　地也. 毅爲鬼雄者, 毅然爲百鬼之雄傑也.〈傷 3장에 대한 朱子의 注〉
　　혼백은 죽은 자의 신령이다. 대개 혼이 신이고, 백이 영이다. 혼은

사람의 지위는 사후에도 일치적인 관점에 있으며 역사적으로 烈士가 포양의 대상이 되듯 의롭게 죽은 귀신은 百鬼의 영웅이 되는 것이다. 〈禮魂〉은 특정한 神을 위하여 부른 노래의 제목이 아니라 〈九歌〉라는 제의적인 가곡의 끝을 알리는 종장으로서, 朱子도 〈禮魂〉이 제의적인 무가257)의 終篇이라고 여기고 있다.

이렇게 하여 〈九歌〉도 朱子의 성리학적 인식체계 안에 포섭된다.

2. 天問과 九章

(1) 2차적 응집맥락 구축

〈天問〉의 2차적 응집맥락은 기본적으로 〈天問〉에 대한 朱子의 解題와 그 解題에 대한 朱子의 注에서 잘 드러난다. 〈天問〉의 解題는 王逸의 注에서 내용의 이해상 불필요한 군더더기가 되는 몇 글자를 삭제하고 실었다. 그러나 기본적으로 王逸의 생각을 인정하여 굴원이 추방당했을 때, 先王의 廟堂에 있는 그림을 보고 벽에 의문을 제시하여 써 놓은 것을 楚나라 사람들이 논하여 적어

　　기이고 백은 정이다. 혼은 양이고 백은 음이다. 혼은 동하고 백은 정한다. 태어나면 혼이 백을 싣고 백은 혼을 봉한다. 죽으면 혼은 흩어져 하늘로 돌아가고, 백은 땅으로 흩어져 스민다. 의롭게 죽은 의귀는 당당히 백귀의 영웅이 된다.

257) 芭巫所持之香草也. ……〈禮魂 1장에 대한 朱子의 注〉
　　파초는 巫가 지니고 있는 향초이다. ……

186

놓았기 때문에 文義에 차례가 없다고 하였다. 그런데 이러한 작품의
해제만을 가지고는 朱子의 2차적인 응집맥락이 잘 드러나진 않는다.

〈天問〉은 굴원이 지은 것이다. 굴원이 추방되어 산과 연못을 방황
할 때, 초나라 선왕의 묘당과 공경대부의 사당에 천지, 산천, 신령, 아
름답고, 기이하며, 기괴한 물건과 옛 성현의 기이한 행사의 모습이 그려
져 있어 이를 보고서 의문이 이는 바를 그 벽에 써서 자신의 분울함을
삭이고자 했다. 초나라 사람들이 이를 애석하게 생각하여 함께 논하여
썼다. 그러므로 그 문의에 차례가 없다고 한다. ≪楚辭集注≫〈天問에
대한 朱子의 注〉258)

〈天問〉에 있어서 2차적인 응집맥락은 바로 〈天問〉의 解題에 대
한 朱子의 注에서 잘 드러난다.

〈天問〉의 질문은 비록 혹은 괴망하다고 하나 그 이치와 일에 있
어 가히 추론해 볼 수 있는 바는 오히려 많다. 그러나 舊說들은 다
만 기이한 풍물을 많이 듣고 아는 것만을 공으로 삼아 다시는 굴원
이 그러한 질문을 던졌던 본의와 오늘날 〈天問〉에서 밝은 법을 밝혀
내는 방법을 알지 못하게 되었다. 唐대의 柳宗元에 이르러 비로소
義理로써 질정하여 〈天問〉의 조리를 밝히려 했으나 그의 학문은 아
직 도통을 잇지 못했으므로 과장이 많고 기교를 자랑함이 많으니 오
히려 그 뜻에 잡됨이 있어 柳宗元의 글을 참고로 〈天問〉을 읽는다면

---

258) 天問者, 屈原之小作也. 屈原放逐, 彷徨山澤, 見楚有先王之廟及公卿祠
    堂. 圖劃天地山川神靈, 琦瑋僑佹及古賢聖怪物行事, 因書其壁, 以而問
    之, 以渫憤懣. 楚人哀而惜之, 因共論述, 故其文 義不次序云爾. ≪楚
    辭集注≫〈天問에 대한 朱子의 解題〉

사람들에게 한스러움을 남기지 않음이 없을 것이다. 만약 洪興祖의 ≪楚辭補注≫를 참고로 한다면 그 난잡함에 응당 선택해야 할 바를 몰라 더욱 혼란이 심할 것이다. 지금 ≪集注≫에서는 舊說 중에 빠뜨릴 수 없는 것만 남기고 모두를 義理로써 바로잡으니 읽는 자 중에 ≪集注≫의 빠진 것을 보충할 자가 있게 되기를 바란다.

≪楚辭集注≫〈天問의 解題에 대한 朱子의 注〉259)

朱子는 〈天問〉이 義理로써 해석될 수 있고, 여기서 그러한 義理學적인 해석을 보이겠다고 闡明한다. 곧 〈天問〉 전체가 2차적 응집맥락으로 의미화될 것임을 보여준다. 또한 〈天問〉에 대한 朱子의 주석작업은 전대의 주석서를 그대로 인용하지 않고 朱子 자신이 새롭게 다시 창작하거나 전대의 주석 중에 자신의 논지에 맞는 것만을 남기겠다는 것이 된다. 물론 朱子 자신은 이를 창작했다고 생각하지 않는다. 이는 앞서도 이야기했지만 이는 "述而不作"의 전통에 의해 舊說들이 잃어버린 옛 정신을 성현의 道에 비추어 복원하여 각각의 서술주제가 각기 그 마땅한 자리를 얻게 하여(各得其所), 그 옛날의 위치로 회복(環其舊位)시키는 것이므로 단순한 창작이 아닌 것이다. 물론 이것은 朱子의 성리학적인 총체적 세계인식에로 응집해 들어가는 〈天問〉의 2차적 뜻을 ≪楚辭集注≫를 통해 읽어낼 수 있다는 뜻이 된다.

---

259) 此篇所問, 雖或怪妄, 然其理之可推, 事之可鑿者, 常多有之, 而舊注之說, 徒以多識異聞爲功, 不復能知其所以問之本義. 與今日所以對之明法. 至唐柳宗元, 始欲質以義理爲之條對, 然亦學未聞道, 而誇多衒巧之意, 猶有雜乎其間, 以是讀之, 常使人不能無有恨. 若補注之說, 則其尨亂不知所擇, 又愈甚焉. 今存其不可闕者, 而悉以義理正之, 庶讀者之有補云. ≪楚辭集注≫〈天問 解題에 대한 朱子의 주〉

일단 朱子는 〈天問〉에 있어서는 離騷처럼 단락의 구분을 짓는 해설은 달지 않았다. 단지 章마다 隔句韻이 적용되어 매 장마다 換韻이 되고 있음을 보였다. 그래서 원칙적으로 4句가 한 章을 이루어 총 93장으로 분류하고 있다. 곧 통사적인 응결장치가 기능하고 있다. 물론 예외가 있어서 41장, 43장, 64장은 8句가 한 章이며, 17장, 25장, 29장, 84장, 85장, 86장, 87장, 88장, 89장, 91장, 93장은 2句가 한 章이며, 92장은 1구가 한 章이 되고 있다. 그러나 〈天問〉의 성격상 각 章이 서사적인 맥락으로 연결됨이 없으므로 이러한 통사적인 응결장치가 직접적으로 응집맥락과 연결되지는 않고 단락이 각 章 별로 구분됨을 표시하는 정도로 그치고 있다. 그리고 朱子도 〈離騷〉와는 달리 각 章의 의미상의 긴밀성을 보여 단락을 구분 짓는 해설을 〈天問〉에서는 달고 있지 않다. 그래서 각 章은 단편적이지만 각 장의 질문과 대답을 통해서 〈天問〉에서의 의문이 朱子의 성리학적인 총체적 인식체계로 완전히 이해될 수 있음을 보이는 것에 朱子는 주력하고 있다.

朱子가 내용상 단락을 구분하지는 않았지만 논지의 전개상의 편의를 위해서 〈天問〉의 내용을 구분해보자. 〈天問〉의 내용은 일반적으로 다음과 같이 분류할 수 있다.[260]

제1단 問天 天地開闢(1장에서 3장)

天體(4장에서 11장)

---

260) 竹治貞夫, ≪楚辭硏究≫, 東京: 風間書房, 1978, p.837, 김인호, ≪초사의 무가성 연구≫, 서울대 박사논문, 1993, p.151, 재인용.

제5단 問周 周祖后稷(76장)

　　　太王季歷 文王 呂尚(77장에서 81장)

　　　武王 殷紂(82에서 84장)

　　　伊尹 吳王闔廬(85장에서 86장)

　　　彭鏗 厲王(87장에서 88장)

　　　伯夷 叔齊(89장)

　　　秦景公 弟鍼(90장)

　　　周公 成王(91장)

　　　(이하 楚國) 楚昭王(92에서 93장)

　　　令尹子文(94장)

　　　堵敖 成王(95장)

　이상과 같이 〈天問〉을 분류하고 나면 朱子가 〈天問〉의 작품해제
에서 언급한 언설들의 의도를 알 수가 있다. 제1단인 問天의 경우
에는 우주, 하늘, 땅, 해, 달, 별의 생성에 관해서 언급하고 있는
부분인데 이는 신화적인 우주관에 대한 것으로 朱子는 理氣論적
존재론과 인식론적 차원에서 이들의 질문을 이해할 수 있음을 注
를 통해서 말한다. 제2단의 지문의 경우는 治水說話로서 朱子의
문화적 정통의식이 개입된 역사관을 통해서 이해될 수 있음을 注
를 통해서 보이고 있다. 제4단과 제5단의 경우도 朱子의 문화적인
정통의식이 개입된 역사관을 통해서 역사적인 사실들을 인식해야
함을 보이고 있다. 물론 제3단의 경우도 朱子의 역사관과 관련된
응집맥락으로 의미화되고 있으며, 더불어 제 단에는 夏나라가 역

사적으로 오랜 나라이기 때문에 이상한 동식물이나 神異로운 이야기, 영웅전설 이야기가 기록되어 있는데, 朱子는 左傳 등 문화적인 정통의식의 근거가 되는 유교의 경전에 기록된 木之精, 夔, 魍魎 등의 鬼怪에 대한 존재는 인정하지만 민중도교의 근거가 되는 山海經, 穆天子傳, 淮南子 등에 기록된 鬼怪에 대한 존재는 “稽考”해 볼 수도 없는 것으로 부정함으로써 민중도교 혹은 민간신앙의 믿음의 근원을 부정하려는 입장에 있었으므로, 이러한 기이한 동식물이나 神怪의 이야기는 虛誕之詞로 부정한다. 이것은 그의 문화적인 정통의식이 개입된 종교관의 이단배척의 논지로 귀결되는 것이다. 다음 항에서 이와 같이 응집맥락화하는 과정을 살필 것이다.

이제는 〈九章〉의 2차적 응집맥락이 어떻게 기획되는지 살펴보자. 〈九章〉의 解題는 王逸의 章句와 洪興祖의 補注를 참고로 하여 朱子가 다시 쓴 것이다.

〈九章〉은 굴원이 지은 것이다. 굴원이 이미 쫓겨나니 임금과 나라 생각에 일마다 감정이 촉발되어 문득 소리를 탄하여 읊조렸는데, 후인들이 이를 편집하여 〈九章〉을 얻어 한 권의 책이 된 것으로, 〈九章〉의 아홉 노래는 한 번에 지어진 것이 아니다. 지금 그 가사를 살펴보면 대체로 직접적인 서술이 많고 윤색함은 없다. 그런데 〈惜往日〉과 〈悲回風〉의 두 편은 그가 물에 빠져 죽기 바로 직전에 읊은 것으로 순서가 뒤바뀌고 중복되는 것이 많고, 굴원의 강직하고 소탈한 성격과 근심과 분울함, 비애가 담겨 있어 그것을 읽으면 사람들은 크게 탄식하며 눈물을 흘려 그칠 줄 모른다. 董仲舒가 말하기를 군주된 자는 《春秋》를 알지 않으면 안 된다고 했는데 (《春秋》를

모른다면) 앞에 참언하는 자가 있어도 알지 못하고 뒤에 해치는 자
가 있어도 모르게 된다. 오호라, 어찌 유독 ≪春秋≫에만 있어서이겠
는가?261)

　　우선 〈九章〉의 작품해제로 朱子가 천명하는 것은 〈九章〉에 ≪春
秋≫와 같은 鑑戒의 뜻이 담겨 있다는 것이다. 그래서 〈九章〉을
단순히 굴원 개인의 私的인 글로만 볼 것이 아니라 그 속에서 굴
원이 전하고자 했던 大義를 파악해야 하니 그 大義는 바로 明君賢
臣의 功을 밝히고 亂臣賊子의 죄를 나타내어 天理의 공정함과 人
心의 타당함을 드러내야 한다는 春秋筆法의 大義라는 것이다. 이
는 〈九章〉이 쉽고 간단하게 직설적으로 표현되었음을 朱子 자신이
인정했으므로 〈九章〉을 朱子의 총체적 세계인식에 부합되는 2차적
인 응집맥락으로 명확히 읽어내기 위해서는 이전의 〈離騷〉나 〈九
歌〉에서 보였던 비유를 통해서는 힘든 면이 있기 때문에 ≪春秋≫
와 같이 微言－쉽고 간단한 말－에 大義가 담겨있다고 해석하여
이해하고 있는 것으로 보인다. 그래서 〈九章〉의 대부분의 글은 응
결장치가 곧바로 1차적 응집맥락과 2차적 응집맥락을 동시에 규정
한다고 볼 수 있다. 그리고 이를 통해 독자가 ≪春秋≫의 大義같
은 교훈을 얻어야 된다고 말을 하고 있다. 그래서 〈九歌〉처럼 매

---

261)　九章者, 屈原之所作也. 屈原既放, 思君念國, 隨事感觸, 輒形於聲, 後
　　　人輯之, 得其九章, 合爲一卷, 非必出於一時之言也. 今考其詞, 大抵多
　　　直致, 無潤色, 而惜往日, 悲回風. 又其臨絶之音, 以故顚倒重複, 屈强
　　　疎鹵, 尤憤懣而極悲哀, 讀之使人太息流涕而不能已. 董子有言, 爲人君
　　　者不可以不知春秋, 全有讒而不見, 後有賊而不知, 嗚呼, 豈獨春秋也
　　　哉. ≪楚辭集注≫〈九章에 대한 朱子의 解題〉

개의 작품에 대해서 특별한 의미를 부여하는 解題는 없고 오직
〈九章〉의 첫 篇인 〈惜誦〉에만 解題를 보여 〈惜誦〉 讀法이 표준적
으로 〈九章〉 아홉 편의 글의 讀法에 적용됨을 보인다.

이 편은 전체가 賦이다. 그 말이 명료하고 가장 이해가 용이하니
그 내용인즉 충간하다가 임금에게 받아들여지지 않아 원망하고, 다
시 참언을 만나 죄를 얻을까 두려워한다는 뜻이다. 임금과 신하의
상황을 자세히 드러내고 있으니 임금과 신하된 자는 자세히 살피지
않을 수가 없다.〈惜誦에 대한 朱子의 解題〉262)

〈惜誦〉은 간신들의 참언을 입어 군주에게 배척당한 신하가 자신
의 절개와 忠誠을 토로하며 情을 서술한 내용으로 신하와 군주의
鑑戒가 된다. 1차적 응집맥락과 2차적 응집맥락이 명확하므로 〈惜誦〉
은 따로 아래의 항에서 다시 분석하지 않는다.

〈涉江〉의 경우에는 比가 보인다. 그래서 아래의 항에서 응결장치
와 1차적 응집맥락이 어떻게 2차적 응집맥락으로 연결되는지 보일
것이다. 〈哀郢〉도 대부분이 賦로서 강남을 유랑하면서 임금이 계신
郢都로 돌아가고 싶은 애절한 감정을 드러내고 있다. 또한 鑑戒가
되는 부분을 지적하고 있다263). 따로 추가적인 분석을 하지 않기

---

262) 此篇全用賦體, 無他寄託. 其言明切, 最爲易曉, 而其言作忠造怨, 遭讒
　　畏罪之意, 曲盡彼此之情狀, 爲君臣者, 皆不可以不察.〈惜誦에 대한
　　朱子 解題〉

263) 此章形容邪佞之態, 最爲精切, 讀者宜深味之, 則知佞人之所以殆又信,
　　此語與孔聖之語, 實相發明也.〈哀郢 13장에 대한 朱子의 注〉
　　이 장은 사악하게 아첨하는 모습을 가장 잘 형용하였다. 글을 읽는
　　자는 마땅히 깊이 상고하여 아첨하는 자가 위태로우면서도 쉽게 믿

로 한다. 〈抽思〉는 굴원이 漢北에 유배되어 가는 과정에서 자신의 분울한 심정을 토로하고 懷王이 마음을 바꾸기를 바라며 임금이 계신 郢都에 대하여 그리워하는 마음을 기술하고 있다. 이와 더불어 깊이 새겨서 상고하고 반추해야 할 鑑戒의 부분을 지적하고 있기도 하다264). 아래 항에서 자세한 분석은 하지 않기로 한다. 다음은 〈思美人〉이다. 여기서 美人은 君主를 비유265)하고 있다. 추방된

음을 얻는 까닭을 알아야 한다. 이 말은 논어의 말과 서로 비교하면 밝게 드러난다.

*논어에는 아첨하는 자를 경계할 것을 이야기하는 글이 많다. 예를 들어, 子曰, 巧言令色, 鮮矣仁.(≪論語 學而 第1 3章≫ 말을 좋게 하고 얼굴빛을 곱게 하는 사람이 仁한 이가 적다.)라든가, 子曰, 巧言令色足恭, 左丘明恥之, 丘亦恥之(≪論語 公冶 第5 24장≫말을 좋게 하고 얼굴빛을 곱게 하고서 공손함을 지나치게 함을 옛날 좌구명이 부끄럽게 여겼는데, 나(공자)도 역시 이를 부끄러워한다.)이 그런 예이다.

264) 言民之生, 莫不稟命於天, 而隨氣質之短長厚薄, 以爲壽夭窮達之分, 固各有置之之所而不可易矣, 吉者不能使之凶, 凶者不能使之吉, 是以君子之處患難, 必定其心以不使爲外物所動搖, 必廣其志, 以不使爲細故所狹隘, 則無所畏懼, 而能安於所受矣.〈抽思 17장에 대한 朱子의 注〉말하자면 사람이 태어나면 누구든지 하늘로부터 명을 받는데, 기질의 장단과 후박에 따라 목숨의 길고 짧음과 부귀와 빈천함이 결정되니 진실로 하늘로 부여받은 바를 바꿀 수는 없다. 길한 자를 흉하게 할 수 없고, 흉한 자를 길하게 할 수 없으니 그러므로 군자는 환난에 처함에 반드시 그 마음을 안정되게 하여 외물에 요동됨이 없게 해야 하고, 반드시 그 지개를 확충시켜 세세한 이유로 위축되게 해서는 안 되는 것이니, 이렇다면 두려워할 바가 없이 그 하늘로부터 부여받은 것에 편안할 수 있다.

*이는 앞에서 다루었던 朱子의 성리학적 윤리론, 실천론의 핵심을 다시 한 번 주지하는 것이 된다. 사람의 타고난 기질은 바꿀 수가 없으니 성현의 도에 의지한 실천론을 바르게 실천하면 命과 마음이 편하게 된다.

몸이지만 美人에 대한 그리움을 떨칠 수가 없고 美人에게 가는 길도 막혀 있어 답답하지만, 자신은 香草를 키우며 香草와 섞여 살겠다는 것이 1차적인 응집성인데 이는 추방된 몸이지만 임금에 대한 그리움을 떨칠 수가 없고, 言路도 막혀 있어 슬프지만 자신의 절개를 변치 않을 것이라는 2차적인 응집맥락으로 연결된다. 따로 분석치 않기로 한다. 다음은 〈惜往日〉인데 여기서는 지난날 참언을 입어 추방되었을 때, 끝까지 간언하여 왕을 正道로 되돌리지 못함을 후회하였고, 지난날 자신의 절개를 몰라주던 군주를 원망하는 언사도 보인다. 여기서는 芳草가 비유적 모티프로 드러나는데 朱子는 특별히 이에 대해서 注를 달고 있지 않다. 앞 편들에서 명확히 드러나 언급하지 않는 듯하며 이후가 거의 다 그렇다. 그리고 마지막 장이 鑑戒의 뜻을 내포하고 있음을 보였는데,266) 이는 결국 〈九章〉이 마치 사관의 史草처럼 亂臣賊子를 엄중히 드러내고 후세에 경계를 삼으려는 의도에서 지어진 역사서의 성격이 있음을 지적한 것으로 〈九章〉에 감추어진 《春秋》의 대의를 了得해야 함을 강조하고 있는 것이다. 아래에서 따로 분석하지는 않는다. 다음은 〈橘

---

265) 美人說見上篇, 寄意於君也. ……〈思美人 1장에 대한 朱子의 注〉

266) 不死則恐邦其淪喪而辱爲臣僕, 故曰禍殃有再, 箕子之憂蓋如此也, 識記也. 設若不盡其辭而 閟默以死,則上官靳尙之徒, 讒君之罪誰當記之耶. 其爲後世君主之戒, 可謂深切著明矣.〈惜往日 15장에 대한 朱子의 注〉
죽지 못한다는 것은 그 나라가 어지러이 망하여 간신들의 치욕을 당할까 두려워서이다. 그러므로 재앙이 두 번 있게 된다고 말했다. 기자가 근심한 바가 이와 같은 것이다. 識은 기록한다는 것이다. 만약 그 말을 다 남기지 못하고서 조용히 죽는다면 상관 근상의 무리들이 군주를 아첨으로 속인 죄를 누가 기록할 것인가. 굴원이 남긴 글들은 후세 군주의 경계가 되니, 심절하고도 밝게 드러내었다 할 것이다.

頌〉인데, 굴원 스스로의 절개를 귤에 비유하고 있다.267) 이는 다음 항에서 분석하여 2차적 응집맥락이 어떻게 표출되는지 분석할 것이다. 그리고 마지막으로 〈悲回風〉이다. 回風이 香草를 뒤흔들어 시들게 하니 세상에 香草가 사라지는 것이 슬프지만 彭咸, 介子推, 伯夷처럼, 아름다운 香草를 기르면 산초나무를 꺾으며 살고, 이슬과 서리를 먹으며 살겠다고 한다. 만약 〈離騷〉나 〈九歌〉 같은 경우에 이러한 回風, 香草, 서리를 比로 보고 2차적 응집맥락이 드러나도록 해설을 붙였을 것이다. 그러나 朱子는 여기 〈悲回風〉에서는 이런 것들의 비유적인 의미를 말하지 않는다. 그 까닭은 〈悲回風〉의 대부분이 賦體로 1차적 응집맥락이 곧바로 2차적 응집맥락을 말하는 부분이 대부분이며 이러한 비유는 한정된 곳에서만 나타나기 때문인 것268)으로 생각된다. 그러나 더욱 중요한 것은 〈九章〉의 諸篇이 전체적으로 君臣 間의 義를 鑑戒하고 있다는 것을 아는 것에 목적이 있다고 朱子가 간주하고 있기 때문인 것 같다. 이 篇도 文義가 명료하므로 따로 분석하지는 않기로 한다.

(2) 응결장치를 통한 1차적 응집맥락의 구축

〈天問〉의 경우에 앞항에서 살폈듯이 제1단에서는 신화적인 宇宙觀이 理氣論적 존재론과 인식론에 의해서 설명될 수 있음을 보이는 것이 주목적이다. 다음을 보자.

---

267) ……屈原自比志節如橘, ……〈橘頌 1章에 대한 朱子의 注〉
268) 3장, 5장, 17장에서만 이런 비유적 단어가 한정적으로 보인다.

밝음과 어두움, 이것을 어떻게 만들어내었을까? 陰, 陽, 天이 합하여 이루어지니 무엇이 본체요, 무엇이 변화자인가? 〈天問 3章〉269)

이러한 '楚辭'經文의 1차적인 응집맥락은 응결장치를 통해서 드러나고 朱子는 1차적인 응집맥락을 보충하는 해설을 붙인다. 그리고 다시 이 章의 질문이 어떻게 朱子의 이기론적 존재론으로 이해되며 포섭될 수 있는가를 설명한다. 차례로 朱子의 注를 살피자.

밝음과 어둠은 낮과 밤의 나뉨을 말한다. 時는 是의 뜻이다. ≪春秋穀梁傳≫에 이르기를 陰이 홀로 생길 수 없고, 陽이 홀로 생길 수 없고, 天이 홀로 생길 수 없으니 3가지가 합한 후에 생긴다고 하였다. 〈天問 3장에 대한 朱子의 注〉270). →義訓(응결장치)

이 章이 묻는 것은 다음과 같다. 밝음은 반드시 그것을 밝게 하는 것이 있고, 어두움은 반드시 그것을 어둡게 하는 것이 있게 마련인데, 이것은 무슨 物의 소행인가? 陰과 陽과 하늘. 이 세 가지가 합하니 무엇이 근본이며 무엇이 변화되는 것인가?271) 〈天問 3章에 대한 朱子의 注〉→1차적 응집맥락을 드러냄

지금 답하여 말한다. 천지의 조화는 陰陽일 따름이다. 한 번 움직이고 한 번 고요함, 한 번 어둡고 한 번 밝음. 한 번은 갔다가 한 번

---

269) 明明闇闇, 惟時何爲, 陰陽三合, 何本何化.〈天問 3章〉

270) 明暗則爲晝夜之分也. 時, 是也. 穀梁子曰, 獨陰不生, 獨陽不生, 三合然後生〈天問 3장에 대한 朱子의 注〉

271) 此問蓋曰, 明必有明之者, 闇必有闇之者, 是何物之所爲乎. 陰也, 陽也, 天也. 三者之合, 何者爲本, 何者爲化乎〈天問 3장에 대한 朱子의 注〉

198

은 오고, 한 번은 차갑고 한 번은 더운 것, 이 모두가 陰陽이 하는 바이며, 그런 것을 별도로 행하는 자가 있는 것은 아니다. ≪春秋穀梁傳≫에서 하늘만을 말하고 땅을 말하지 않은 것은 이른바 하늘은 理일 따름이기 때문이다. 成湯이 말한 上帝가 中을 내린다거나, 子思가 말한 하늘이 내린 命을 性이라고 한다고 한 것이 이것이다. 이것은 陰陽의 근본이 되니 그것의 兩端이 쉬지 않고 순환하는 까닭에 조화가 생긴다. 주렴계가 말하기를 無極而太極이라고 했거니와 太極이 動하면 陽이 생기고 動함이 極에 달하면 靜해지고, 靜해지면 陰이 생기고, 靜이 極에 달하면 다시 動하니 한 번 움직이고 한 번 고요함이 서로 그 뿌리가 되어 陰과 陽으로 나뉘니 兩儀가 서게 되는 것이다. 진실로 이 章은 이것을 말한 것이나, 太極은 역시 理일 따름이다.272) 〈天問 3장에 대한 朱子의 注〉→2차적 응집맥락을 드러냄.

여기서 2차적 응집맥락을 드러내는 注는 朱子의 이기론적 존재론과 인식론의 내용을 그대로 설파하고 있다. 하늘이란 天理이며 광의의 理로서 主理論적인 朱子의 관점을 잘 드러내주고 있으며 다시 理를 太極과 동일하게 봄으로써 認識과 存在의 근원에 답하는 것은 곧 바로 朱子가 이룬 성리학적 인식체계를 그대로 말해주고 있는 것이다.

---

272) 今答之曰, 天地之化, 陰陽而已, 一動一靜, 一晦一明, 一往一來, 一寒一暑, 蓋陰陽之所爲, 而非有爲之者也. 然穀梁言天而不以地對, 則所謂天者理而已矣. 成湯所謂上帝降衷, 子思所謂天命之性, 是也. 是爲陰陽之本, 而其兩端循環不已者爲之化焉. 周子曰, 無極而太極, 太極動而生陽, 動極而靜, 靜而生陰, 靜極復動, 一動一靜, 互爲其根, 分陰分陽, 兩儀立焉, 正謂此也. 然所謂太極亦曰理而已矣〈天問 3장에 대한 朱子의 注〉

한편 이상한 동물이나 神異한 것들에 대해서 이야기하는 〈天問〉
에 대한 朱子의 주를 살펴보자.

웅훼라는 동물은 머리가 아홉인데, 빠르기도 하다. 어디에 있나?
죽지 않는 곳이 어딜까? 큰 몸은 어디를 지킬까? 〈天問 26장〉273)

虺는 뱀의 종류로서 爾雅에서 말하기를 길이가 3寸이요 엄지손가
락처럼 머리가 크다. 儵忽은 급히 달리는 모양이고, 〈招魂〉편에서 말
한 남방에 살며 害를 끼치는 동물로 웅훼가 있는데, 머리가 아홉이
고 왕래가 빠르다 하니 바로 이것을 말한 것이다. 죽지 않는 사람이
란 山海經과 淮南子에서 여러 차례 말한 것인데, 정말 믿을 수가 없
다. 다만 세속에 전하는 말로 산중에 사람이 있어 늙어도 죽지 않아
자손들이 닭의 둥지에 모셔다 두었다고 하는데, 혹시 그런 세속의
말이 사실이라면 이 말은 괴이한 일만은 아닐 것이다. 긴 몸뚱이의
사람이란 國語에서 말하는 防風씨로서 封禺의 산을 지키는 자로 지
금의 湖州 武康縣에 있다.〈天問 26장에 대한 朱子의 注〉274)

朱子는 注에서 ≪爾雅≫나 ≪國語≫에 있는 글에 있는 사물의
존재들은 인정한다. 곧 이러한 문헌들의 문화적 정통의식 입장에
서의 권위를 인정하고 있는 것이다. 그러나 ≪山海經≫이나 ≪淮
南子≫처럼 당시의 무속신앙이나 도교에서 신봉하는 서책은 그 내

---

273) 雄虺九首, 儵忽焉在, 何所不死, 長人何守.〈天問 26장〉
274) 虺, 蛇屬, 爾雅云, 博三寸, 首大如擘, 儵忽急疾貌, 招魂說南方之螫,
　　雄虺九首, 往來儵忽, 正謂此也. 不死之人, 則山海經, 淮南子, 屢言之,
　　固未可信, 然俗傳山中有人, 年老不死, 子孫藏之鷄窠之中者, 亦或有
　　之, 不足怪也. 長人則國語所謂防風氏守封禺之山, 山今在湖州武康縣
　　〈天問 26장에 대한 朱子의 注〉

200

용을 괴탄하고 가히 믿을 수 없는 것으로 치부하여 세속에 떠도는 말보다 더 믿을 수가 없다고 말하고 있다. 이는 그의 문화적인 정통의식에 입각한 이해라고 볼 수 있다. 이외의 章에서도 이상한 물건이나 신이한 일들에 대해서는 이런 식으로 경전적인 권위가 있는 출전이면 믿을 수 있는 것으로, 《山海經》이나 《淮南子》 등을 출전으로 하는 것을 허망한 것으로 치부한다.

또한 다양한 역사고사에 대한 〈天問〉의 질문들도 문화적인 정통의식에 입각하여 답한다. 예를 들어 12章의 경우에 堯임금은 鯀이 비록 黃帝의 손자이긴 하지만 홍수를 다스릴 適任者가 아닌데, 왜 무리들의 말만 듣고 가늠도 없이 그를 등용하였나[275]고 묻는 것에 대하여 注에서 답하기를 "鯀의 재주가 治水를 담당할 만하고 당시에는 그를 능가할 만한 사람이 없었기에 무리들이 그를 천거하였다. 그러나 堯임금은 그가 命을 거역하고 백성에게 해를 끼칠 것을 알았으므로 등용을 불가하다 생각했지만, 四方에서 다시금 천거하니 거절할 수 없어 짐짓 시험한 것이니, 그러므로 堯임금은 부득이해서 그를 등용했을 따름이다."[276]라고 했다. 요임금은 朱子의 道統論에 있어 핵심인물이다. 그러므로 요임금이 현명하지 못했다는 것은 朱子에게 있어서는 있을 수 없는 일이다. 그러므로 朱子는 이러한 설명을 붙였다. 역사고사에 대해서는 대부분이 이와 같은 식이다.

---

275) 不任汨鴻, 師何以尙之. 僉曰何憂, 何不課而行之.〈天問 12章〉

276) 答曰, 鯀之才可任治水, 當時無過之者, 故衆擧之, 堯則固知其方命圮族而不可用矣, 四岳又請姑且試之, 故堯不得已而用之耳.〈天問 12장에 대한 朱子의 注〉

　결국 〈天問〉은 다른 楚辭의 작품과는 다르게 일단 응결장치를 통하여 1차적 응집맥락을 명확히 하고 이것을 알레고리적으로 2차적 응집맥락으로 이끄는 것이 아니라, 질문에 대해서 직접 2차적 응집맥락을 드러내는 답을 제시하여 〈天問〉전체가 2차적 응집맥락의 체제 안에 있다는 것을 드러낸다.

　다음은 〈九章〉가운데서 응결장치와 1차적 응집맥락의 관계분석을 통하여 2차적 응집맥락을 살펴보기로 했던 〈涉江〉과 〈橘頌〉을 살펴보자.

　〈涉江〉의 응결장치를 통해서 나타나는 1차적 응집맥락은 다음과 같다. 나는 어려서부터 기이한 복식을 좋아했는데, 늙어서도 쇠하지 않고(1장) 보배로운 물건들을 차고서 용을 타고 舜임금과 노닌다.(2장) 곤륜산에 올라 꽃을 따먹고 天地와 수명을 같이하고, 해와 달과 그 빛을 같이하는데 초나라에는 나를 알아주는 이 없어 長江과 湘水를 건넌다.(3장) 나는 江南의 이곳저곳을 떠돌지만 옛 고향을 잊을 수가 없다.(4장에서 8장까지) 나는 세속에 영합하지 않고 절개를 지키며 接輿와 桑扈를 본받아 살겠다.(9장에서 10장까지) 봉황과 난새는 날로 멀어지고 제비와 참새, 까치만 둥우리를 튼다.(11장) 香草 숲은 시드는데, 비린내 나는 것들은 날로 쓰인다.(12장) 陰과 陽이 자리가 뒤바뀌니 실의에 차서 나는 떠나련다.(13장) 이에 대해서 朱子는 다시 比로 해설을 달고 2차적 응집맥락이 구축되게 한다. 기이한 복식은 고결한 행위를 비유하고[277], 보배로운 물건과 용은 그 의지와 행실이 고결하고 높음을 나타내

---

277) ……奇偉之服, 以喩高潔之行.〈涉江 1장에 대한 朱子의 注〉

고278), 꽃을 따 먹는 것은 수양함이 고결한 것이다279). 봉황과 난새가 멀어짐은 어진 이가 날로 멀어짐을 비유하고 제비와 참새가 가까워 옴은 간신의 무리가 모여드는 것이다280). 향초는 충신이요 비린내 나는 것은 간신이다281). 陽은 君子요, 陰은 小人輩의 무리이다282). 그러므로 2차적 응집맥락은 다음과 같다. 나는 어려서부터 지금까지 고결함을 간직하고 의지와 행실을 고결히 해왔는데, 초나라에는 나를 알아주는 이가 없어 長江과 湘水를 건너 江南을 떠돌지만 옛 고향을 잊을 수가 없다. 나는 변치 않는 절개를 지키며 살겠다. 충신은 날로 조정에서 멀어지고 간신들은 날로 조정에 모여드니 군자와 소인배의 자리가 바뀐 것이다. 나는 또 떠나간다. 이렇게 하여 〈涉江〉은 완전한 충절지사의 노래로 이해될 수가 있다.

다음으로 〈橘頌〉을 살펴보자. 〈橘頌〉은 총 9장이다. 그런데 5장부터는 자신의 自述로283) 세속에 따르지 않고 절개를 지키며 살아왔다는 것을 이야기하고 있으니 1차적 응집맥락이 바로 2차적 응집맥락이 된다. 1장부터 4장을 자세히 살펴보자.

后皇은 楚王을 가리킨다. 嘉는 좋아하는 것이다. 楚王이 草木기르기를 좋아했는데, 귤은 초나라에 자란다. ……受命不遷(명을 받으면 옮겨 다니지 않는다)이라는 것은 이른바 귤은 회수를 건너면 북쪽에

---

278) ……皆見其志行之高遠.〈涉江 2장에 대한 朱子의 注〉

279) ……食玉英, 言所養之潔. ……〈涉江 3장에 대한 朱子의 注〉

280) 比也, 言仁賢遠去, 而讒佞見親也〈涉江 11장에 대한 朱子의 注〉

281) 比也, ……言汚賤竝進而芳潔不容也〈涉江 12장에 대한 朱子의 注〉

282) 比而賦也, 陰謂小人, 陽謂君子, ……〈涉江 13장에 대한 朱子의 注〉

283) ……自此以下, 申前義而明己志〈橘頌 5장에 대한 朱子의 注〉

서는 탱자가 된다는 것이다. 舊說에 굴원이 스스로 志操를 귤이 옮
길 수 없음에 비유했다는 것이 이것이다. 〈橘頌〉篇 內의 뜻이 모두
이와 같다.〈橘頌 1장에 대한 朱子의 注〉284)

그래서 1장의 1차적 응집맥락은 초왕이 귤나무를 좋아하여 가까
이 두고 아꼈는데, 귤나무는 초나라에서만 자라고 다른 곳에서는
자라지 않는다는 것이 되지만, 注를 참조하면 2차적 응집맥락이
다음과 같이 드러나, 초왕은 한 임금에 대한 변치 않는 절개를 지
닌 나 굴원을 사랑하여 항상 곁에 두었다는 것이 될 것이다.

그 명을 받아 오로지 초국에서만 자라는 까닭에 그 뜻이 한결같아
옮기기가 어려운 것이다. 귤은 잎이 녹색이고 꽃이 백색이라 분연히 성
한 모습이 진실로 기뻐할 만하다.〈橘頌 2장에 대한 朱子의 注〉285)

2장의 1차적인 응집맥락은 귤은 초나라에서만 자라 다른 곳에
옮기기 어렵고 녹색의 잎과 흰 꽃잎은 너무나 아름다워 사랑스럽
다는 것이 되지만, 注를 참조하면 초왕은 굴원의 한결같은 마음과
충성스런 행실의 아름다움을 진실로 사랑했다는 2차적 응집맥락이
드러난다.

---

284) 后王指楚王也, 嘉喜好也, 言楚王喜好草木之樹, 而橘生其土也. ……受
命不遷, 其所謂橘踰淮而北爲枳也. 舊說屈原自比志節如橘, 不可移徙,
是也. 篇內意皆放此〈橘頌 1장에 대한 朱子의 注〉
285) 以其受命獨生南國, 故壹志而難徙. 橘葉靑華白, 紛然盛而可喜也〈橘頌
2장에 대한 朱子의 注〉

204

曾은 여러 겹 쌓인 것이고, 剡은 날카롭다는 뜻이다. 果는 초목의
열매로 먹을 수 있는 것이다. 摶은 둥글다는 것이다. 團과 같은 뜻이
다. 청색은 아직 익지 않았을 때이고 황색은 익었을 때의 색이다. 익
은 것과 익지 않은 것이 섞여있음은 그 모습이 찬란히 아름다운 것
이다.〈橘頌 3장에 대한 朱子의 注〉286)

3장은 귤나무의 전체 모습으로 잎과 가지가 많고 덜 익은 푸른
열매와 다 익은 누런 열매가 함께 달려 있어 전체적인 모습이 찬
란히 아름답다는 것을 드러낸다. 이것은 곧 귤이 굴원을 비유한
것이라는 것을 생각하면 굴원의 심성과 겉모습이 덕이 충만하여
아름답다는 2차적 응집맥락을 드러내 주는 것이라 하겠다.

精色이란 밖으로 드러나는 색깔이 정채롭고 밝다는 것이고, 內白이
란 속으로 깨끗한 백색을 품고 있는 것이니 마치 道가 갖추어져 있는
것 같다. 紛縕이란 성한 모습이다.〈橘頌 4장에 대한 朱子의 注〉287)

4장의 1차적 응집맥락은 귤이란 겉은 정채롭게 밝으며 속은 깨
끗한 순백색이라 마치 온전한 道를 갖춘 물건처럼 아름답다는 것이
지만, 注를 통해서 이해하면 굴원은 온전한 도를 지녀 겉으로도 그
공경하고 아름다운 모습이 드러나고 속으로도 순결한 절개를 지니
고 있어 진실로 초왕이 좋아했다는 2차적인 응집맥락이 드러난다.

---

286) 曾重也, 剡利也, 果草木之實可食者也, 摶圓也, 與團同, 青非熟時, 黃
　　 已熟時, 先後雜蹂, 文章燦爛.〈橘頌 3章에 대한 朱子의 注〉
287) 精色,外色精明也, 內白, 內懷潔白也, 外精內白, 似有道也, 粉縕盛兒.
　　 〈橘頌 4장에 대한 朱子의 注〉

결국 〈橘頌〉의 전체적인 2차적 응집성의 내용은 처음 초왕은 굴원의 절개와 덕이 충만함을 아름답다고 여겨 곁에 두고 사랑하였지만, 지금은 간신의 참언으로 굴원을 버렸다, 그러나 굴원은 이러한 절개를 변치 않고 세속에 물들지 않으며 살아가겠다고 말하는 것이 된다.

3. 遠遊, 卜居, 漁父

(1) 2차적 응집맥락의 구축

〈遠遊〉의 2차적인 응집맥락은 〈遠遊〉의 해제에서 잘 드러난다. 다음을 보자.

　　〈遠遊〉는 屈原이 지은 것이다. 굴원이 이미 쫓겨나서 비탄에 젖은 나머지 멀리 우주를 바라보고 세속이 비루하고 협착함과 자신의 수명이 길지 못함을 슬퍼하여 이에 〈遠遊〉篇을 지었다. 이는 몸과 魂을 단련하여 空氣를 타고 宇宙를 周遊하여 後天에서 마침으로써 끝없는 세상의 변화에 시달리는 것을 그만두려는 생각에서였다. 비록 舊說들이 寓言이라고 말하나 그가 서술한 王子喬의 이야기는 능히 설명해서 보충할 수 있으니 이는 실로 장생술의 要訣이라 할 것이다.[288]
　　　　　　　　　　　　　　　≪楚辭集注≫〈遠遊에 대한 朱子의 解題〉

---

288) 遠遊者, 屈原之所作也, 屈原旣放, 悲歎之餘, 眇觀宇宙, 陋世俗之卑狹, 悼年壽之不長, 於是作爲此篇, 思欲制練形魂, 排空御氣, 浮游八極, 後天而終, 以盡反復無極之世變, 雖曰寓言, 然其所設王子之詞, 苟能充之, 實長生久視之要訣也≪楚辭集注≫〈遠遊에 대한 朱子의 解題〉

206

朱子는 〈遠遊〉의 2차적인 응집맥락으로 두 가지를 생각하고 있다고 여겨진다. 하나는 신선의 이야기에 기대어 굴원이 비루한 세속과 결별하여 결백하려는 뜻을 나타내려 했다는 것이고, 다른 하나는 이런 寓言이 寓言으로만 그치는 것이 아니라 실제로 신선장생술의 요결을 드러내고 있다는 것이다. 주의할 것은 여기서 朱子가 말한 寓言은 〈離騷〉에서 보였던 比와 같은 표현과는 함의가 다른 것이다. 여기서의 寓言은 구체적인 神仙長生術의 수련행위와 과정이 비유적으로 표현되어 있다는 뜻이다. 王逸의 解題와 위의 朱子의 解題를 비교해 보면서 朱子의 의도를 자세히 파악해 보자.

〈遠遊〉는 屈原이 지은 것이다. 강직함을 행하다가 세상에 받아들여지지 않았는데 위로는 간신들의 참언을 입고, 아래로는 속인들에게 곤궁함을 당하였다. 이에 山河를 배회하였으나 호소할 곳이 없어, 깊이 우주의 근원을 생각하고, 편안하고 조용히 몸을 닦아, 이 현실의 세상을 벗어나려 했는데, 이때 분연히 마음속에 문채들이 떠오르니, 이에 그것들을 서술하였다. 신선들의 짝이 되어 함께 천하를 주유하여 놀며, 가지 않는 곳이 없었으나 오히려 조국과 고향 생각이 절실하였다. 그러므로 이는 忠信과 仁義가 돈독하고 후한 것이다. 이런 까닭에 군자는 그 뜻을 귀히 여기고 그 문사를 아름답게 생각하는 것이다.289) ≪楚辭章句≫〈遠遊에 대한 王逸의 解題〉

---

289) 遠遊者, 屈原之所作也. 屈原履方直之行, 不用於世, 上爲讒佞所讒毁, 下爲俗人所困極, 章皇山澤, 無所告訴, 乃深惟元一, 修執恬漠, 思欲濟世, 則意中憤然, 文采秀發, 遂敍妙思, 託配僊人, 與俱遊戲. 周歷天地, 無所不到, 然猶懷念楚國, 思慕舊故, 忠信之篤, 仁義之厚也. 是以君子珍重其志而瑋其辭焉. ≪楚辭章句≫〈遠遊에 대한 王逸의 解題〉

　王逸이나 洪興祖의 경우에는 神仙의 이야기에 기대어 굴원이 초국을 떠나 결백하게 절개를 지키며 살고자 하나 차마 조국과 초왕에 대한 그리움을 떨쳐버릴 수 없었다는 것이 주제적 대의라고 보고 있으며, 반면 神仙長生術의 요체를 표현했다는 등의 내용은 찾아볼 수가 없다. 그러나 朱子의 注에서는 王逸이나 洪興祖의 注에서는 볼 수 없었던 神仙長生術과 연관된 풀이가 많이 보인다. 이는 朱子의 문화적 정통의식에 입각한 종교관에 비추어 보면 잘 이해할 수가 있으며, 실제로 朱子의 〈遠遊〉에 대한 주석작업의 의도도 자신의 문화적인 정통의식에 입각한 종교관을 뒷받침하려는 것에 있는 것으로 보인다. 사실 朱子는 당시에 유행하던 符籙道教에 대해서는 무속적 제례의식과 불교적 요소가 많고, 정치적인 세력화를 부추기는 경향이 있어 반대를 하였으나 長生不老를 추구하던 神仙道教에는 호의적이었다. 실제로 朱子는 《周易參同契》를 주석하고 도교적 내단호흡법에 대한 관심을 가졌었고, 실제로 수행을 했던 것으로 보인다. 사실 이런 신선도교는 문화적인 정통의식에 비추어 보면 순순히 중국적인 전통에 의거하여 생긴 문화요소로서 배척할 대상이 아니라 전통으로 수용하여 발전시켜야 할 요소로 인식하고 있었던 것이다. 이는 외래 종교였던 불교의 禪修行을 다분히 의식했던 것으로 보인다. 그래서 朱子는 屈原이 〈遠遊〉를 지은 의도가 실제로 굴원 자신이 神仙長生術을 익혔고, 이런 神仙長生術을 익힌 의도가 따로 있었다고 보고 있으며, 그 의도가 〈遠遊〉에 담긴 숨겨진 大義라고 생각했던 것이다. 그는 〈遠遊〉의 注들에서 《列仙傳》, 《丹經》, 《陵陽子明經》 등 仙家書의 내용을 인용하여 설명하고 이를 인정하고 있다. 그래서 〈遠遊〉도 〈離騷〉나 〈九歌〉처럼 比, 比而賦, 賦而比 등의 수사상의 표현을 사용하여 충신의 절개와 조국에 대한 변함없는 사모의 정을 신선의 이야기에 기탁하여 표현했다고도 할 수 있었을 것인데, 〈遠遊〉에 대한 주석에는 그러한 표현이 전혀 보이지 않고 30章에서만 왕일의 〈遠遊〉에 대한 해제를 존중하여 그에 부합하는 注를 달고 있는 것이 보일 뿐인 것이다.[290]

그러면 朱子는 굴원이 神仙長生術을 익힌 의도가 어디에 있었다고 파악하고 있는 것일까? 사실 朱子가 〈遠遊〉에서 굴원이 신선의 요결을 말했다고 파악한 것 자체는 2차적 응집맥락으로 바로 연결되지 않는 면이 있다. 이것을 어떻게 이해하여야 할까? 朱子가 파악한, 굴원이 신선장생술을 익힌 진정한 의도가 2차적 응집맥락을 짚어 줄 수 있을 것이다.

천지의 무궁함을 생각하니, 인생의 긴 고통은 슬프기 그지없다. 가버린 것은 내가 이르지 못하고, 올 것은 내가 들어보지 못하는도다! 〈遠遊 3章〉[291]

---

290) 屈原謂修身念道, 得遇神仙, 託與俱遊, 周歷萬方, 升天乘雲, 役使百神, 而非所樂, 猶思楚國念故國, 欲竭忠信以寧國家, 精誠之至, 德義之厚.〈遠遊 30章에 대한 朱子의 注〉
굴원은 몸을 닦고 도를 생각하여 신선을 만나 함께 더불어 놀며 천하만방을 주유하고 하늘에 구름을 타고 올라 百神을 부렸으나 즐겁지가 않았고 오히려 조국이 생각났고 충성과 믿음을 다하여 조국을 평안케 하고자 하였으니 이는 정성의 지극함이요 德과 義의 후함이다.

291) 惟天地之無窮兮, 哀人生之長勤, 往者余不及兮, 來者吾不聞〈遠遊 3章〉

이 章의 4句가 곧 이 〈遠遊〉篇의 창작 본의를 드러내준다. 무릇 神仙이 세상을 건진다는 이야기는 이러한 이치가 없는 까닭에 기약할 수가 없는 것이다. 그런데 굴원이 이에 혼자 안절부절못하면서 이를 잊지 못하는 것은 왜인가? 바로 이미 지나간 것은 미칠 수가 없고, 이제 올 것은 들어볼 수가 없으므로 단지 오랫동안 長生하여 기다릴 뿐인 것이다. 그러나 이미 지나간 것은 미칠 수가 없으므로 내가 어찌할 수가 없고, 이제 올 것은 들어볼 수가 없는데, 세상일이 道를 따라서 行해도 吉하지 않고, 道를 거슬러 행하여도 凶하지 않으니 모두가 기다린다고 얻을 수 있는 것이 아니다. 그러니 이리저리 세상의 변화에 떠돌아다니며 하늘이 모든 사람들의 운명을 정하는 것을 보게 된다면, 어찌 사람마다 한평생 끝없는 슬픈 恨이 없을 수 있겠는가. 이것이 바로 굴원이 잠시 조용히 죽지 않고서 신선이 세상을 구한다는 기약할 수 없는 것에 요행을 바라고 기댄 까닭이다. 오호라, 그 뜻이 심원하다. 이 어찌 속인들과 더불어 쉽게 논할 수가 있겠는가? 〈遠遊 3章에 대한 朱子의 注〉292)

朱子는 屈原이 神仙長生術을 익힌 것이 민중신앙적인 도교(符籙道敎)에서 말하는 신선이 이 어지러운 세상을 구해줄 것이라는 믿음에서 시작하는 것이 아니라 기본적으로는 사람이 타고나는 슬픈 운명을 참고 기다리며 순응하여 때를 기다리기 위한 것이며, 굴원

---

292) 此章四言, 乃此篇所以作之本意也. 夫神仙度世之說, 無是理而不可期也, 審矣, 屈子於此乃獨眷眷而不忘者何哉. 正以往者之不可及, 來者之不得聞, 而欲久生以俟之耳. 然往者之不可及, 則已末如之何矣, 獨來者之不得聞, 則夫世之惠迪而未吉, 從逆而未凶者, 吾皆不得以須, 其反復熟爛而鐖夫天定勝人之所極, 是則安能使人不爲沒世無涯之悲恨. 此屈子所以願少須臾無死, 而僥倖萬一於神仙度世之不可期也. 嗚呼遠矣, 是其易與俗人言哉〈遠遊 3章에 대한 朱子의 注〉

이 잠시 神仙度世說을 생각한 것은 잠시 요행을 바라듯이 생각해 본 것이라는 것이다. 朱子의 이기론적 인식론에서 살폈듯이 사람의 氣質之性은 하늘에서 타고 나는 것이라서 道에 꼭 맞는 균형적인 氣質을 타고난 사람이 아니라면 고난의 運命이 깃들 수밖에 없다. 그러므로 君子는 경학적인 전통에 의거한 수양법으로 居敬涵養하면서 마음과 몸을 편히 하고, 때를 기다리고 자신의 의지를 강건히 할 뿐인 것이다. 곧 道家의 神仙長生術이 이러한 居敬涵養의 수행법과 맞닿아 있으므로 익혀 수행할 수 있으나 神仙長生術이 혹시라도 神仙度世의 사상으로 가는 것은 경학적인 행동강령에 맞지 않는 것이다. 그러므로 朱子는 〈遠遊〉의 전편에 이러한 2차적인 응집맥락이 강하게 내재되어 있음을 알아야 한다고 생각하며, 〈遠遊〉가 神仙長生術의 要諦를 잘 서술하고 있다고 생각하고 있는 것이다.

〈卜居〉의 경우에도 대부분이 義訓에 의한 응결장치를 통해 1차적인 응집맥락이 명확하게 드러나고 이것이 곧바로 2차적인 응집맥락, 곧 임금에게 쫓겨나고 참소를 당하여 괴로워도 첨윤의 신명한 점괘를 통해 확신을 얻어 그 절개를 변치 않는다는 뜻으로 이해될 수가 있다. 그러나 이렇게 해석이 가능한 2차적인 응집맥락은 朱子가 생각하는 〈卜居〉에서 드러나는 진정한 2차적 응집맥락이 아니다. 朱子는 〈卜居〉의 大義를 이전의 舊說들이 잘못 파악하고 있으므로, 이를 자신의 문화적인 정통의식에 입각한 관점으로 바로잡는다고 천명한다. 〈卜居〉에 대한 朱子의 解題에서 이러한 점이 드러난다.

〈卜居〉는 굴원이 지은 바이다. 당시의 사람들은 사악하고 간사한 것에 익숙해지고 옳고 곧은 것에 등을 돌리고 있었으므로 굴원이 이를 슬퍼하여 짐짓 겉으로는 사악한 것과 바른 것의 是非와 可否를 모르는 척하고 점풀과 거북의 구갑으로 그 시비를 결정하여 드디어 〈卜居〉를 지었으니, 그 취사선택의 단초를 드러내어 세상 사람을 경계하려는 목적이지 舊說에서 말하듯이 굴원이 실제로 이에 의심이 없을 수가 없었기에 점치는 사람에게 가서 물은 것은 아니다.≪楚辭集注≫〈卜居에 대한 朱子의 解題〉

곧 朱子는 〈卜居〉가 세속의 사람들을 효과적으로 경계할 목적으로 굴원이 의도적으로 점쟁이의 입을 빌어서 是非曲直에 대한 올바른 판단을 이야기하고 있지만, 실제로는 굴원이 이미 道理를 잘 알고 있었다고 말하고 있다. 그리고 朱子는 이를 통하여 경학적인 윤리관과 실천론에 따라 天命에 순응하는 것이 당시에 유행하는 무축적인 점사나 부적, 주술보다 중요하고 편안한 길이 된다는 것을 다시 한번 드러내고 있는 것이라 볼 수 있다. 곧 朱子의 문화적인 정통의식에 따른 종교관에 따르면 당시 민간에서 유행하던 민중신앙의 근거인 淫祀와 符籍, 呪術 등은 정치적인 정통성과 사회적인 질서를 위협할 수 있었고, 무술적 占辭는 미래는 알 수 없는 것이고 단지 자신이 받은 천명에 대하여 순응하며 居敬涵養를 통해 인격을 완성하고, 天理를 格物窮理하여 體認할 때만 몸과 마음이 진정으로 편안할 수 있다는 경학적 실천론에 반하는 것이었다. 그러므로 당연히 朱子는 舊說에서 말하듯이 굴원이 占辭를 본 후에 거기에 따라 처신을 결정했다는 것은 잘못된 것이라고 본 것이다.

212

〈漁父〉의 경우도 義訓이라는 응결장치가 바로 1차적인 응집맥락을 드러내주고 있으며 이는 곧바로 어려움을 당해도 속세에 물들지 않고 고고히 살아가려는 굴원의 절개를 자술한다는 2차적 응집맥락으로 연결된다. 朱子는 〈漁夫〉를 굴원과 隱遁志士인 어부의 대화로 본 왕일의 견해와 굴원이 가설로 상정해서 지었다는 홍흥조의 〈漁夫〉에 대한 해제의 견해를 모두 싣고 있는데, 이 두 설에 따르더라도 朱子가 생각하는 2차적 응집맥락에 어긋나는 것이 없으므로 그냥 인정하고 특별한 견해를 보이지는 않은 것 같다. 더 이상 자세한 분석은 하지 않는다.

(2) 응결장치를 통한 1차적 응집맥락의 구축

〈遠遊〉, 〈卜居〉, 〈漁父〉의 경우에는 比, 比而賦, 賦而比 등의 표현이 없고 義訓을 통한 응결장치와 朱子의 보충적인 해설이 실린 注로 1차적인 응집맥락이 드러나며, 이것이 곧바로 2차적인 응집맥락으로 이해될 수 있거나, 혹은 보충적인 해설로서 2차적인 응집맥락이 드러난다.

사실 〈遠遊〉에는 일정한 서술적인 맥락이 없으며 朱子의 注에서도 서술적인 맥락을 밝힌 부분들이 있지 않다. 그러나 대체적으로 1차적 응집맥락은 굴원이 세속을 피해 결백하게 살기 위해 신선들과 더불어 천하를 주유하고자 하는 것이고 그것 사이사이에 드러나는 천계환유와 관계된 상세한 묘사들은 신선장생술의 要訣을 寓

言的으로 풀고 있다는 것이 된다. 그리고 이러한 神仙長生術의 요결은 위의 항에서 살폈듯이 朱子의 보충적인 注를 통해서 문화적인 정통의식을 뒷받침하는 요소 중의 하나라는 2차적인 응집맥락을 강화하는 문맥으로 읽혀질 수 있다. 아래에서 朱子가 神仙長生術의 요체라고 지적한 부분을 확인해 보자.

氣가 변하여 마침내 하늘로 떠오르니, 神과 鬼가 움직여서, 멀리 어렴풋이 보이고, 맑게 빛나며 왕래한다.〈遠遊 9章〉293)

이것은 8章의 변하여 떠나니 형체가 멀어진다는 뜻과 같다. 髣髴이란 명확히 보이지 않는다는 것이다. 《丹經》에 이르기를 丹을 3번 먹으면 가벼워져 멀리 주유할 수 있으니, 불이 들어 올 때 태우지 말고, 물이 들어 올 때 흘려버리지 않으면 능히 있으면서도 없으니 오랫동안 즐겁고 근심이 없다고 했는데 바로 이것이다.〈遠遊 9章에 대한 朱子의 注〉294)

朱子는 이 단락이 《丹經》에서 말하는 내단수련법의 방법과 절차적 과정을 굴원이 寓言적으로 말하고 있는 것으로 해석하고 있다.

이르기를 道는 가히 받을 수는 있으나 전할 수는 없고, 작기로는 안으로 경계가 없고 크기로는 밖으로 경계가 없다. 魂을 어지럽히지

---

293) 因氣變, 而遂曾擧兮, 忽神奔而鬼怪, 時髣髴以遙見兮, 精皎皎以往來.
〈遠遊 9章〉

294) 此亦上文化去形遠之意, 髣髴見不諟也. 丹經所謂服食三載, 輕擧遠遊,
入火不焦, 入水不濡, 能存能亡, 長樂無憂者, 此也〈遠遊 9장에 대한
朱子의 注〉

214

않으면 자연히 얻게 된다. 지순한 기운은 매우 신기하여 한밤에 존재하니, 비워서 기다려야지, 그것을 구하려 해선 안 된다. 만물이 이렇게 해서 이루어지니 이것이 德의 門이다.〈원유 14장〉295)

이것은 道가 오묘함이 이와 같다는 것을 말한 것으로, 사람이 능히 그 魂을 어지럽히지 않으면 몸과 마음이 스스로 그러하게 되고, 氣라는 것은 심히 신묘한 것이라서 한밤중의 虛靜한 때 스스로 내 몸에 생겨 떠나지 않는다. 이와 같다면 세상의 일을 응할 때도 이와 같이 虛靜하게 대하고서 억지로 먼저 하려 하지 않으며, 만물이 스스로 이루어지고 만 가지 변화가 스스로 생긴다. 대개 廣成子가 黃帝에게 이른 내용이 이러한 것에 불과하니, 진실로 신선의 요결이라 할 것이다.〈원유 14장에 대한 朱子의 주〉296)

朱子는 이 편도 역시 신선의 요결을 이야기하고 있는 것으로 파악하고 있다. 또한 다른 한편으로는 朱子의 도통론에서 핵심적인 자리를 차지하고 있는 黃帝의 도를 神仙長生術의 鼻祖 중의 한 神仙인 廣成子와 연계하여 이해하고 있으니 분명 朱子는 神仙長生術의 전통이 자신의 문화적 정통의식의 차원을 이루는 한 요소로 생각하고 있다고 볼 수 있다.

---

295) 日道可受兮而不可傳, 其小無內兮, 其大無垠. 毋滑而魂兮, 彼將自然, 壹氣孔神兮, 於中夜存, 虛以待之兮, 無爲之先, 庶類以成兮, 此德之門. 〈遠遊 14章〉

296) 言道妙如此, 人能無滑亂其魂, 則心身自然, 而氣之甚神者, 當中夜虛靜之時, 自存於己而不相離矣. 如此, 則應世之務, 皆虛以待之於無爲之先, 而庶物自成, 萬化自出, 蓋廣成子之故黃帝, 不過如此, 實神仙之要訣也.〈遠遊 14章에 대한 朱子의 注〉

南州의 火德을 찬미하고 계수나무의 겨울 꽃을 아름답게 여기도다. 산은 쓸쓸하여 짐승이 없으며 들은 적막하여 사람이 없다. 내 魄을 싣고서 멀리 가리니 뜬구름을 덮고서 위로 오른다. 〈遠遊 18章〉297)

위의 4구는 사물을 기재하였고, 아래의 2구는 신선이 되어 떠남을 이야기 하였다. ……여기서 말하는 빛나는 魄이라는 것은 陰靈이 모인 것으로 마치 빛이 발하는 것과 같다는 것이다. 霞는 遐와 통하니 멀다는 뜻이다. 대개 魄이 魂을 받지 않고, 魂이 魄에 깃들지 않으면 魂은 떠나고 魄은 땅으로 내려가니 사람이 죽는 것이다. 그러므로 수련하는 선비는 반드시 魂이 魄에 깃들게 하여 마치 日光이 月에 비치는 듯이 해야 하고, 魄이 항상 魂을 수렴하여 마치 月이 日光을 받아들이듯이 해야 神이 내달리지 않고 魄이 죽지 않아서 마침내 능히 신선이 되어 하늘로 올라가서 멀리 돌아다닐 수 있다.〈遠遊 18章에 대한 朱子의 注〉 298)

朱子는 이 단락이 神仙長生術의 '回光反照'의 호흡원리를 말하고 있는 것으로 해석하고 있다. 한편 神仙長生術에서 이야기하는 사람의 魂魄의 논리는 성리학에서 보이는 귀신에 대한 이해와 어긋남이 없다는 것을 알 수 있어 2차적 응집맥락으로 확대될 수 있다.

아래로는 매우 깊고 넓어서 땅이 없고, 위로는 넓고도 높아서 하늘이 없다. 홀연히 둘러보아도 아무것도 보이지 않고, 가만히 들어도

---

297) 嘉南州之炎德兮, 麗桂樹之冬榮, 山蕭條而無獸兮, 野寂寞其無人, 載營魄而登霞兮, 掩浮雲而上征〈遠遊 19章〉

298) 上四句記時物也, 下二句言以此時昇仙而去也. ……蓋魄不受魂, 魂不載魄, 則魂遊魄降而人死矣. 故修鍊之士, 必使魂常附魄, 如日光之載月質, 魄常檢魂, 如月質之受日光, 則神不馳而魄不死, 遂能登仙遠去而上征也〈遠遊 18章에 대한 朱子의 注〉

아무것도 들리지 않네. 無爲를 넘어 太淸에 이르러 태초의 元氣와 함께 벗하리라.〈遠遊 36章〉[299]

……굴원은 본래 장차 올 것을 얻어 들을 수 없는 것을 근심스럽게 생각하여 신선이 되는 道를 원했는데 이에 이르러 진실로 가히 後天에 들어서 늙지 않게 되어 三光을 넘어서서 아래의 인간세상을 보게 되었으니, 마치 옹기 항아리 안에 수백 수천 마리의 모기가 잠깐 동안 명멸하는 듯이 보였다. 무엇을 족히 말할 수 있겠는가! 무엇을 족히 말할 수 있겠는가! 司馬相如가 지은 〈大人賦〉에는 그 말을 빌려온 것이 많은데, 굴원이 이른 경지는 司馬相如가 그 萬分의 一도 꿰뚫어 볼 수 있는 것이 아니다.〈遠遊 36章에 대한 朱子의 注〉[300]

실로 朱子는 屈原이 神仙長生術의 최고의 경지에까지 이르러 太淸의 세계에까지 들어선 것으로 생각하고 이러한 내면적인 초탈을 찬미하고 있다. 그러나 朱子에게 있어 이러한 내면적인 초탈은 절개를 지키기 위해 의로운 죽음을 감내할 수 있는 내적 志槪의 바탕이 되는 것으로 그러한 초탈 자체가 목적이 아니라 경학적 실천론을 지켜낼 수 있는 수행의 방편이라고 생각하고 있는 것 같다. 곧 이러한 초월적인 인식이 굴원을 절개를 위해 목숨까지 내놓게 하는 실천적 행위의 근원적인 힘이라고 파악하고 있는 것이다. 이는 이러한

---

299) 下峥嵘而無地兮, 上廖廓而無天, 視倐忽而無見兮, 聽怡悅而無聞, 超無爲以至淸兮, 與太初而爲隣.〈遠遊 36章〉

300) ……屈原本以來者不聞爲憂, 而願爲方仙之道, 至此, 則眞可以後天不老而凋三光矣. 下視人世甕盎之間百千蚊蚋須臾之頃萬起萬滅. 何足道哉, 何足道哉 司馬相如作大人賦, 多窺其語, 然屈子所到, 非相如所能窺其萬一也.〈遠遊 36章에 대한 朱子의 注〉

神仙長生術이 朱子의 총체적 세계인식에 수렴하는 것이 된다.

〈卜居〉의 경우에도 대부분이 義訓에 의한 응결장치를 통해 1차적인 응집맥락이 명확하게 드러나 있으며 이것이 곧바로 2차적인 응집맥락, 곧 임금에게 쫓겨나고 참소를 당하여 괴로워도 첨윤의 신명한 점괘를 통해 확신을 얻어 그 절개를 변치 않는다는 뜻으로 이해될 수가 있다. 편폭이 짧고 모든 내용이 비유가 없이 직설적이므로 특별히 응결장치와 1차적 응집맥락의 문제를 다루지 않는다.

〈漁父〉의 경우도 義訓이라는 응결장치가 바로 1차적인 응집맥락을 드러내주고 있으며 이는 곧바로 어려움을 당해도 속세에 물들지 않고 고고히 살아가려는 굴원의 절개를 자술한다는 2차적 응집맥락으로 연결된다. 여기서도 〈卜居〉의 경우처럼 모든 내용이 직설적이고 편폭이 짧으므로 특별히 응결기능과 1차적 응집맥락의 문제를 다루지 않기로 한다.

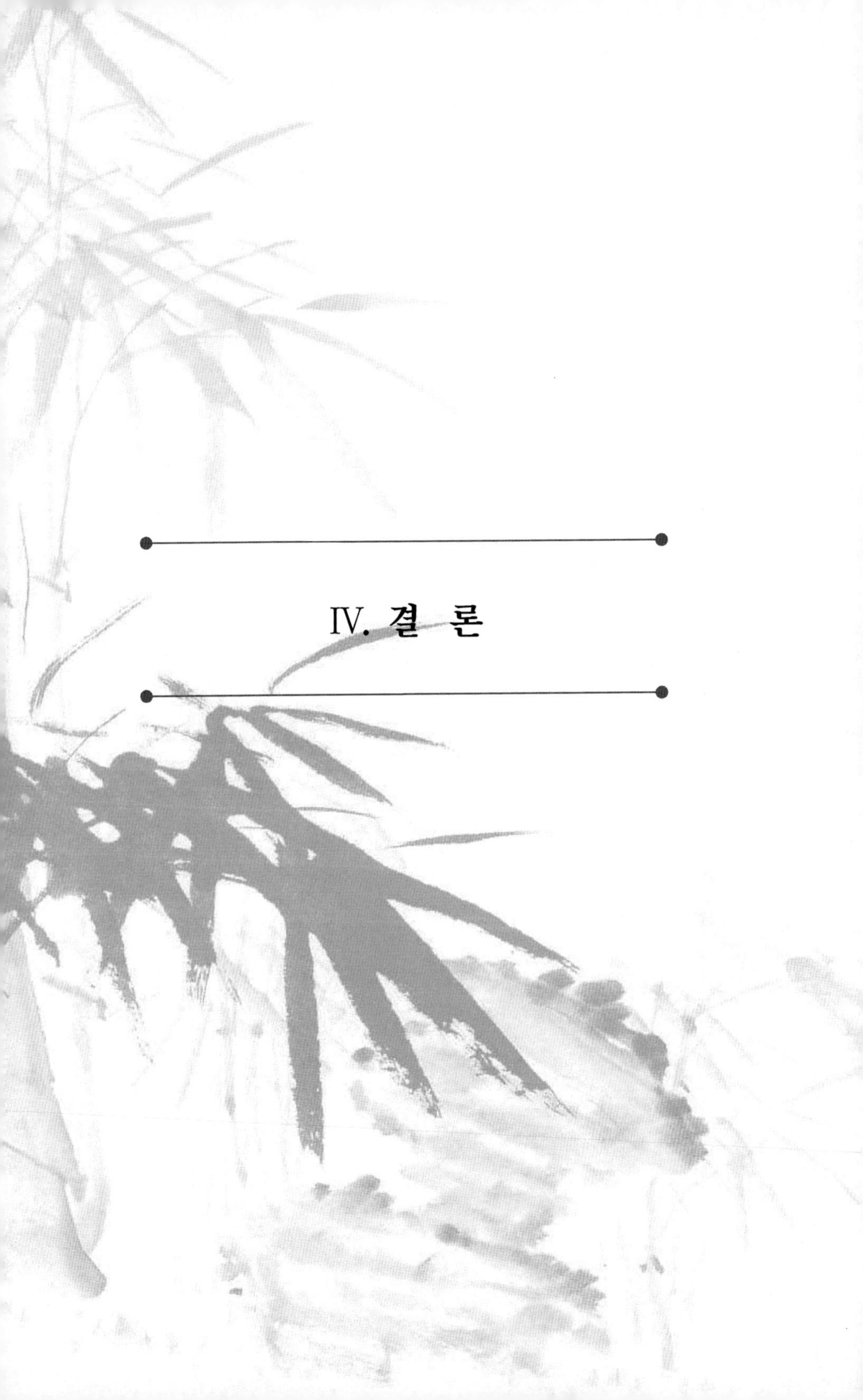

Ⅳ. 결 론

Ⅳ. 결 론

　본고의 목적은 1차적으로 ‘楚辭’經文에 대한 朱子의 해석방식과 그러한 해석을 통한 이해의 과정을 ≪楚辭集注≫라는 문헌을 통해서 例示的으로 살피는 데에 있었다. 이는 좁게는 朱子의 다양한 경전들에 대한 주석작업을 이해하기 위한 例證的 작업이 됨과 동시에 넓게는 原典에 注를 달아 학문을 연구하였던 중국학의 학문방법론을 근원적으로 고찰할 수 있는 계기가 될 수 있을 것이다.
　필자는 텍스트분석을 위한 개념적인 도구로 해석학적인 체계, 총체성, 텍스트화, 봉쇄전략을 전제하였다. 우선 ≪楚辭集注≫텍스트에 2가지의 해석학적 층위가 개재하고 있음을 가정하였다. 곧 ‘楚辭’經文을 해석하고 있는 ‘集注’와 이러한 ‘集注’를 해석하고 있는 ‘필자의 해석지평’이 그것인데, ‘楚辭’經文과 ‘集注’ 사이는 열려진 해석체계라는 독자중심의 해석체계를 ‘集注’와 ‘필자의 해석지평’ 사이에는 닫힌 해석체계라는 작자중심의 해석체계를 대응시켰다. 이러한 가정을 필자는 고전주석서를 독해할 때, 타당하게 인정될 수 있는 형식으로 파악했다. 그리고 ‘필자의 해석지평’은 ‘集注’에 대하여 작자중심의 해석학적인 체계를 가정하고 있으므로 朱子의 총체성적인 인식을 서술할 수 있는 가능성을 부여받게 된다. 한편 ‘集注’는 朱子의 총체적 세계인식의 지배를 받는 것으로서 朱子의 총체적 세계인식을 서술할 수 있는 ‘필자의 이해의 지평’은 ‘集注’를 통한 ‘楚辭’經文에 대한 ‘朱子의 이해의 지평’과 동일하다고 생각할 수 있다. 결국 '朱子의 이해의 지평'은 朱子의 총체적 세계인식으로 대치되며 朱子의 '集注'를 통한 '楚辭'經文의 해석은 朱子의 총체적 세계인식으로 귀결됨을 목적으로 한다. 그리고 이러한 총체적 인식에로의 귀결 과정을, '楚辭'經文이 朱子의 총체적 인식과 연동되는 의미맥락으로 텍스트화되어 가는 과정으로 파악했다. 그래서 '楚辭'經文은 형식적으로는 텍스트화가 완결되어 내용적으로 朱子의 총체적 인식의 맥락 안에 포섭되는데, 이러한 일련의 해석 작업은 '楚辭'經文과 '集注' 사이의 해석체계가 독자중심의 열린 해석체계라는 것을 감안하면 텍스트가 가질 수 있는 다양한 함축적 의미와 모순을 특정한 의미맥락으로 봉쇄하려는 전략으로 이해될 수 있다. 결국 朱子는 '楚辭'經文이라는 텍스트를 '集注'를 통하여 봉쇄하여 자신의 총체적 인식의 일부가 되게 하였다.

그런데 이러한 연구의 과정에서 생기는 의문점은 크게 두 가시이다. 하나는 필자가 朱子의 총체적 세계인식을 서술하는 것이 과연 가능한가 하는 점이고, 다른 하나는 朱子의 총체적 인식을 상정해놓고 다시 '楚辭'經文에 대하여 가지는 '集注'의 해석 작용을 봉쇄 전략으로 보는 것에 있어 발생하는 의미상의 모순에 관한 것이다.

우선 첫 번째의 의문에 답해보자. 총체성에 대하여 온전히 서술한다는 것 자체는 어떠한 경우에 있어서도 불가능하다는 것을 우리는 총체성의 개념 정의에서 알 수 있다. 필자가 정의한 총체성이란 완결성, 통일성, 진리, 美 등의 용어가 가질 수 있는 인문주의적인 가정을 전제한 것으로 사실은 서술적인 정의의 가능성에서 벗어나 있는 것이다. 그러므로 필자가 朱子의 총체적 세계인식을 서술한다는 것은 방법론적인 가정에 근거하여 그 의미를 부여한 것으로 필자가 서술하는 朱子의 총체적 세계인식이 진정한 그 무엇인 것은 아니다. 그러나 필자가 서술한 朱子의 총체적 세계인식은 또한 완전한 거짓도 아닌 까닭에 방법론적인 가정에 기대어 서술해 볼 수는 있는 것이다. 사실 필자가 드러내는 朱子의 총체적 세계인식이란 본고의 성실성이 그 진정성을 제고시켜줄 수 있을 뿐이다.

그리고 그다음으로 총체성이라는 개념과 봉쇄전략이라는 개념이 가지는 의미상의 충돌을 어떻게 해결해야 할까 하는 문제다. 사실 제임슨이 말한 봉쇄전략이란301) 텍스트의 해석에 있어서 그 일관

---

301) *The Political Unconscious* accordingly turns on the dynamics of the act of interpretation and presupposes, as its organizational fiction, that we never really confront a text immediately, in all its freshness as a thing-in-itself. Rather, texts come before us as the always-already-read; we apprehend them through sedimented layer of previous interpretation, or—if the text is brand-new—through the sedimented reading habits and categories developed by those inherited tradition. This presupposition then dictates the use of a method(which I have elsewhere termed the "metacomentary") according to which our object of study is less the text itself than the interpretation through which we attempt to confront and appropriate it. Interpretation is here construed as an essentially allegorical act, which consists in rewriting a given text in terms of a particular interpretive master code. The identification of the latter will then lead to an evaluation of such codes or, in other words, of the methods" or approaches current in American literary and cultural study. Their juxtaposition with a dialectical or totalizing, properly Marxist ideal of understanding will be used to demonstrate the structural limitations of the other interpretive

된 체계의 경계 안에 들어오지 않는 것들을 억압하는 이데올로기 적인 경향과 이러한 이데올로기적 경향이 역사적으로 누적되어 형 성된 정치적 무의식(The Political Unconcious)에 의해 주도되는 것으로 총체화(totalization)와 변증법적 방법을 통해서 비판적으로 극복해야 할 대상이다. 만약 필자가 근대적 역사관점에서 朱子의 ≪楚辭集注≫가 중세봉건사회의 계급사회를 옹호한다는 역사적인 해석약호를 가정했다면 이러한 제임슨의 논지를 따르는 것이 될 것이다. 그러나 본고에서는 이러한 해석약호를 배제하고 있다. 이 는 필자가 서론에서 정의한 총체성의 성격에 기인한다고 하겠다. 필자는 총체성의 두 가지 측면을 동시에 상정하고 있는데, 하나는 카오스적 무한성(bad infinity)을 지닌 총체성이고 다른 하나는 코 즈모스적 무한성(good infinity)의 총체성이다. 전자의 총체성은 칸 트에 의해 완성된 物自體界를 상정하는 비규범적인 종체성이며, 후자의 총체성은 헤겔에 의해 완성된 절대정신(Absolute Spirite) 을 상정하는 규범적인 총체성이다. 제임슨의 봉쇄전략은 정치적인 무의식을 가정함으로 인해 헤겔에 의해 완성된 목적(telos)을 향한 닫힌 총체성을 전제로 논의가 진행된 것으로 카오스적 무한성의 총체성에 대한 인식은 부재한다고 볼 수 있다. 물론 제임슨은 헤 겔과 같은 정신적인 일원론자라기보다는 마르크스적 유물론자라고

---

codes, and in particular to show the "local" ways in which they construct their objects of study and the *strategies of conta-inment* whereby they are able to project the illusion that their reading are somehow complete and self-sufficient. Jameson, Fredric ≪*The Political Unconscious*≫, London: Methuen, 1981, pp.10-11.

224

할 수 있으나 카오스적 무한성의 총체성에 대한 주목이 부족한 것은 사실이라고 볼 수 있다. 반면 필자가 상정한 朱子의 총체성은 두 가지의 총체성을 동시에 함의하고 있다. 朱子가 所當然之則인 당위의 법칙과 所以然之故의 자연 법칙을 仁과 性의 등치를 통해 하나로 인식해낸 理氣論的 인식론, 존재론과 실천론은 카오스적 무한성의 총체성으로 이해될 수 있으며, 그의 문화적인 정통성에 대한 인식은 규범적 총체성에 다름이 아니다. 그러므로 ≪楚辭集注≫에서 드러나는 '楚辭'經文에 대한 朱子의 봉쇄전략은 단순히 텍스트를 특정맥락으로만 읽게 만드는 닫힌 개념만 되는 것은 아니다. 이것은 다시 열린 개념에도 복무하게 되는데 이를 통해 朱子의 '楚辭'經文에 대한 봉쇄전략은 제임슨의 그것과는 함의가 달라진다. 물론 문화적인 정통의식이라고 하는 一統主義가 지니는 개념은 제임슨이 지적한 정치적 무의식과 등가적인 것으로 파악할 수도 있기에 '集注'가 가지는 봉쇄전략적 효과가 지니는 이데올로기성을 완전히 부인할 수 없다. 사실 朱子가 가진 문화적 一統主義는 헤겔이 중국과 인도의 역사를 카오스적 무한성(bad infinity)을 체현하는 역사로 파악하여 절대정신을 지향해가는 세계역사(World History)에서 제외시켰던 이데올로기적 역사관과 유사한 점이 있기는 하다.

그럼에도 불구하고 朱子의 총체성은 理氣論의 완성으로 인해 物自體界를 상정할 수 있으므로 朱子의 '集注'는 이데올로기적 봉쇄전략으로 읽힐 수도 있지만 한편으로 열린 총체에도 복무하게 된다.

이러한 이유 때문에 필자는 朱子의 총체적 세계인식이 兩價的

성향을 띠고 있다고 보며, 이러한 朱子의 총체적 세계인식이 지니
는 兩價性에 주목한다. 물론 이러한 兩價性을 제임슨과 같은 마르
크스주의 비평가들은 그것이 구조적인 한계(structural limitation)
를 내포할 수밖에 없으며 허위의식(false consciousness)의 발로에
다름 아니라고 비판할 것이다. 이러한 비판적 의식이 무의미한 것
은 아니나 필자가 앞서 살폈듯이 이러한 비판적 의식은 현재적 관
점의 해석약호를 상정하여 그 역사성을 드러내 보이려는 것이 내면
적 의도인 바, 필자는 본고의 분석에서 그러한 해석약호를 상정하지
않았다.

  사실 朱子와 그의 제자들의 학파는 朱子가 살았던 당시에는 학
문적인 소수파이며, 주류적인 입장에 있지도 않았다. 朱子의 총체
성저 인식이 지배이데올로기화된 것은 원대를 거쳐 명대에 정치권
력과 만나게 되면서 시작되었으며, 朱子가 활동하던 당시에는 지
배적 이데올로기와는 거리가 멀었다.

  이제 필자는 앞서 전개했던 논지를 타당성 있게 이어가기 위해
朱子가 ≪楚辭集注≫의 편찬에 왜 그토록 정열을 기울였는가에 답
하고자 한다. 사실 朱子는 죽기 3일 전까지 ≪大學≫의 誠意章의
개정과 더불어 ≪楚辭集注≫의 단락을 수정하고 보충할 정도로
≪楚辭集注≫를 중히 여겼다. 朱子가 ≪大學≫을 끊임없이 개정하
고 보충한 것은 쉽게 이해할 수 있으나, ≪楚辭≫에 대해서 그런
노력을 경주했던 것은 쉽게 이해가 되지 않는 면이 있는 것이다.
서론에서 지적했듯이 ≪楚辭≫는 朱子의 총체성에 완전히 正으로
수렴하지 않는 中間子적 텍스트라고 볼 수 있는데, 朱子는 왜 이

토록 ≪楚辭≫에 집착한 것일까? 필자는 이에 대한 답이 朱子의 총체적 세계인식에 대한 이해에 있다고 본다.

朱子에게 있어 經典에 대한 해석작업은 긍정적 해석학(positive hermeneutics)으로 자신의 유토피아적 전망을 확신하고 확대하는 과정이라고 이해할 수 있다. 그러나 이러한 긍정적 해석학은 문화적 정통의식에 근거한 一統主義라고 하는 닫힌 총체성에는 적합한 것으로 작용할지 모르지만, 그의 理氣論的 열린 총체성의 외연을 확대하는 것에는 긍정적인 것만은 아니다. 그런데 ≪楚辭集注≫의 경우는 다른 경전에 대한 주해와는 달리 필자가 본고에서 살폈듯이 긍정적 해석학과 부정적 해석학(negative hermeneutics)이 맞물려있음을 알 수가 있는데, 이러한 맞물림을 통해서 中間子적 텍스트가 正으로 지향하려는 의지가 있음을 보임으로써 문화적 정통의식에 근거한 一統主義가 가지는 교조적 성격을 회피할 수 있었을 것이다. 中間子적 텍스트의 지위가 正은 아니지만 그 의지가 자발적으로 正을 향하는 것으로 인식할 수 있게 하는 부정적 해석학의 기능을 朱子는 파악하고 있었던 것이다.

朱子의 이러한 노력은 결국 공자가 이루었던 고전에 대한 해석학적 이해를 새로이 함으로써 해석학적 인식에 큰 轉變을 이루고 있으며 이후 근대의 서구문명의 영향력이 미치기까지 공자를 대치한 지배적 담론이 될 수 있었을 것이다.

그러나 이러한 연구방법론은 의리경학적인 주석작업에는 타당하게 적용될 수 있을지 모르나, 한대의 훈고학적인 주석서와 청대의 고증학적인 주석서에 대한 접근에도 타당하게 적용할 수 있을지는

의문이다. 이에 대해서는 상세한 분석이 필요할 것이다. 또한 총체
성, 텍스트성, 봉쇄전략의 개념이 본고의 논지에 어느 정도 정합성
있게 부합하는지 또는 그런 서구문예학의 용어 대신 더욱 적합한
중국학적 용어로 대체될 수는 없는지 하는 문제가 제기될 수 있다.
물론 이러한 문제는 필자가 앞으로 발전적 논의를 계속해야 할 부
분들임에 틀림이 없을 것이다. 그러나 그럼에도 불구하고 原文텍
스트와 注로 이루어진 문헌을 이해하는 試論으로서 본고의 해석학
적인 접근은 일면 타당한 가치가 있을 것으로 사료되며, 주자의
총체적 세계인식에 대한 필자의 이해는 주자의 의리경학의 성취를
평가하는 또 다른 잣대가 될 수 있을 것이다.

참고문헌

* '1. 原典과 注疏類'는 시대順으로, '1. 辭典類'와 '2. 論著類'는 著者의 가나다順(영문인 경우에는 Alphabet順)으로 배열하고, 동일저자의 경우에는 최근연도순으로 배열하였다.

1. 原典과 注疏類, 辭典類

原典 및 注疏類

(漢) 王逸 章句, 王熙元 導讀, ≪楚辭≫, 臺北: 金楓出版公司, 1988.

(漢) 王逸 注, (宋) 洪興祖 補注, ≪楚辭補注≫, 臺北: 中華書局, 1981.

(唐) 劉知幾 著, (清) 浦起龍 釋, (民國) 呂思勉 評, ≪史通釋評≫, 臺北: 華世出版社, 民國 70.

(唐) 劉知幾 撰, (清) 浦起龍 釋, (清) 蔡焯 擧例擧要, ≪史通通釋≫, 臺北: 世界書局, 民國 58.

(宋) 洪興祖, ≪楚辭補注≫, 臺北: 藝文印書館, 1981.

(宋) 朱子, ≪楚辭集注≫, 臺北: 萬國圖書公司, 民國 45년.

(宋) 朱子, ≪楚辭集注≫, 楊州: 江蘇廣陵古籍刻印社, 1996.

(宋) 朱子 撰, ≪二程全書≫ 臺灣: 中華書局, 年度未詳.

(宋) 朱子 贊, ≪四書集注－大學, 中庸, 論語, 孟子≫, 臺北: 藝文印書館, 民國 63.

(清) 王夫之, ≪楚辭通釋≫, 臺北: 宏業書局, 1972.

(淸) 蔣驥, ≪山帶閣注楚辭≫, 臺北: 廣文書局, 1971.

(淸) 蔣驥, ≪山帶閣注楚辭≫, 臺北: 宏文書局, 1972.

(淸) 戴震, ≪屈原賦注≫, 臺北: 世界書局, 1970.

(淸) 王夫之 等, ≪淸人楚辭注三種≫, 臺北: 長安出版社, 1978.

(淸) 王懋竑 撰, 何忠禮 點校, ≪朱熹年譜≫, 北京: 中華書局, 1998.

(朝鮮) 朱熹 撰, ≪楚辭集注≫ (규장각소장 목판본 영인).

(朝鮮) ≪朱子(文集)大全 天・地・人≫ (서울대학교소장 목판본 영인),
　　　서울: 경문사, 1977.

(朝鮮) 朱熹 撰, ≪資治通鑑綱目≫ (규장각소장 목판몬 영인).

(朝鮮) 宋時烈 편, ≪朱子大全箚疑≫, 서울: 보경문화사,

(朝鮮) 奇大昇 編, ≪朱子文錄≫, 광주: 도서출판 보림, 1998.

成均館大學校 編, ≪經書－大學, 中庸, 論語, 孟子≫, 서울: 경인문화
　　　사, 1972.

楊家駱 主編, ≪楚辭新義五種≫, 臺北: 鼎文書局, 1974.

楊家駱 主編, ≪楚辭注八種≫, 臺北: 世界書局, 1978.

楊家駱 主編, ≪楚辭注八種≫, 臺北: 世界書局, 1981.

杜松柏 主編, ≪楚辭彙編≫(全10卷), 臺北: 新文豊, 1986.

金赫齊 校閱, ≪論語集注－懸吐釋字具解≫, 서울: 명문당, 1996.

辭典類

브리테니커 백과사전 제작부, ≪브리테니커 세계 대백과사전≫, 서울:
　　　한국브리테니카회사, 1993.

龍潛庵 主編, ≪宋元語言辭典≫, 上海: 上海辭書出版社, 1985.

이명섭 편, ≪세계문학비평용어사전≫, 서울: 을유문화사, 1998.

조셉 칠더즈・게리 헨치 엮음, 황종연 옮김, ≪현대문학문화비평용어
　　　사전≫, 서울: 문학동네, 1999.

한국민족문화대백과사전 편찬부, ≪한국민족문화대백과사전≫, 서울:
　　한국정신문화연구원, 1995.

Audi, Robert ≪*The Cambridge Dictionary of Philosophy*≫, Cambri-
　　dge: Cambridge University Press, 1999.

Lacey, A. R. ≪*A Dictionary of Philosophy*≫, London: Routledge,
　　1996.

2. 論著類

[단행본]

國內 간행본

강돈구 저, ≪슐라이어마허의 해석학≫, 서울: 이학사, 2000.

게오르그 루카치 저, 이영욱 역, ≪역사소설론≫, 거름, 1987.

　　　　　저, 차봉희 역, ≪루카치의 변증: 유물론적 문학이론≫, 한마
　　당, 1987.

고영근 저, ≪텍스트 이론－언어문학통합론의 이론과 실제≫, 서울:
　　도서출판 아르케, 1999.

고은 역, ≪초사≫, 서울: 민음사, 1975.

곽박 주, 송정화 역주 ≪목천자전≫, 동방삭 저, 김지선 역주, ≪신이
　　경≫, 서울: 산림, 1997.

권택영, ≪소설을 어떻게 볼 것인가?≫, 동서문학사, 1991.

기세춘 등 저, ≪중국역대시가선집≫(1), 서울: 돌배개, 1994.

金谷治 外 著, 조성을 역, ≪중국사상사≫, 서울: 이론과 실천, 1994.

김시준 역, ≪초사≫, 서울: 탐구당, 1985.

김인규 역, ≪초사≫, 서울: 청아출판사, 1988.

김학주 저, ≪조선시대 간행 중국문학 관계서 연구≫, 서울: 서울대학
     교출판부, 2000.

_____, ≪중국의 경전과 유학≫, 서울: 신아사, 2000.

데이비드 쿠진 호이(Hoy, David Couzen) 저, 이경순 역, ≪해석학과
     문학비평: 비판적 순환 고찰≫, 문학과 지성사, 1988.

롤란드 테일러(Talor, Roland) 저, 홍승용 역, ≪문제는 리얼리즘이다
     ≫, 실천문학사, 1985.

롤랑 바르트 저, 김희영 역, ≪텍스트의 즐거움≫, 동문선, 1997.

류성준 역, ≪초사≫, 서울: 혜원출판사, 1992.

르네웰렉, 오스틴 워렌 저, 김병길 역, ≪문학의 이론≫, 을유문화사,
     1996.

리차드 E. 팔머 저, 이한우 역, ≪해석학이란 무엇인가?≫, 서울: 문예
     출판사, 1998.

마르틴 하이데거 저, 이기상 역, ≪존재와 시간≫, 서울: 까치, 1998.

막스 베버 저, 이상률 역, ≪유교와 도교≫, 서울: 문예출판사, 1996.

문선규 역, ≪春秋 左氏傳 上·中·下≫, 서울: 명문당, 1993.

____ 저, ≪중국언어학≫, 서울: 민음사, 1990.

미우라 쿠니오 저, 김영식·이승연 옮김, ≪인간朱子≫, 서울: 창작과
     비평사, 1996.

박일봉 역저, ≪莊子≫, 서울: 육문사, 1995.

발터 벤야민 저, 반성완 역, ≪발터 벤야민의 문학이론≫, 민음사, 1983.

백승균 외 저, ≪해석학과 현대철학≫, 서울: 철학과 현실사, 1996.

범선균 저, ≪이소의 이해≫, 서울: 신아사, 1997.

석경징 외 저, ≪서술이론과 문학비평≫, 서울대학교출판부, 1999.

성백효 역저, ≪詩經集傳 上・下≫, 서울: 전통문화연구회, 1998.

______ 역주, ≪古文眞寶 後集≫, 서울: 전통문화연구회, 1996.

송영배 저, ≪중국사회사상사≫, 서울: 사회평론, 1998.

송정희 역, ≪초사≫, 서울: 한국자유교육추진회, 1968.

앙리 마스페로 저, 신하령・김태완 옮김, ≪도교≫, 서울: 까치, 1999.

양종국 저, ≪송대 사대부사회 연구≫, 서울: 도서출판 삼지원, 1996.

오세영 저, ≪문학연구방법론≫, 서울: 시와시학사, 1993.

오하마 아키라 저, 오정혜 역, ≪범주로 보는 朱子학≫, 서울: 도서출
    판 예문서원, 1997.

윌리암 레이몬드(Laymond, William) 저, 이일환 역, ≪이념과 문학≫,
    문학과 지성사, 1985.

이광률 저, ≪朱子철학연구≫, 대구: 중문, 1998.

이민수 역, ≪초사≫, 서울: 명문당, 1992.

이상옥 역저, ≪禮記 上・中・下≫, 서울: 명문당, 1993.

이상우, 이기한, ≪문학비평의 이해≫, 집문당, 1995.

이신괴 저, 박만규 역, ≪中國聲韻學槪論≫, 서울: 대광문화사, 1990.

장화 저, 김영식 역, ≪박물지≫, 서울: 홍익출판사, 1998.

赤塚 忠, 金谷治 外 著, 조성을 역, ≪중국사상개론≫, 서울: 이론과
    실천, 1994.

전경갑 저, ≪현대와 탈현대의 사회사상≫, 서울: 한길사, 1999.

錢穆 著, 이완재・백도근 역, ≪朱子학의 세계−朱子學提綱≫, 서울:
    이문출판사, 1994.

정재서 역주, ≪산해경≫, 서울: 민음사, 1999.

주희 찬, 성원경 역, ≪近思錄≫, 서울: 명문당, 1997.

234

테리 이글턴 저, 김명환외 역, ≪문학이론입문≫, 창작과 비평사, 1986.

＿＿＿ 저, 이경덕 역, ≪문학비평: 반영이론과 생산이론≫, 까치, 1986.

테오도르 아도르노 저, 김주연 역, ≪아도르노의 문학이론≫, 민음사, 1985.

＿＿＿＿ 저, 홍승용 역, ≪부정변증법≫, 서울: 한길사, 1999.

페터 V. 지마 저, 허창운 역, ≪문예미학≫, 을유문화사, 1997.

푀밀러 저, 박순영 옮김, ≪해석학의 철학≫, 서울: 서광사, 1993.

하정옥 저, ≪굴원≫(중국고전한시인선 5), 서울: 태종출판사, 1980

한국해석학회 저, ≪해석학은 무엇인가?≫, 서울: 지평문화사,

한상복 외 2인, ≪문화인류학개론≫, 서울: 서울대학교출판부, 1995.

한스 게오르그 가마머 저, 임호일 외 옮김, ≪진리와 방법≫, 서울: 문학동네, 1999.

한스 인아이헨 저, 문성화 옮김, ≪철학적 해석학≫, 서울: 문예출판사, 1998.

候外廬 外 著, 박완식 옮김, ≪송명이학사2≫, 서울: 이론과 실천, 1995.

中國, 臺灣 간행본

郭沫若 著, ≪屈原賦今譯≫, 香港, 上海書局, 1977.

＿＿＿＿ 著, ≪屈原硏究≫, 上海: 新文藝, 1953.

董楚平 著, ≪楚辭譯註≫, 上海古籍出版社, 1986.

范壽康, ≪朱熹及其哲學≫, 臺北: 開明書局, 1976.

北京大哲學系中國哲學硏究室編, ≪中國哲學史 上, 下≫, 北京: 中華書局, 1986.

史墨卿 著, ≪楚辭文藝觀≫, 臺北: 華正書局, 1989.

聶石樵 著, ≪屈原論稿≫, 北京: 人民大學, 1992.

楊天石, ≪朱熹及其哲學≫, 北京: 中華書局, 1982.

王宇信, 楊升南, 聶玉海 主編, ≪甲骨文精髓選讀≫, 北京: 語文出版社, 1996.

遊國承 著, ≪屈原≫(知識叢書編輯委員會編), 北京: 中華書局, 1963.

______ 著, ≪楚辭槪論≫, 臺北: 里仁書局, 1980.

林庚 著, ≪詩人屈原及其作品硏究≫, 上海: 上海古籍出版社, 1984.

張岱年, ≪中國哲學大綱≫, 北京: 中國社會科學出版社, 1985.

張立文, ≪朱熹思想硏究 上≫, 中華: 谷風出版社, 1986.

鄭慧生 著, ≪甲骨卜辭硏究≫, 開封: 河南大學出版社, 1998.

趙大中 著, ≪屈原的思想與文學藝術≫, 長沙:湖南出版社, 1991.

周錦 著, ≪屈原作品的硏究≫, 臺北: 智燕, 1973.

朱碧蓮 著, ≪楚辭論考≫, 上海: 三聯書店上海分店, 1993.

陳彤 著, ≪屈原楚辭藝術輯新≫, 北京: 文津, 1996.

陳煒湛 著, ≪甲骨文簡論≫, 上海: 上海古籍出版社, 1987.

歐美 간행본

Chan, Wing-tsit ≪*Chu Hsi and Neo-Confucianism*≫, Honolulu: University of Hawaii Press, 1986.

Jameson, Fredric ≪*The Political Unconscious*≫, London: Methuen, 1981.

Jay, Martin ≪*Marxism and (totality): The Adventures of a Concept from Lukács and Habermas*≫, Cambridge: Polity Press, 1984.

Perkins, David ≪*Is Literary History Possible?*≫, Baltimore and London: The Johns Hopkins University Press, 1992.

236

日本 간행본

酒井忠夫, ≪中國善書の硏究≫, 東京: 國書刊行會, 1960.

三浦國雄, ≪朱子と氣と呼吸≫, 東京: 平凡社, 1997.

[논문류]

국내간행논문

강용중, 〈朱子 어록해 연구〉, 성균관대 석사 학위 논문, 1996.

강택구, 〈주희의 문학이론 연구〉, 충남대 석사 학위 논문, 1998.

강현, 〈朱子의 이기론 연구〉, 원광대 석사 학위 논문, 1995.

공영립, 〈朱子 윤리 사상의 본질에 관한 연구〉, 성균관대 박사 학위
　　　논문, 1986.

김미영, 〈주희의 불교비판과 공부론 연구〉, 고려대 박사 학위 논문,
　　　1998.

김영천, 〈朱子 대학장구본 연구〉, 인하대 석사 학위 논문, 1990.

김재희, 〈초사에 나타난 구원의식 연구〉, 충남대 석사 학위 논문, 1993.

민경삼, 〈주희의 문학론 연구〉, 고려대 석사 학위 논문, 1995.

박석, 〈송대 이학가 문학관 연구〉, 서울대 박사 학위 논문, 1992.

박영길, 〈朱子의 이기심성론에 관한 연구〉, 충남대 석사 학위 논문, 1993.

백은기, 〈朱子 역학 연구〉, 전남대 박사 학위 논문, 1991.

변원종, 〈朱子학의 철학적인 특성에 관한 연구〉, 한남대 박사 학위 논
　　　문, 1995.

석산유, 〈朱子학 형성에 관한 연구〉, 전남대 석사 학위 논문, 1994.

선정규, 〈초사 신화 연구〉, 성균관대 박사 학위 논문, 1993.

손정일, 〈청대 삼가 초사학 연구〉, 연세대 박사 학위 논문, 1998.

______, 〈초사 [천문] 연구〉, 연세대 석사 학위 논문, 1990.

양재학, 〈朱子의 역학 사상에 관한 연구〉, 충남대 박사 학위 논문, 1992.

유인영, 〈초사 [초혼]편의 의례에 대한 고찰〉, 서강대 박사 학위 논문, 1986.

윤영해, 〈朱子의 불교비판 연구〉, 서강대 박사 학위 논문, 1997.

이경덕, 〈Fredric Jameson의 역사주의적 상상력〉, 연세대 석사 학위 논문,

이광률, 〈朱子의 심성론에 관한 연구〉, 동아대 박사 학위 논문, 1994.

이동희, 〈朱子학의 철학적인 특성과 그 전개양상에 관한 연구〉, 성균관대 박사 학위 논문, 1990.

이승렬, 〈루카치의 총체성 문제〉, 경희대 석사 학위 논문, 1984.

이용주, 〈주희의 문화적 정통의식 연구〉, 서울대 박사 학위 논문, 1999.

이재훈, 〈朱子 시경학 연구〉, 서울대 박사 학위 논문, 1994.

임채문, 〈루카치의 총체성 개념〉, 서울대 석사 학위 논문. 1993.

장세후, 〈주희시 연구〉, 영남대 박사 학위 논문, 1996.

정용선, 〈朱子학의 형이상학적 특성에 관한 연구〉, 성균관대 석사 학위 논문, 1995.

국외간행논문

郭紹虞, 〈朱子之文學批評〉, ≪照隅室古典文學論集上≫, 上海: 上海古籍出版社, 1938, pp.413-440.

金五德, 〈朱熹詩論初探〉 ≪復刊資料, 中國古代, 近代文學硏究 1994年, 第 12 期≫, pp.300-307.

김주한, 〈中韓理學家之文學觀及其影響〉, 文化大, 博士 學位 論文, 1985.

馬德隣, 〈朱熹黑格爾詩論之比較〉, ≪復刊資料, 中國古代, 近代文學研究 1985年 第 16 期≫, pp.149-156.

潘立勇, 〈朱熹藝術哲學的特性及其影響〉 ≪文藝理論研究 1993年, 第 1 期≫, 上海: 華東師大出版社, pp.65-67.

謝謙, 〈朱熹文學批評的批評〉, ≪復刊資料, 中國古代, 近代文學研究 1988年 第 7 期≫, pp. 309-315.

張健, ≪朱熹的文學批評研究≫, 臺北: 商務印書館, 1973.

蔡厚示, 〈朱熹的詩和詩論〉, ≪復刊資料, 中國古代, 近代文學研究 1991年 第 6 期≫, pp.156-160.

胡明, 〈關于朱子的詩歌理論與詩歌創作〉, ≪文學遺產 1989年 第 4 期≫, pp.61-70.

胡迎建, 〈朱熹詩歌藝術初探〉, ≪江西師範大學學報(哲社版) 1989年 第 2 期≫, pp.78-84.

홍광훈, 〈兩宋道學家文學理論研究〉, 臺灣大 博士 學位 論文, 1995.

黃珅, 〈朱熹談創作和創作修養〉, ≪華東師範大學校學報(哲學社會科學版) 1984年 第 4 期≫, 上海, pp.41-47.

黃珅, 〈朱熹的文學觀〉, ≪華東師範大學校學報(哲學社會科學版) 1983年 第 2 期≫, 上海, pp.37-44.

· 저자 ·

한종진
(韓鐘鎭)

· 약 력 ·

서울대 농생대 원예학과 농학사 (중문학 부전공)
서울대 대학원 식물환경조절공학전공 중퇴
서울대 대학원 중어문학과 문학석사
서울대 대학원 중어문학과 박사과정수료

서울대, 카톨릭대, 한신대, 서원대, 방송통신대 강사

· 주요논저 ·

「離騷에 나타나는 중국인의 合一指向의 思惟」
「홍콩 수출 무의 보장성 향상에 관한 연구」
「순환식 양액재배의 배지특성을 고려한 근권환경 최적관리」
「도시농업에 적합한 식물공장의 탄산가스 이용모델」
외 다수

· 초판 인쇄	2007년 4월 30일
· 초판 발행	2007년 4월 30일
· 지 은 이	한종진
· 펴 낸 이	채종준
· 펴 낸 곳	한국학술정보㈜
	경기도 파주시 교하읍 문발리 526-2
	파주출판문화정보산업단지
	전화 031) 908-3181(대표) · 팩스 031) 908-3189
	홈페이지 http://www.kstudy.com
	e-mail(출판사업부) publish@kstudy.com
· 등 록	제일산-115호(2000. 6. 19)
· 가 격	25,000원

ISBN 978-89-534-6623-4 93820 (Paper Book)
      978-89-534-6624-1 98820 (e-Book)